图书在版编目（CIP）数据

白夜如昼 / 老谭著. — 重庆：重庆出版社，2023.7
ISBN 978-7-229-17549-8

Ⅰ.①白… Ⅱ.①老… Ⅲ.①长篇小说—中国—当代
Ⅳ.①I247.5

中国国家版本馆CIP数据核字（2023）第056933号

白夜如昼
BAIYE RU ZHOU
老 谭 著

责任编辑：李 子 彭昭智
责任校对：刘小燕
封面设计：回归线视觉传达
版式设计：侯 建

重庆出版集团
重庆出版社 出版

重庆市南岸区南滨路162号1幢 邮政编码：400061 http://www.cqph.com
重庆升光电力印务有限公司印刷
重庆出版集团图书发行有限公司发行
E-MAIL:fxchu@cqph.com 邮购电话：023-61520646
全国新华书店经销

开本：890 mm×1240 mm 1/32 印张：9.75 字数：350千
2023年7月第1版 2023年7月第1次印刷
ISBN 978-7-229-17549-8
定价：49.00元

如有印装质量问题，请向本集团图书发行有限公司调换：023-61520678

版权所有 侵权必究

目录

楔子 /1

第一章　消失的恋人　/5

第二章　雨夜杀人魔　/20

第三章　离奇的味道　/40

第四章　理发师的伪装　/58

第五章　密林深处的秘密　/75

第六章　非常嫌疑人　/92

第七章　失踪的露营者　/113

第八章　被掩盖的表象　/131

第九章　垃圾处理场的女尸　/147

第十章　罪恶的源头　/164

第十一章　危险动机　/180

第十二章　人和动物的界限　/198

第十三章　贩卖色情光碟的男子　/215

第十四章　"七月照相馆"的秘密　/232

第十五章　诈骗犯与通缉犯　/250

第十六章　关键时间线索　/268

第十七章　那些女孩的尸体　/286

第十八章　下毒的人　/305

楔子

银白色的天破了个洞，雨水似箭，赤裸裸地插向人间。

雨中的清江河，像一头猛兽，浪头一个接着一个地翻滚，呼啸而来，又咆哮而去。

到了傍晚，雨渐渐小去，可疾风还在狂怒，碰撞着凌乱的大地，如同仗剑在身的侠客，誓要劈碎这世间的邪恶。

清江河畔，暮光中的清江县，雾气升腾，如沐仙境。

天地间，最后一丝光亮褪去，苍茫的群山变得影影绰绰，位于县城西南方向大约两公里之外的风口老街，也陷入死寂一般的宁静！

这条有着两百多年历史的老街，由清一色的吊脚楼构建而成，木质外墙，风格独特，始建于乾隆年间，是清末民初时湘、鄂、川三省边贸集市，也是茶马古道的重要组成部分，当年可谓车水马龙，热闹喧嚣。可历经百年沧桑之后，尤其是20世纪三四十年代，此地沦为"三不管"地界，匪患丛生，杀人越货者聚众于此，以至于到了20世纪70年代，老街渐已萧条。

泥泞的小路，从老街后巷一直延伸出去。风口老街周边，有多条这样的小路，主要便于附近农人劳作自由出行，像蜘蛛网，横七竖八地穿插在田埂之间。

隐约之间，一个出现在小路尽头慌不择路的身影，惊扰了藏匿于黑暗中的夜枭，呼啦呼啦扑扇着翅膀，掠过老街，嘶鸣着冲向夜空。

那个纤弱的身影，像喝醉了酒，摇摇晃晃的似要摔倒。在夜空掩映之下，又像只受到惊吓蹦蹦跳跳的小鹿，越来越近，浮现出了一张苍白的脸。细一看，怯弱的眼里藏着慌乱，眉头还挂着几滴雨珠。

胡乱散开的头发，棕树似的，遮住了女人的半张容颜。

女人的脚上和裤腿上布满了泥泞，浑身上下也变得湿漉漉的，单薄的外衣紧贴在身体上，枯瘦的身形若隐若现。她扒拉了一下头发，偶尔抬头，老街的影子已然依稀可见。

猛然间，女人好像又听到了那个微弱的声音。转身望去，夜色仿佛深渊，幽暗、凝重，令人脊背发凉。

在此之前，她以为那只是幻觉。

女人跑累了，终于放慢脚步，但那种凉飕飕的感觉如同冰针扎过，让她的双腿不住哆嗦起来。

她屏住呼吸，瞪大惊恐的双眼，重重地咽了口唾沫，突然再次加快脚步，瞅着老街的方向疾行。可脚下一滑，趔趄着差点摔倒。

就在此时，一股强大的压力从背后逼近，就在她恍惚间，右手胳膊不知被什么给钳住了。但很明显，那不是钳子，而是一只大手，一只粗壮有力的手。

钻心的痛吞噬着她的肌肤。

那只大手似乎要拧断她的胳膊。

此刻，这是她身体唯一的知觉。

但是很快，疼痛感消失，随之而来的是恐惧。恐惧占据了她的身体，撕裂着她的灵魂。

女人试着挣脱，却发现自己力气太弱，一切纯属徒劳。

她看不清对方的眼睛，只感觉寒光凌厉，像深不可测的夜色。

终于，男人手腕的力气弱了些，似乎要松手。

逃生的欲望瞬间让她勇气倍增，她来不及多想，用力一扒拉便挣脱了出去，然后趁机冲向黑暗。

男人眼里射出一道骇人的光。

恐惧占据了女人的大脑，她想呼叫，可刚迈出两步就又摔倒了，俯身在地，沾染了一身的泥。脸被污泥覆盖，嘴巴和鼻孔被泥水堵塞，她感觉快要窒息。

男人不紧不慢地走到她面前，反而冲她伸出了手。

她犹豫着，不知是否该接受男人的帮助，眼神透过污泥，胆怯地回望着，张了张嘴，试着想说点什么，却猝不及防被男人拉进怀里，然后揪扯住她的头发死命地按在地上拖行。

"求你！求求你放过我！救命！救命啊！"女人大叫，继而开始哀求，但无济于事，男人拖着她，像拖着一段枯瘦的木柴。

终于，也许是女人不停挣扎，男人像是累了，停下来蹲在地上，看着已经无法言语的女人，然后从后面抱住她，掐住了她的脖子。

"跑呀，怎么不跑啦？大晚上的，一个姑娘不好好在家待着，出来找男人吗？跟我回家吧，我不会亏待你。"男人在她耳边喘息着，声音低沉，像落在牛皮鼓上。

女人的脑子开始缺氧，嗡嗡作响。她挥舞双臂，双腿乱蹬，在地上留下无数条深痕，鼻孔里发出呜呜的呻吟，用尽力气，想要把男人的手从脖子上移开，最后却只剩下无力的拍打。

男人喘着粗气，双眼突兀，瞪着噬人的夜空，当再也感觉不到女人的挣扎时，才缓缓松开。

他盯着自己的双手，手上布满老茧，像暗夜下裂开的沟壑。

女人躺在泥水里，双眼紧闭，没了声息。

男人垂下手臂，面无表情地盯着女人布满泥泞的脸，双目闪着绿光,在她身体上游离着,像在欣赏一件伟大的艺术品。片刻之后,他舔了舔干瘪的嘴唇,弯腰抓起她的身体,扛牲口似的扔上肩头,步履蹒跚,一步步消失在夜色尽头。

第一章 消失的恋人

恶意是一种无缘无故产生的伤害他人的欲望,目的是从比较中获得快乐。

——休谟

欧阳萱失踪了!

林墨有种不好的预感,虽然他非常不情愿朝这方面想,但她已经失联了一天一夜。

两天前,他还在龙口市开会。他想起那天的事情,就快要喘不过气,每一次的呼吸,感觉都像是用尽了全力。龙口市与清江县隔河相望,两地之间以古桥相连,互通有无,久而久之,除了行政管辖权彼此分离,其他人文风俗皆已融合。

"千禧年以来,为了打击犯罪,保护边界百姓的安宁,湘鄂渝三地警方共同签署边地联防协议。五年以来,在我们的共同努力下,取得了非常显著的效果,犯罪率大大降低,三地百姓的幸福指数也得到了前所未有的提升。事实证明,边地联防是一项独具特色的开创性工作,在未来很长的时间里,我们要进一步加强合作,铲除罪恶,彻底解决历史遗留下来的未破案件,打造真正的安宁边界。"在三地警方跨省追逃联防协作会议的主席台上,正在讲话的是龙口市公安局局长林泽明,台下则是来自龙口市和清江县的公安人员。

林墨作为与会人员之一，此时和其他人一样正襟危坐，像被黏在座椅上的蜡像。在人群中，他这张脸略显黝黑，跟他的名字很搭。尤其是那双炯炯有神的眼睛，刀子般锋利。进会场时，他的手机就按规定调成了静音模式，这个时候忽然振动起来，但因为会场有纪律，他没去看是谁打来的电话。

"来自省厅的领导，以及在座的各位同志，我们大家聚在一起召开跨省协作交流的会议，意义可谓十分重大。借着这个机会，我要特别讲讲其中一个案子。我相信在座的很多同志都听说过，上个世纪七十年代以来，就在我们眼皮底下，曾接连发生过十五起妇女失踪案，以及两起妇女被害案，但案子至今未破。这可是十几条人命啊，每一条人命背后，都是好几个家庭的悲剧，案子不破，怎能对得起他们？一九八三年，第一次'严打'开始之后，凶手便停止了作案。警方当时分析，凶手很可能因为疾病等原因已经死亡。但是，多年之后，在同样的地域范围内，再次发生多起妇女失踪案……这说明什么？说明二十多年过去，凶手不仅没死，而且仍然逍遥法外。一九九六年，全国范围内第二次'严打'开始之前的半年内，凶手仍在作案，但'严打'开始之后，凶手又消失得无影无踪。二零零一年第三次'严打'开始，凶手也再没犯过案，我们投入了大量警力，但依然没有凶手的任何线索，当时我们还以为他可能已经不在人世，所以我们给这个来无影去无踪的杀人凶手命名为'影子'。但是，两年前又发生一起妇女失踪案，作案手法与'影子'相似。"林泽明紧绷着脸，眼神肃穆，手指重重地敲击着桌面，"这么多年过去了，那些失踪者活不见人死不见尸。我不知道她们是否还活着，可我觉得凶手一定还活着，而且像影子一样活跃在我们周围，跟我们躲猫猫、捉迷藏。在座的各位，我想知道你们肩上有压力吗？反正我有，再有五年我就退休了，在我警察生涯的最后五年里，我不想留下遗憾，不想等我闭上眼睛的那一刻，案子仍然未破。我最大的梦想，就是将'影子'绳之以法……"

作为来自清江县风口老街派出所的年轻民警，林墨和其他公安人员一样，此时胸中有一股火焰在燃烧，在心里愤然骂道，究竟是什么样的禽兽，才能将那么多条人命视如草芥？

在这短短的几分钟时间里，林墨的手机又响了一次。他虽然不知道谁这么急着联系他，但还是忍住没去接听，直到上午的会议结束。

"喂、喂喂……不好意思啊萱萱，刚才正在开会，你知道的，因为纪律要求，不能接听电话……"林墨急匆匆地跑出会场，掏出手机，一看是女友欧阳萱打来的，顿时还以为出了什么大事。

欧阳萱在电话那头轻描淡写地说："哎呀大忙人，对不起啦，我都忘了这个点儿你可能在开会。其实也没什么急事儿，就是给你通报一声，我正在来见你的车上。"

"你已经在车上啦？我在出差……"林墨得知她并没什么急事，这才松了口气，但又很惊讶欧阳萱怎么会突然来风口老街。他来龙口市开会之前，已经跟她报备。

"难道你不想我，不想见我吗？我们可是很久没见面了。我知道你在出差，但是没关系，你开你的会，我逛我的街。我这次过来呢，一是为了看你，二是带着毕业写生的重大任务。"欧阳萱的声音优雅动听，隔着电话屏幕，都能想象到她是个多么温柔漂亮的女孩。

林墨开心而又无奈地笑了起来。他很想念她，何况在得知女友要来风口老街的目的后，更是断然无法拒绝了。当然，他也根本无从拒绝，因为他了解欧阳萱，她是个很有主见的姑娘，一旦决定做什么事，就算十头牛都拉不回来。何况，他最近特别忙，很久没去学校看她了。加上这段时间欧阳萱毕业在即，也有点忙。

最重要的原因是，二人久未见面，彼此都十分想念对方。

"我最亲爱的林警官，放心吧，你忙你的，不用担心我。我呢，正好趁你不在的时候去老街到处转转，也好尽快完成毕业写生的作业，等你回来的时候，我就可以好好陪你了。"欧阳萱坐在车上靠窗的位置，阳光落在她的脸上，像一只美丽的金丝雀。

林墨在龙口市还有两天的会议，得知女友要去风口老街看他，自然迫不及待想尽快赶回去，但有工作在身，也只能耐心等待几天之后再见面了。

在三地交界的深山里发现一个制毒窝点，毒贩利用养猪场作掩护制毒贩毒，警方经过跟踪、调查、取证，最终将毒贩堵在了养猪场。

林墨和其他警员全副武装，严阵以待，等待行动指令。

"各单位注意，据最新情报显示，毒贩手中有两到三名人质，请大家在行动时务必保证人质安全。"林墨耳中传来指挥官的最新命令。他双目炯炯地盯着养猪场的方向，枪口瞄向门口。

"我们手里有人质，给你们三分钟时间，如果不撤退，我每隔一分钟枪杀一名人质。"从窗口传来毒贩暴躁的声音。

林墨并非第一次参加这种行动，但此时仍然高悬着心，重重地咽了口唾沫。

接下来，指挥官制订了新的行动方案，根据养猪场的地形，决定派出一队人从后面偷袭，炸开后面的墙壁，然后配合前方的攻击，一举将毒贩歼灭。

林墨和其他几名警员担负偷袭任务，他们从右侧低凹地形处悄然向房屋靠近，到达指定位置后，负责正面攻击的警员迅速向正门逼近。突然间，枪声大作，屋里的毒贩朝着外面的警员疯狂开枪，子弹雨点般在空中飞舞。

"准备行动！"指挥官一声令下，林墨率先将定向爆破炸药贴在了墙壁上。

一声巨响过后，养猪场后面的墙壁被炸开，所有警员如猛虎下山，混在浓烟中冲进屋里，一阵枪声之后，所有毒贩被制伏。

三名人质均戴着头套，趴在地上，一动不动。

林墨将其中一名倒地的人质扶起来，刚扯下头套，突然被人质挟持，脑袋顶着枪口。

"全都不许动，把枪放下！"挟持林墨的不仅是个假冒人质的毒贩，还是个女人，"要不然我就杀了他！"

林墨被缴了械，在女毒贩的挟持下一步步走向门口。

现场的局势变得异常紧张。

林墨和女毒贩被一群警察拿枪包围着，他低声劝道："放下枪吧，杀了我，你也逃不掉。"

"闭嘴，不想死就别耍花样！"女毒贩挟持着林墨离开了警方的包围，然后钻进了不远处的丛林。

林墨很顺从，直到看不到警察后才说道："你现在很安全，放开我就可以走了。"

"警方输了！"女毒贩冷笑道，"没想到毒贩还会有这一招吧？"

"什么输了？"林墨话音刚落，突然出手，脑袋躲过了女毒贩的枪口，然后反手紧紧掐着女毒贩的脖子，右手肘猛地击向她胸口。

女毒贩始料不及，枪掉在地上，和林墨扭打在一起。

林墨眼角挨了女毒贩一拳，女毒贩一扭头，又被林墨一脚踢中肚子，瞬间倒退了好几步，咧嘴嚷道："玩儿真的吗？你出手也太狠了吧。"

"怎么，接不住了？我这还算轻的。"林墨讪笑道，"接不住就乖乖投降吧！"

女毒贩随即站直身子，火焰在眼里燃烧，噌噌噌地冲向林墨，二人又扭打在了一块儿。

林墨躺在地上,死死地掐着女毒贩的脖子,可是很快就被女毒贩反制。两人你来我往,互不相让,很久也没分出高下。

不过,警察很快赶来,将二人团团包围了起来。

"你给我松手。"林墨嚷道。

"你先松……"女毒贩毫不示弱。

"好了,演习结束!"指挥官走到二人面前,他俩才放开彼此。

林墨起身,面对刚刚跟自己交手的女子,这才笑着说:"抱歉,刚刚下手太重了!"

"没关系,我下手也不轻!"扮演女毒贩的女子,实则是龙口市公安局刑警支队副队长冷彤,"眼睛肿了,快去医务室看看吧!"

"你脸上也流血了,要不要一块儿去?"

"不关你的事儿!"冷彤转身离去。

林墨目送着她的背影,露出了无奈的笑容,在心里暗自叹息道:"看来这梁子是结下了。"

风口老街有着古朴的建筑,以及厚重的文化特色,一栋栋吊脚楼和由青石板铺就的路面,已然成为历史的见证者。

欧阳萱自然不是第一次到访老街,不过距离上一次已经过去了三个多月。那是在她开学之前,特意抽空来老街玩了两天,还在老街附近转悠了一圈,但时间紧,加上林墨突然接到紧急任务出警,她还没尽兴就返校了。她爱老街的一切,不仅因为爱人在这里,还因为美食和风景都让她流连忘返。所以这次她来老街,算是早有准备。

她乘坐大巴到达老街时,已经是下午四点,虽然坐了大半天车,沿途舟车劳顿,但丝毫不觉得累,一下车就变成了欢快的小鸟,全身轻松。之前每次来老街,都住在所里为林墨安排的职工宿舍,可这次林墨不在,她就只能暂时在一家名为四季旅社的地方落脚。

四季旅社夹杂在吊脚楼群中,看上去毫不起眼。门帘上的招牌很陈旧,布满了尘土,油漆大字已经褪色。老板刘华安看上去人很热情,还帮欧阳萱把行李搬进了房间。房间里打扫得很干净,一尘不染,空气中飘荡着淡淡的檀香味儿。

"乡下不比城里,晚上蚊子多,姑娘多担待。"刘华安跟她热情地寒暄,"姑娘这是第一次来老街吧?"

她开玩笑说:"老板您猜对了,我确实第一次来老街,所以还得麻烦老板给我介绍一下周围有哪些好玩的、好吃的。"

"姑娘有眼光,这话算是问对人了,我在这老街上住了大半辈子,还真没有什么不知道的。"刘华安像老街的百科全书,热情细致地介绍了老街好玩的和好吃的,"这附近还有一些不错的小景点,比如郊外星斗山上的露营地,晚上住帐篷里,据说很好玩,你们城里人就好这口。如果时间允许,姑娘可以去体验一下,应该不会失望。"

"老板您也去露营过吗?"

"我呀,没有、没有。我们乡下人哪有这个福分,也没那份心情。小的时候在山上放牛放羊,倒是在野地里睡过,那也跟现在不一样,睡的是草坪,盖的是树叶,我觉得那才是真正的舒坦。"

正是夕阳西下的时刻,欧阳萱背着画板,迫不及待地来到街上,嗅着老街空气独特的味道,眉眼间洋溢着甜蜜的幸福。

老街上有很多小摊点,售卖的是居民手工制作的小物件,还有琳琅满目的小吃,也都是当地独具特色的。偶尔还有挑着担子的小商贩,他们在大街小巷穿行叫卖,形成了一道独特的风景线。这些画面欧阳萱在城里是难得一见的,仿佛瞬间就把她带到了另一个古老的世界。她拿起画笔,将这些风景在画板上一一勾勒下来,又精心涂上颜料,然后就形成了自己独特的作品。

她以前来老街，除了美景，最喜欢的就是特色小吃，转了一小圈，已经挨个儿尝了个遍，直到感觉肚子被撑得再也装不下任何东西。除了美食，街边还有年份久远的理发店、照相馆、酒坊等等，时不时还有穿着时髦的外地游客结伴而行，给老街增添了无限生机。欧阳萱喜欢老街的烟火气，作为一名美术生，天生就对这种人间烟火气充满喜爱，这能给予她灵感，让她的画作灵气十足。她在老街穿梭，享受这世外桃源般的美色，直到夜色朦胧，所有的风景一一归去，可她依旧不想离开。

会议期间安排的是自助餐，相熟的人三五成群，围桌而坐。

林墨没想到冷彤会主动在他对面坐下，心里还直打鼓。

冷彤全程一言不发，甚至好像都没拿正眼瞧过他。当然，也好像跟任何人都没有交流，吃完饭就独自离开了。

"人长得不错，就是太冷了，就像一座冰山！"林墨望着她的背影，自嘲地笑了笑，心想幸好刚刚桌上还有其他人，否则场面就太尴尬了。

开完最后一天会，明天一早就可以启程回去，见到日思夜想的女友了。林墨大口结束晚饭，然后回到了招待所的房间。按照惯例，他睡觉前要跟欧阳萱通话，可奇怪的是，今儿晚上她的电话竟然关机了。

林墨揣测着她现在在干吗，又间隔时间连续拨打了好几次，却仍然无法接通。她怎么可能忘了每天晚上通话的约定？应该不会有什么事吧！他在自我安慰的同时，仍然有些担心独自一人住在旅社的欧阳萱，但天色已晚，只能强迫自己睡下。

长夜漫漫，可他无心入眠，翻来覆去折腾了半宿，从未像今晚静待天亮后的归程。

第二天一早，林墨便急匆匆回到了老街，还没跟所长汇报，便第一时间赶去四季旅社，可刘华安却告诉他欧阳萱在一天前早上就已经退房离开。

"那姑娘当时走得特别匆忙，好像是遇到了什么急事。我还跟她说，如果遇到麻烦，可以跟我说，我可以帮她，但她又说没什么事儿。林警官，我猜她应该也没遇到什么大麻烦，不过为了安全起见，你还是去附近找找吧。欧阳姑娘是个画家，会不会到附近找好看的地方画画去了？"刘华安之前没跟林墨打过交道，此时面对身着警察制服的林墨，得知他还是欧阳萱的男友时，别提有多热情，还说了很多关于欧阳萱的情况。

林墨想起从昨天晚上到现在就一直没能联系上欧阳萱，当时就急得像热锅上的蚂蚁，在老街四处寻找了一番，最后又只能折返到四季旅社。

"还没找到吗？这可怎么办！哎呀，你说她好好的一个人，如果不是手机丢了，怎么会突然关机？"刘华安满脸焦虑，"她走的时候，我还留她多住几天呢，但她当时很匆忙，好像有急事，当时也没跟我说要去什么地方。我也没好问，还让她有时间再来玩。"

林墨去她住过的房间看了一眼，站在房屋中间，似乎闻到一股熟悉的味道。他又四处寻了一遍，但没发现与欧阳萱有关的任何东西。

"林警官，我看你也不用太过担心，欧阳姑娘一个大活人，走的时候还拖着行李，能出什么事呢？八成是路上不小心丢了手机，说不定一会儿就回电话来了。"刘华安仍在极力安慰他，还一瘸一拐地进屋去给他泡了杯茶，"要不你先回去等着，把电话号码留下，我这边如果有什么消息，马上就联系你。"

林墨盯着他的背影看着，突然想到一件事，一阵揪心，冥冥之中，有种非常不好的感觉。他担心欧阳萱可能是真出了什么事，但自己此时能做的，除了等待别无他法。

他在回所里的路上，魂不守舍，头重脚轻，一路上又拨打了好几次电话,但结果还是一样。

柯建国正要出门,蔫了似的林墨一头钻进来,差点跟他撞个满怀。

"林墨?你小子什么时候回来的?怎么哭丧着脸,什么事受打击了?"柯建国是老街派出所的所长,也是快要退休的人了,在老街工作了一辈子,什么大风大浪没见过,这会儿听林墨把欧阳萱失联的事情一说,原地跺了几步,语重心长地说,"她又不是第一次来老街,应该不会迷路。你也别太着急,再到处找找。对了,你得问问学校,她会不会等不到你,或者学校有什么急事,先返校了?"

林墨怎么可能忘了这茬,联系不上欧阳萱时,第一时间已经联系学校,可学校很快反馈了否定的消息。

一整天,他茶饭不思,失魂落魄一般,独自在街上转悠,脑子里时时刻刻幻想着欧阳萱会突然出现在自己面前。

到了晚上,回到宿舍,他呆呆地看着桌上的手机,那个可怕的念头再次浮上心头。

"不、绝对不可能,她绝不会出事的……"从欧阳萱失去联系,他脑子里第一时间便浮现出了"影子",那个消失了多年、没再出来作案的"影子",让他心里一阵慌乱,一阵绞痛。虽然,他一百个不愿意将欧阳萱的失踪跟"影子"联系起来。可是,按照之前"影子"作案的规律,在"严打"开始的那几年,可能为了不让自己成为众矢之的,他暂停作案,好像人间蒸发,之后都没再现身……凶手会不会真的已经不在人世了?

想到这里,林墨的心情稍微有所好转。

他床头摆放的,除了一本马识途的《清江壮歌》,其余全都是刑侦方面的专业书籍。他高中时就翻来覆去地读过《清江壮歌》,故事中的革命者是他的偶像,他梦想着自己有朝一日也能成为那样的英雄。

以前，他每晚睡觉前都会阅读半小时，可今晚那些文字在眼中变得像蚂蚁一样模模糊糊。他毫无心情，辗转反侧，无法入眠，好不容易迷迷糊糊地进入梦乡，却又做了个噩梦，梦见欧阳萱全身是血地站在自己面前，冲自己招手，让自己救她，可当他想抓住她的时候，她却被一个看不见面孔的人从背后搂着脖子抓走了。

林墨呼叫着欧阳萱的名字，挣扎着从噩梦中醒来时，发现自己满头大汗。他坐在床头，一把抓起手机，再一次拨打欧阳萱再也无法连通的电话，然后呆呆地放下手机，双目失神地盯着黑暗深处的某个地方，很久都没移动目光。

第二天天刚亮，他便早早地起了床，顶着黑眼圈，拖着没有灵魂的躯壳，继续独自在街上游荡。

这已经是没有办法的办法，他只能说服自己出去碰碰运气。他本就有轻微的强迫症，没事的时候喜欢不停地转笔，遇事也会固执到底，就像查案一样，不找到真相决不罢休，所以只要看到跟欧阳萱有点相似的身影，都会跑过去看个究竟。路人怪异地看着他，还有人骂他是神经病，可他满不在乎。

转悠了一整天，走遍了老街周边地区，除了有几个店铺的老板告诉他曾见过有个背着画板的年轻姑娘在附近逗留外，没人知道她后来的去向。

时间定格在三月十七日。

这两天，林墨身心疲惫，脑子里装满了欧阳萱的身影，独自待在屋里，外面有丝毫风吹草动，他都会以为是她，然后第一时间冲出去开门。

而且，以前每晚睡觉之前都会检查门窗是否关好的习惯，在欧阳萱失踪之后，也变成了开门看一眼的习惯。他这样做，只是为了给自己一个念想。他多希望开门的时候，她会突然出现在面前。

他觉得自己快神经质了,如果再这样下去,可能会真的变成神经病。事情已经到了这个阶段,他多么希望欧阳萱真的只是暂时性的失踪,或者说是迷路。如果仅仅只是迷路,那也倒好。他继续自我安慰。可他是警察,理性很快战胜了感性,两天以后,他报了案,派出所接警,把欧阳萱的失联正式列为失踪案。

"在这个当口,有件事我本不该跟你说,但我认为必须让你知道真相。在过去的二十多年,风口老街以及周边地区,接连发生过多起妇女失踪案,那些失踪人口,至今没有下落。"柯建国突然也提起"影子","两年前,是你在警校的最后一年,龙口市又发生一起妇女失踪案,跟'影子'的作案手法很像,可在那之后,这个狡猾的凶手又消失了。两年过去了,难道这个混蛋又露面了?"

林墨没吱声,但不代表他内心没反应。

"虽然欧阳姑娘的失踪不一定与'影子'有关,但你作为一名警察,于公于私,都要做好足够的心理准备。"柯建国端着茶杯的手因为太过用力而微微有些颤抖,"当然,这是最坏的结果,你也别有太大的负担,尽量往好的方面想。我相信,吉人自有天相。"

是啊,吉人自有天相!欧阳萱是个那么漂亮、那么善良的姑娘,而且还那么善解人意,老天爷绝不会眼睁睁看着她……

林墨不知该用什么样的词语来形容可能发生在欧阳萱身上的事,那个他想要一辈子照顾和保护的女孩,她离开四季旅社,后来到底去了哪儿呢?

"对不起,我没能保护好你,只要你能回来,我愿意接受任何惩罚,就算用我的性命换取你的性命!"他在心里责怪和痛骂自己。

"这样吧,我看你这段时间的精神状态也不适合工作,而且又刚出差回来,要不先放两天假,好好休息一下,调整一下情绪。"

林墨拒绝了所长的好意。这个时候,他哪有心思放假。

很快，他担心的另外一件事终于还是发生了，这也是除欧阳萱失踪之外，他最无法面对的事。当他接到欧阳萱母亲的电话时，整个人虚脱了一般。他不想撒谎，可又不敢说实话。

"林墨，你给阿姨说实话，萱萱是不是出什么事了？"

空气凝固，就连对方的呼吸声都显得如此清晰。

林墨鼓起极大的勇气，终于还是坦白了。他忍受不了欺骗，就算是善意的谎言。

电话那头传来一声哀号，然后就听到惊恐的呼叫声。

欧阳萱的母亲受不了刺激，晕了过去。

电话没有挂，林墨听见了一阵嘈杂和呼救声。紧接着，电话就断了。那一刻，他感觉到一种撕心裂肺的痛，像触了电，全身发麻，瞬间失去了知觉。

"叔叔、阿姨，对不起，是我没照顾好萱萱。你们放心，我一定会找到她，一定不会让她有事……"泪水在他眼眶里打转儿，他握着电话的手在颤抖，久久没放下。

又过去了一整天，仍然没有欧阳萱的消息。他快疯了，拿着她的照片，满大街见人就问。当天晚上，他突然想到个法子，决定明天去找媒体登载寻人启事。还别说，这个法子很快就有了效果，不少陌生人打来电话，有询问的，有关心的，当然也有提供线索的。如果欧阳萱真是被绑架的，那么这些打电话的人中会不会藏有打探虚实的凶手？林墨将搜集到的线索一一进行甄别，最后发现都与欧阳萱的失踪风马牛不相及，白白浪费时间。

这段时间，他没有一点儿胃口，每天吃得很少，而且多吃几口就会想吐。下班的时候，他虽然感觉饥肠辘辘，却还是不想进食。在路过四季旅社时，老板刘华安正好从屋里出来，手里还拿着扫帚，倒了垃圾后，把正要离开的林墨神神秘秘地拉进了屋里。

桌上摆着两个刚做好的菜，一碟花生米，还有半瓶白酒。

"还没信儿吗？"刘华安给他倒了杯酒。

林墨摇了摇头。他本来不胜酒力，可这会儿突然很想喝酒。

"我看电视了，电视上播了她的照片。"刘华安跟他喝了一口，"放宽心吧，欧阳姑娘不会有事的，她如果看到电视，或者有人看到她，会打电话来的。来，先吃点菜！"

酒流进嘴里，直辣咽喉。菜穿过肠胃，满是苦涩。

"林警官，有件事之前没跟你说。那天你找我之后，我去桥下找陈瞎子给算了一卦。"刘华安剥开花生米丢进嘴里，咀嚼着说，"陈瞎子说欧阳姑娘离开老街后，往南边儿去了。"

林墨狐疑地看着刘华安。说实话，对于算命这种事，他是万万不信的。

"哎呀，我说林警官，你可别不信，这陈瞎子在这方圆几十里之内那可是鼎鼎大名，有外地人不惜花大价钱，专程大老远跑来找他算命，可准啦。"刘华安压低声音，"我找他给算了算欧阳姑娘的去处，这一次，他可是花了整整一上午的时间，才给算出了欧阳姑娘的去向。我跟你说，要不是我跟他私下关系好，他也不可能这么上心。"

林墨一听这话，终于来了点精神，眼睛微微发亮，急促地问道："大叔，那你快跟我说说，那陈瞎子有算到欧阳具体去南方什么地方了吗？"

"不瞒你说，要是陈瞎子能算到这个，我早早就找你去了。欧阳姑娘具体去了哪儿，到南边儿去干什么，陈瞎子是真算不出来，他没这个本事。当然啦，换做是外人，他八成胡编乱造一个地址应付应付就过去了。不过对我，他没骗人的心。"刘华安口若悬河，"陈瞎子说欧阳姑娘福大命大，命不该绝，还有大好的前途呢，一定可以平安回来。"

林墨略微失望，嘴里念叨着"南方"，心里想着南方究竟有哪些城市，欧阳萱在南方又有哪些朋友？

"林警官，人是铁饭是钢，就算有天大的事儿，饭还是要好好吃的，要不然哪有力气把欧阳姑娘找回来？"刘华安给他杯中倒满酒，就着菜抿了一小口，眯缝着眼睛，那表情，不知是酒难喝，还是菜难吃，但很快就露出了惬意的笑容，吧唧着嘴，美滋滋地说，"人这一生啊，不遇天灾，不遭人祸，每天睁开眼睛时，还有命能喝上二两，就知足啦。"

两人东一句西一句地拉扯起来，林墨突然问到他的腿。他抬起腿，掀起裤脚，拍打着膝盖的位置，慢条斯理地说道："我这条腿啊，虽然断了，但值得，要不是它，这条命可就没了。"

林墨匪夷所思，不明所以地看着他。

"不瞒你说，几年前，我去县城做小工，也就是替人修房子。修着修着，横梁突然垮了。当时啊，屋里有好几个人，都抢着往外跑。我在跑出去时，没踩稳，一下子滑倒了。不过啊，当时还幸亏来这么一下。你猜后来怎么着？跑在我前面的那两人，正好被垮掉的墙砸中，死啦！我呢，就因为这么一骨碌，躲了过去。你说我是不是该感谢这条腿？"刘华安在说这话时，明显有点幸灾乐祸，也可能是大难不死之后的乐观。林墨看不透他，但心里是这样想的。

"人啊，这辈子遇到的很多事，都是命中注定，该你死的时候，想活也活不了，不该你死的时候，阎王爷怎么都不会收你。"刘华安几杯酒下肚，酒劲儿已经上头，酒糟鼻变成了血红色，"所以啊，我说欧阳姑娘命不该绝，老天爷不会收她，她一定会平安回来的。"

林墨的思绪又转到了欧阳萱身上，在心里默默地念叨着："你还那么年轻，以后的日子还长着呢，你不是还答应要嫁给我吗？老天要是有眼，就让你快回到我身边吧。"

就在这时候，突然有电话打进来。

第二章 雨夜杀人魔

有罪是符合人性的，但长期坚持不改就是魔鬼。

——乔叟

都已经下了班，柯建国突然又焦急地把林墨召回所里，但在电话里又不说什么事，还非要见面再聊。

林墨还以为有了欧阳萱的消息，当即一刻也不敢耽误，马不停蹄地赶回所里。谁知，柯建国一见到他，老远就闻到了他身上的酒气，不由分说就把他骂了一顿。他顶着骂，着急问是不是有欧阳萱的消息。

柯建国摇了摇头，给了他否定的答案，继而表情凝重地说道："刚刚接到局里的电话，龙口市一名叫胡艳梅的姑娘，七天前到清江县走亲戚，之后来老街游玩，但之后失去联系。"

林墨本来也没喝多少酒，这会儿一听这话，脑子全清醒了，急急忙忙地问道："您的意思是那个叫胡艳梅的人，也失踪啦？"

柯建国缓缓叹息道："目前龙口市已经把她的失联列入失踪案。我有种不好的预感，'影子'果然又开始兴风作浪……"

林墨紧咬着牙关，心里凉飕飕的。

"这两起失踪案，跟'影子'的作案手法极为相似。上面有信心,如果'影子'真的还活着,这次一定可以把他给揪出来,也让我们做好一切准备,全力以赴。"柯建国紧握着拳头,"欧阳姑娘失联的这段日子,我知道你不好受,但你要打起精神,越早抓住'影子',欧阳姑娘活下来的希望就越大。"

"我一定要亲手找到'影子'……"

"过去的三十年里,有很多我们的战友,都想亲手抓住'影子',但奋战在一线的同志换了一茬又一茬,至今也没有掌握关于'影子'的任何线索。"柯建国眼神浑浊,"虽然咱们这是基层派出所,但我们也是人民警察。我穿了一辈子制服,还有几年就要退休了,但是在脱下这身制服之前,我跟很多同志的愿望一样,也想亲手抓到'影子',亲手把那个混蛋关进大牢,让他受到法律的制裁。"

他停顿了片刻,又幽幽地说道:"两年前,我的一位老战友病重,临走之前,他流着泪跟我说,这辈子最大的遗憾就是没能亲手抓到'影子',没能亲眼看到'影子'伏法。在送他走的时候,我跟他说,在我有生之年,就算舍了这条老命不要,也一定会完成他的遗愿,不然将来没脸去见他。"

林墨很长时间不修边幅,头发和胡须也不知不觉间长了许多。

这些日子,他去局里调阅了三十年来清江县所有失踪人口的档案,发现除了十余起妇女失踪案外,其中还有好几起案子是未破的妇女被害案,时间跨度都长达三十余年,可所有的案子都没有目击证人,凶手也没留下任何痕迹。

"凶手系单身男性,年龄在五十岁左右,本地人,狡猾、残忍。一九七四年开始作案,系十五起妇女失踪案的嫌疑人。"在档案上,对于凶手的侧写,只留下如此简短的几句话。

"除了十五起妇女失踪案,还有另外两起杀人案,可档案在哪儿呢？"林墨想起在跨省追逃的会议上，龙口市公安局局长林泽明讲话的内容。

"凶手绑架女性，最大可能是为了解决自己的生理需求，但也有一些心理变态者，绑架女性或许是为了满足自己的特殊癖好，至于为什么有些妇女被绑架后活不见人死不见尸，而有些妇女被强奸后立即被杀害，很有可能是凶手在这三十年里，每个时间段的心理不一样，也可能作案当时所处的环境不一样……"

林墨在笔记本里写下这些话之后，再次接到了欧阳萱父亲打来的电话，依然是询问女儿的消息。他几乎每隔一天都会接到这位老父亲的电话，可每次都不知该如何回复，只能以沉默作答。

"知道，我知道啦！"老父亲每次在电话那头的声音都很轻，可林墨能感受到老人心里的痛苦和凄凉。

"阿姨，她还好吧？"林墨不忍心问，但还是问了。

"已经好几天不吃不喝，今天就喝了点粥……"

林墨放下电话，从局里出来的时候，感觉身体轻飘飘的。

就在这个时候，柯建国打来电话，让他去公安局接个人一起回所里。林墨想问要接的人是谁时，柯建国说了一句"你应该见过"，然后就挂了电话。

"林警官！"他在公安局大门口，突然有人叫他，回头的时候，看到了一张熟悉的面孔，但精神有些恍惚的他，迟疑片刻才想起对方的身份。

"冷美人？"身着便衣的冷彤，配着一头短发，再加上背着个棕色的双肩包，林墨差点没认出来。他愣了一下，强挤出一丝笑容，问："冷副队长，什么风把你给吹来了？"

冷彤却上下打量了他一番，怪异地看了一眼他很久没修理的头发，以及扎眼的胡须，冰冰地吐出几个字："带我去所里吧。"

林墨走到自己的小白摩托车边，拍了拍后座，示意她上车。她却说："我还是自己走着去所里吧。"

"别呀，所长让我带你回去，你要是自个儿走去所里，算怎么回事？"林墨骑上了车，"这段路说远不远，说近不近，但要走路过去的话，也还得有几步。"

冷彤抬眼看了看老街的方向，无奈地上了车。

林墨这才知道柯建国让他接的人就是冷彤。两人在回所里的路上，她始终一言不发。

"你这次过来，是为了胡艳梅的案子？"林墨渐渐猜到她来清江县的原因，打破了这种沉默。

她"嗯"了一声。

林墨觉得无趣，其实自己也没心思跟她讲话，只是出于礼貌，此时便再也不开口，就这样沉默着回到老街派出所，把她带到柯建国面前，简短作了介绍后，就打算离开。

"去哪儿呀？"柯建国问，"冷副队长是客人，你们之前又见过，算是熟人了。她这次过来，是为了调查胡艳梅的失踪案，你先带她了解了解所里的情况，待会儿咱们开个小会，把情况简单梳理一下。"

"马上就到下班的点儿了，我先出去办点事儿！"林墨不由分说便出了门。柯建国冲着他快步离去的背影责骂了一声，然后用笑容掩饰着自己的尴尬，说道："哎呀，一晃就中午了，我都没注意。这样吧，待会儿先吃饭，然后带你去住的地方，下午的时候咱们再碰头开个小会。"

"一剪美"理发店，位于老街转角的位置，店门口的台阶上坐着个挑担歇脚的老人，正吧嗒吧嗒、优哉游哉地抽着旱烟，浓浓的烟雾缭绕着在头顶盘旋，林墨进去时还被呛了几口。

店里就老板一个人，她正在镜子前搔首弄姿地摆弄自己的身体，一边还整理着披肩的头发，看到老主顾林墨登门时，兴奋地扭着腰，娇滴滴地迎了过来。

"哎哟，这不是林警官吗？真是想什么就来什么。你说咱们是不是有那个叫什么来的？心有灵犀，对，就是心有灵犀。可有好些日子没见你，最近挺忙的吧？"

林墨不大喜欢她身上浓浓的香水味道，太冲鼻子。他径直坐下，摸了摸凌乱的头发，说："老样子！"

于美在他头顶比画起来，剪掉的头发凌乱地落在周围，随意地问道："前些日子，你跟我打听的姑娘，有信儿了吗？"

林墨看着镜子里自己憔悴的脸，心神不定。

于美抬头瞟了他一眼，心痛地叹息道："唉，这是个什么鬼世道啊，一个大活人，又不是绣花针，说不见就不见了，怎么还能找不着了呢。"

林墨依然没吱声，于美突然压低声音，神神秘秘地说："街坊邻居最近都传遍了，说那姑娘被'影子'抓走了。"

心跳猛烈地撞击着他的胸口。

"林警官，我看照片上那姑娘挺好看。唉，真是怪可惜的，要是家人找不到她，不知道该有多着急。"于美的话正好刺中林墨的神经，他闭上了眼睛，心里像是压着一块巨石。

"对了，派出所应该立案了吧？知道那姑娘是哪里人吗？那'影子'也真够可恶的，闹得现在天一黑，我都不敢出门。"于美伶牙俐齿地骂了起来，"要是哪天抓到'影子'，你得多扇他两耳光，替我们这些可怜的女人出口恶气。不，扇耳光太便宜他了，该在他身上戳两刀，让他吃枪子儿，这样才解恨。"

下午，林墨理完发，精神抖擞地出现在冷彤面前时，她的目光在他头上停留了两秒钟。

"这样才精神嘛。"柯建国进来，看着林墨刚理的头发笑了起来，然后示意二人坐下，让冷彤先介绍胡艳梅的情况。

"胡艳梅，女，二十四岁，未婚，龙口市张家湾人。"冷彤脑子里像是已经录入胡艳梅的资料，脱口而出，娓娓道来，"据她家人说，七天前，她从家里乘车出门，来清江县走亲戚。在亲戚家玩了两天，第三天的时候说是要来风口老街转转，然后再回家去。也就是在第三天，电话关机，家里跟她失去了联系，一直到现在，也没有任何音讯。"

林墨和柯建国对视了一眼，冷彤的话让他想起了与欧阳萱的失联过程，二者近乎一致。

"目前仍然没有关于胡艳梅的任何消息，如果说是手机坏了或是丢了，也不至于这么久不跟家人联系吧。在她家人报案后，我们经过分析和案件对比，发现跟之前的多起妇女失踪案很相似，很像是'影子'的作案风格，局领导这次派我过来参与联合调查，一是对接这个案子，看看有没有新的突破口；二是想了解另外一起妇女失踪案，看有没有并案的可能。"

当她提起另外一起妇女失踪案时，林墨的心情坠入了谷底。

柯建国的脸色也无比阴沉，喝了口茶，有几片茶叶混进了嘴里。他边咀嚼茶叶，舌头边在嘴里蠕动着说："林墨，还是你自己跟冷副队长汇报吧。"

但是林墨默不作声，只是一个劲地转笔。

冷彤怪异地看着他，感觉眼睛都快被他转花了。

"算啦，还是我亲自向冷副队长汇报吧。"柯建国将残存在嘴里的茶叶咽下肚，"不瞒你说，这个叫欧阳萱的失踪者，是林墨的女朋友。"

冷彤似乎被这话惊到，表情惊讶，张了张嘴，露出不敢相信的表情。

"林墨在龙口市参加跨省追逃会议期间，他女友欧阳萱来老街找他，几天以后失去联系，跟胡艳梅的失联过程很相似。"柯建国简明扼要道出了案情，"这些日子，我们都在全力以赴打探欧阳萱的下落，报纸和电视台也登了寻人启事，但……毫无线索。"

冷彤终于明白之前见林墨时，他为什么会那么沮丧。

"从胡艳梅和欧阳萱的失踪过程来看，很可能是'影子'再次出来犯案，所以二者是完全可以并案调查的。"柯建国接着说，"接下来，我打算上报局里，看看能否成立联合调查专案组。"

冷彤赞许道："我们想到一块儿去了。我来之前，已经跟局里汇报过，也跟清江县公安局的领导请示过了，希望能成立联合调查专案组，但是被拒绝了。"

林墨和柯建国疑惑地看着她，她解释道："也不能算是拒绝，因为目前正处于社会经济发展的非常时期，需要处理的案子以及旧案积案太多，目前根本无法再抽出专门的警力来调查这两起失踪案。"

"这不是简单的失踪案。"林墨陡然发声，声音低沉。

"但究竟是不是'影子'干的，目前还没有任何确凿的证据。"冷彤也抬高了声音，"这么多年来，为了找到'影子'，咱们两地警方花费了不少人力和物力，但这个家伙太狡猾了，没有给我们留下任何痕迹和线索。所以，接下来，我们必须自己先干起来。"

"怎么干？就你，加上我们所里这几个人？"柯建国问。

"我们林局和你们郭局就是这个意思。我，老街派出所的所有民警，就是这个案子的全部调查人员。"冷彤的话已经说得很清楚，她，加上风口老街派出所的民警，一起就四个人。

实际上，风口老街派出所除了柯建国和林墨，还有一名内勤女警，所以，这个调查组真正能办案的就三个人。

"我就不信这个'影子'有三头六臂，要是不把他挖出来，我林墨发誓脱下这身警服。"林墨话音刚落，冷彤却泼了一盆冷水："林警官，这身警服要是很容易脱下的话，那你当初为什么还要穿上？尊重一下你的职业吧。有句话我还得先说在前面，如果想破案，希望你以后的一切行动都要听指挥，绝不能因为案件涉及你女朋友就意气用事，要时刻记得自己的身份。"

"行，不过以后我到底听你的还是听柯所的？"

"听我和柯所的！"冷彤直言道。

林墨对她的态度有些不爽，但想着为了尽快找到失联的欧阳萱，不得不讪讪地点了点头。

"还有句话你得好好听着，我知道你是警校毕业，比我们这些没上过警校的多喝了点墨水，在你眼里，我们就是土包子，但你记住，要想抓到'影子'，光靠耍嘴皮子是行不通的。还是那句话，你在警校学的那些，不过是纸上谈兵，要想破案，最后还得靠我们这些在一线的土包子多年积累下来的经验。"冷彤的话令现场陷入极度尴尬，柯建国看出了端倪，忙掺和道："好了好了，今天的会议就到此为止吧。林墨，待会儿下班后你把冷副队长送到住的地方。"

"下班后我得马上回家，还有……"林墨闷闷不乐，想要回绝。

"那不正好顺路吗？冷副队长住的地方也在职工宿舍，就你隔壁，这事儿就交给你了！你别给我打马虎眼，这是命令。"柯建国说完，把钥匙丢在了桌上。

冷彤却起身说："还没到下班的时候，我先出去转转！"

"好，好，差不多的时候我让林墨给你打电话。"柯建国目送冷彤出门后，转身就质问林墨到底怎么招惹她了。

林墨哭丧着脸，没好气地说："您怎么就不问问她怎么招惹我了呢？"

"你们是不是在会议期间结下梁子了？"柯建国果然是老江湖，一眼就看到了症结所在。

"要不是因为工作需要，我还真不想跟她共事。"其实他想说的是"要不是为了欧阳萱，我才不想跟她共事"。

"行了，我不管你们之间曾经发生过什么，但是从现在起，你们就是一根绳子上的蚂蚱了。不对，看我这话说的，太不恰当了，应该是一条船上的人。既然如此，那就必须摒弃前嫌，通力合作，才能到达河对岸。"柯建国最后重重地拍了拍林墨的肩膀，"就算是为了欧阳姑娘，有些事你也该忍！"

"我忍不了。"林墨毕竟年轻气盛，有些话张口就来。

"忍不了也得忍。实话跟你说吧，人家冷副队长是龙口市派来查案的，级别比我们高，名义上是联合调查，其实是我们协助她破案。再说了，按照正常程序，她来之前是要经过咱们县公安局批准的，孙副局长已经亲自给我做了指示，必须无条件配合冷副队长的工作，明白了吗？"

"我们配合她工作？她了解这边的情况吗？"

"对，必须配合她的工作，这是局长的指示。"柯建国重重地说，"你小子是聪明人，有些事怎么就想不明白？冷副队长虽然是个女人，但也是老公安，屡破大案要案，有着丰富的办案经验，跟她比，咱俩都太嫩了。她来咱们这里查案，也是为了尽早抓到罪犯，就算是为了欧阳萱，你就不能配合配合？"

下班后，林墨按照柯建国的吩咐，领着冷彤回到职工宿舍，然后一言不发地回到房间，但是很快，他又敲开了冷彤的房门。

冷彤抱着双臂，站在门口，不明所以地看着他。

"忘了跟你说，如果有什么需要，找我就行，我就住在隔壁。"林墨说完这话，又作出要离开的样子，却被冷彤叫住："待会有事吗？要是没事的话，带我出去吃点东西吧。"

林墨这才想起自己也未吃晚饭，虽然肚子里空空的，但他实在没什么胃口，本来下班后不愿出门的，此时想起刚刚说过的话，只好硬着头皮把她带到了附近的一家小饭铺，点了两个菜，还说这顿他请客。

"不用，我请！"冷彤说。

林墨却二话不说，直接付了钱。

"好吧，下次我请！"冷彤没跟他争。

这家饭铺农家菜的味道实属一绝，深得林墨喜欢，也很合欧阳萱的口味，以前欧阳萱每次来老街，总要来这里吃上两次。可是现在，坐在自己对面的人，不再是欧阳萱。林墨怅然若失，又开始思念女友，想起她之前坐在自己对面的情景，不禁黯然神伤。

冷彤突然开口道："说说你跟你女朋友的事情吧。"

林墨从思念中回到现实，面对冷彤的八卦问题，一时语塞。

"别误会，我问这个，只是为了案子需要。要找到她，可能需要了解关于她的一些个人情况。"冷彤解释道，"你们怎么认识的，在一起多久了，她有些什么爱好……"

林墨面对冷彤的连环式提问，摸着脸颊，陷入回忆中。

"我们认识的时候，是我在警校的最后一年，而她还是美院大二的学生。我在老街派出所实习一年，然后通过考试留了下来，而她继续完成学业。每年寒暑假有空的时候，她都会来老街看我。她是学美术的，天赋很高，也很喜欢老街，所以每次来看我的时候都很开心。

我陪着她在老街游玩、画画，憧憬美好生活，规划我们的未来。这一次，她来的时候，我正好在龙口市出差，没想到会发生这种事，要是我一直陪着她……"他说不下去了，眼圈微微有些发红，但他强忍住泪水，刻意扭过脸去，掩饰了内心的痛苦。

服务员把饭菜端上了桌，林墨挤出一丝笑容，讪讪地说道："萱萱每次过来，都会让我带她来这里吃饭，她特喜欢这里的农家菜。"

冷彤尝了尝，露出了赞许的表情。

林墨吃着饭，突然想起一件事，想从冷彤这里得到答案。

"十五起妇女失踪案，两起杀人案。凶手的犯罪手法不一样，所以一直没作简单并案处理。"冷彤告诉他，"至少在找到确凿的证据之前，是没办法并案的。我们是办案人员，只能相信证据。"

"你的意思是，可能存在两个，或者多个凶手？"

"很有可能，在这些案子中，共通点实在太多，不排除还有其他凶手模仿作案的可能，加上时间跨度太长，要理清每一个案件，太难了。"

"如果凶手在现场留下了痕迹，哪怕是一根细微的毛发，DNA技术都有可能锁定真凶。"

"可惜凶手并没有给我们留下任何线索，你所说的新的刑侦技术，也根本派不上用场。"冷彤边吃菜边说，"这次过来，我有一种非常强烈的预感，凶手好像一直在我们身边，而且离我们并不远，他熟悉周边环境，反侦察能力强，所以才能在每次犯案的时候全身而退，并且还能不留下任何线索。这个凶手，是我当警察以来，遇到过的最难缠的对手。"

"'影子'的档案中，标明了他'本地人'的身份，可这些年来，他的犯罪范围几乎覆盖了清江县和龙口市……"

"但即便如此，还是有规律可循，我有强烈的预感，凶手就在清江县,甚至很可能就在老街。"冷彤打断了他,"先吃饭吧,早点回去休息。关于案情,明天上班再说。"

入夜林墨睡不着,突然起身,在门后站了片刻,猛地打开门,望着空空如也的漆夜,怅然若失。

林墨随手翻了翻《清江壮歌》,不知什么时候才迷迷糊糊地闭上了眼。但是,很快又被一阵轻微的吱呀声惊醒。他敏感地睁开眼,支起耳朵倾听了片刻,这才知道住在隔壁的冷彤推开了窗户。

他看了一眼时间,快午夜了。她跟我一样也睡不着吗?他这样想着,索性坐了起来,没想到手头的书掉在木质楼板上,声音尤为刺耳。

冷彤站在窗口,自然也听见了隔壁传来的声音。她一直在操心案子,所以无法入睡,想起林墨身上的压力,不禁幽幽地叹息起来。

在她身后的桌上,摆放着一幅地图,地图上有很多标记,红色的、黄色的,密密麻麻,把风口老街围成了一个圈。

第二天,三人在派出所碰了个头,然后分头行动,拿着胡艳梅的照片,满大街打探她的行踪。还别说,她在失踪之前曾经去过的几个地方,都给老板留下了印象。

"我这边查到的是,胡艳梅曾经去一家手工店,给她侄儿买了个拨浪鼓,还买了一把手工梳子。"冷彤汇报时说,"老板对她印象特别深刻,因为她在选商品的时候压价太厉害了,特能砍价。老板说,做她的生意,基本上没赚到钱。"

柯建国忍不住笑了笑,说:"我跟你有相似的情况。胡艳梅下午两点多去了酒铺,买了两瓶本地特产的杨梅酒,也是跟老板磨了半天价。老板说,本来没多少利润,一般是不打折的,但最后还是没能经得起姑娘的软磨硬缠,以九折的价格卖给了她。"

"看来这姑娘挺会讲价的。"冷彤撇了撇嘴。

林墨却好像在发呆,并没有听他们说话,直到柯建国提醒,他才扭过头，无精打采地说："我打探到的情况是，胡艳梅跟西兰卡普民宿产品专卖店的老板打听了老街住宿的价格，老板向她推荐了四季旅社，但后来去没去却不清楚。"

"四季旅社？"柯建国脸上写满了惊讶，"就是欧阳萱来老街后住宿的地方？"

"我去四季旅社找过老板，但老板说根本没见过胡艳梅。"林墨满脸愁容，"如果她没去四季旅社住宿，会不会去了别的地方住宿？"

"很有可能又回县城了，因为她回老家乘车，必须去县客运站，那是必经之路。"柯建国说，"接下来，我们要查一查县城的旅社，还有客运站，看看能不能找到胡艳梅更多的行踪。"

可是，几天排查下来，胡艳梅没在县城住宿，也没有乘车记录。也就是说，关于她所有的线索，在老街就全部断了。

山里雨多，而且说来就来，很多时候还没有任何征兆。

林墨下午接到通知，去几公里之外的村里处理邻里纠纷，兄弟俩为争地界大打出手，差点酿成血案，他夹在中间，拉扯中额头还挨了一拳。这种因为鸡毛蒜皮的事引发的血案，在农村特别多，所以他也渐渐习以为常，逐渐积累了一些经验，最终靠三寸不烂之舌说服兄弟俩，完美解决了纠纷。回去时，天已经黑尽，而且大雨没有停歇的迹象。

他冒雨开车回家，在坑坑洼洼的泥泞路上颠簸，殊不知没稳住方向盘，一不小心把车开进了沟里，再也没能启动。此地离老街还有两公里，前不着村后不着店。他下车查看了一番，最后决定把车丢在路上，等明天雨停后再叫师傅来修理。

真是折腾的一天啊！

林墨挨揍的额头还微微有些疼痛。他出门前没料到车会抛锚，所以没带手电，撑着雨伞，高一脚低一脚，独自朝着老街的方向慢行，可雨实在太大，雨伞也不能完全遮挡雨水，前胸后背淋湿了一大片。

十来分钟后，老街的影子已经依稀可见，偶尔透露出来的昏黄的灯光，这让他的心微微暖了一下。

可是，他从灯火处收回目光时，瞬间感觉像是被黑暗中的什么东西刺了一下眼睛。定睛望去，不远处，有个模糊的影子在晃动。

"什么情况？"林墨睁大眼睛，弯下腰，透过雨水，擦了擦眼睛，才终于看清不远处田坎上有个黑影在缓慢移动，好像在拖拽着什么笨重的东西。

他的思维像机器似的高速旋转，突然意识到了什么，心里猛地一惊，一股热流迅速涌遍全身，然后扔下雨伞，朝着黑影方向飞奔过去。

到处都是泥坑，一不留神就踩了空。他觉得自己的速度已经够快，实际上每一步都受到了牵绊，加上内心波浪翻滚，当他快要接近黑影时，脚下一滑，匍匐着地，摔了个嘴啃泥。

幸好，黑影还没发现他。

林墨在地上趴了会儿，然后抹了一把脸上的泥水，猫着腰慢慢地站了起来。他隔着田坎，这一次，非常清楚地看见了身着雨衣、包裹着头的"黑影"身体下骑着一个女人，双手正掐着她的脖子，嘴里骂骂咧咧。

林墨听不清"黑影"在说什么，淋湿的脑子出现暂时性短路，让他的行动变得稍稍有些迟缓，站在那儿，脑子里一片空白，就连呼吸都变得有些不顺畅了。

被骑在身体下的女人，一开始还挥舞着双手反抗，但渐渐就没了力气。"求求你，我什么都没看见，不要杀我，我想活……"女人极力哀求，声音越来越微弱。但"黑影"阴笑道："反正都是要死的人了，我给你最后一次机会，好好看看我吧，记住我这张脸，下辈子来找我报仇。"

"不，我不看，我什么都没看到。求求你，大哥，求求你放过我！"女人的哀求苍白无力，闭上眼睛，扭过头去不敢看他。

"大哥？嘿嘿，你是在叫我大哥吗？""黑影"狂笑着，全身的力量都聚集在双手上。

女人明白自己在劫难逃，终于睁开了惊恐的双眼，想要最后一次再看看这个世界。

林墨忍无可忍，胸怀满腔怒火，一个箭步冲上前，飞身而起，几乎使出了吃奶的力气，一脚将"黑影"踹翻在地，然后抱起女人的身体，拍打着她的脸颊，试图唤醒她。可就在这时，"黑影"挣扎了几下，又翻身而起，拔出寒光闪闪的匕首，挥舞着刺向林墨。林墨感觉不对劲的时候，下意识躲闪了一下，但肩膀还是被刀锋伤到。他滚落到一边，还没站稳脚跟，黑影人又挥舞着匕首逼了过来。

说时迟那时快，林墨闪电般出手，猛地抓住"黑影"，正要将匕首抢过来，"黑影"却用膝盖猛烈撞击他腰部。他疼痛难忍，不得不松手，然后试图用手肘去挡开"黑影"的膝盖。"黑影"却没给他机会，反手一拳，重重地击中了他下颌。他倒退两步，就在"黑影"再次挥舞着匕首砍过来时，他装作拔枪的样子，同时嘴里怒吼道："不许动，我是警察！"

兴许是这一声怒吼吓到了"黑影"，"黑影"怔在原地，迟疑了一下，突然收住脚步，然后转身便跑。

"站住，别跑！"林墨不由分说追了上去，但"黑影"身手敏捷，好像雨天对他的行动并没有多大影响。

林墨一直循着"黑影"追赶，虽然看不清前路，此时也顾不得前面是刀山还是火海，只想将"黑影"逮捕归案。但在穿过好几片庄稼地之后，突然就失去了目标。

他站在大雨滂沱的夜空下，任凭雨水劈头盖脸地砸下来，凝望着

"黑影"消失的方向，想起自己差点就要成功抓到行凶者，便再也没忍住，冲着夜色咆哮起来。

此时，差点就丢了性命的女子仍在昏迷中。

林墨气喘吁吁地返回现场，抱起女人，大声呼叫着，拍打着她的脸，摇晃着她的身体。

终于，女人轻轻咳嗽了几声，喘息着睁开眼，望着漆黑的夜空，可能是发现自己还活着，憋了一口气，终于没忍住，突然哇的一声大哭起来。但哭着哭着，又陷入昏迷中。

林墨这才发现她脖子受了伤，血正混着雨水慢慢渗出。

清江县人民医院，脸色冰冷的陈佳丽安静地躺在病床上，幸好没伤及要害，身体已无大碍。

此时已是凌晨五点，天还没亮。病房外，是焦急等待的她的父亲陈桂河，还有派出所的一帮人，大家都在等她醒来。

陈桂河头发花白，将近七十岁的人了，得知女儿遭遇如此凶险，当时一口气没接上，差点也晕了过去。

林墨并没有因为救了陈佳丽的命而感到高兴，反而在为自己没能抓捕凶手懊恼不已。就差那么一点点，他就成功了。可惜，错失了大好机会。

"你的伤，没事儿吧？"柯建国关切地问道。

林墨看了一眼被血染红的肩膀，摇了摇头。

"既然都到医院了，去找医生给上点药吧。"

林墨又摇了摇头，无力地说："都怪我，第一次离凶手那么近，最后却还是让他给跑了。老天既然给我机会让我撞见他，为什么还要给他机会逃跑？"

"所有的事老天都已经安排好了。"柯建国安慰他，"放心吧，躲得了初一，躲不过十五。"

冷彤看着病床上的陈佳丽，提出先回所里。

这个点儿，天已经朦朦胧胧地亮了。

回到老街派出所，林墨把当时发生的事详细地说给柯建国和冷彤听，然后他们决定再次返回现场，查看凶手是否留下了线索。

雨后的清晨，野外升腾起一层薄薄的雾气，如梦似幻。

"昨晚的雨太大了，正常情况下，凶手应该会留下脚印，可惜现在全都乱了。"冷彤把现场翻来覆去地查了又查，又沿着林墨追赶凶手的方向重走了一遍，但都没有发现完整的鞋印。

柯建国扫视着四周，说道："你说你追到这个地方的时候，嫌疑人突然就消失了。我刚刚查看了一番，发现四周都是庄稼地，除了西南边的小河。"

林墨和冷彤跟着柯建国的指引，果然在不远处看到了小河沟，浅浅河水正无声流淌。

"凶手应该就是从这里逃走的。"冷彤说，"从你之前站立的位置，根本看不到河里的情况。"

"如果不是本地人，是不知道这条小河的。那就只能说明一点，凶手对此处的环境非常熟悉，这也印证了之前的推论。"柯建国又走下河沟到处转了转，可惜白忙活一场。

"对，确实说明之前的推论是准确的，如果凶手真是'影子'，昨晚的事，正好可以进一步证明他是本地人。"冷彤顺着他们的话说道，然后问林墨对凶手还有没有别的印象。

林墨回忆道："我赶到的时候，凶手正要动手行凶。当时雨很大，他穿着雨衣，半张脸都被挡住，很可惜没能看到长什么样。"

"他脸部的下半部分呢？比如嘴上有没有胡须，或者刀疤之类的特殊标记？"

"没有，这个倒是很肯定。"林墨若有所思地说。

冷彤有点失望。

"冷副队长，不是还有受害人吗？等她醒来，我们再去问问，兴许能找到一些线索。"柯建国在一边儿提醒道。

冷彤说："柯所，您的年龄跟我爸差不多，以后就叫我小冷或者冷彤吧。"

"行、行，那以后就叫你小冷，亲切！"柯建国笑道。

将近中午时，林墨接到陈桂河的电话，得知陈佳丽醒来，三人正在吃饭，丢下碗便急急忙忙赶去医院。

陈佳丽的伤并无大碍，但状态稍微差了些，看来精神上受到的惊吓，远比凶手在她脖子上划的那一刀严重得多。

三人进入病房时，陈桂河正在喂女儿喝汤，一看到林墨，便急着给女儿介绍："快，佳丽，这位林警官就是昨晚救你的人，是你的救命恩人……"

"谢谢，谢谢林警官！"陈佳丽声音虚弱。

"没什么，恰好被我撞见，你没事就好。"林墨让她把昨晚的遭遇一字不漏地告诉大家。

陈佳丽是县人民医院中医科的医生，昨晚快下班时，突然接到父亲的电话，让她下班后去给营上村一位老病号送点药。

"都怪我，昨天有感冒病人去诊所输液，我走不开，这才让佳丽去帮我送药。"陈桂河在老街开了家"街坊诊所"，"都怪我，要不是我让她大晚上去送药，她也不会遇到这倒霉事……"

"在回来的路上，有人从背后打我，差点就晕了过去。后来，这人把我从路上拖出去很远，我一直在挣扎、反抗，以为他要对我行不轨，但他没有，只是一个劲地说我这样的女人该死。我以为自己真的要死了，呜呜。然后，就在他想要杀我的时候，林警官就来了。"陈佳丽说着说着，泪水早已夺眶而出。

"要不，你先休息，等你身体稍微恢复恢复，我们再来！"林墨不忍心再问，他理解那种劫后余生的感受。

"对不起陈小姐，为了尽快抓到凶手，必须再问你两个问题。"冷彤却不依不饶。

陈佳丽抽泣得越发厉害。

"冷副队长，我觉得现在不是问话的时候，受害人过度受惊……"林墨话未说完，冷彤便打断了他："就两个问题，不会耽误你太多时间，希望你能尽量配合。"

"叫你冷美人还真没错！"林墨在心里嘀咕道。

陈佳丽擦去泪水，缓和了一下情绪，平静地说道："你问吧，我没事儿！"

"你好好想想，到底有没有看到凶手的脸？"

陈佳丽摇头道："我没敢看，而且他穿着雨衣，脸被遮住了！"

"别的呢，有没有什么特别的印象？比如口头禅，或者特别奇怪的方言。"

陈佳丽想了想，又缓缓摇头道："没有特别的口音，他就是一直在打骂我，威胁我别叫，不要反抗。"

"在那种情况下，换做任何一个正常人都会害怕，何况一个姑娘，大晚上遇到那种事，害怕也是理所当然……"柯建国帮着解围。

冷彤闷闷地说："我理解，但还有最后一个问题。你在生活和工作中，有没有跟什么人有过摩擦，或者结过仇？"

陈佳丽在沉思的时候，陈桂河在一边说："佳丽是个善良的姑娘，从来没跟人发生过口角，更别提结仇了。"

"最近发生了一件事，不知道算不算？"陈佳丽指的是科室副主任最近调走，医院要从她和另外一名医生中提拔新的副主任，两人闹得有点不愉快。

"好的,这件事我们会调查。你先休息吧,以后如果想起什么,要记得第一时间告诉我们。"冷彤说道。

第三章　离奇的味道

我们的眼睛就是我们的监狱，而目光所及之处就是监狱的围墙。

——尼采

　　林墨上午去了一趟县公安局，再次调阅了近几年发生在清江县周边地区的杀人案卷，发现一个特别奇怪的现象，两起未破的杀人案中，受害者也都是妇女，但遇害前并未遭到强奸。

　　那么，凶手为什么仅仅只是杀人？一般来说，凶手杀害手无寸铁的妇女，要么是为了满足兽性，要么就是图财。但是根据之前的调查，两起杀人案中的受害者，生前并不认识，除了遇害地点都在风口老街周边几公里范围内，其他没有任何交集。而且，两名死者遇害后，身上的钱财也没有损失。如此说来，凶手随机杀人，可能存在心理扭曲的情况。

　　"你的意思是，凶手没有强奸，没有抢劫财物，只是为了体验杀人的快感？"冷彤扭了扭酸痛的脖子。

　　他们这两天基本没休息过，但为了案子，都在尽力坚挺着。

　　"跟陈佳丽竞争副主任岗位的人选，我们已经调查过了，那姑娘在案子发生之前，得知自己怀孕，已经放弃了竞聘，所以不存在报复杀人或者买凶杀人的情况。"林墨分析道，"据医院同事反映，陈佳丽平日里跟大家关系很融洽，业务能力强，工作积极性高，还乐于助人，是个典型的大好人。至于生活中，她没有男朋友，不过倒是有个追求者，是她医院的男同事。陈佳丽虽然还没答应追求，但一直在给他机会。我见过那人，很斯文，是骨科的主治医师，有着大好前途，应该没有杀人动机。"

"她父亲陈桂河那边的调查情况怎么样，有没有得罪过什么人？"冷彤进一步追问。

柯建国说："我跟他详谈过，快七十岁的人了，没跟人有过节。陈桂河在老街开了一辈子诊所，老婆在十年前就走了。父女俩一个性子，乐于助人，不仅医术高明，而且医德高尚，经常减免穷苦病患的医药费。"

冷彤陷入沉思。

"我下班后再去医院一趟，跟陈佳丽好好聊聊，看看还能不能想起点什么。"林墨边整理办公桌边说。

柯建国刚给自己泡了杯茶，转身又说："这两天大家都辛苦了，都没好好吃顿饭。这样吧，今儿晚上下班后，都去我家，我亲自下厨做两个菜，好好慰劳慰劳你们。"

"我就不去了，好几天没合眼，还想着今儿早点回去休息。"冷彤推辞道。

"我也得去医院，要不改日吧。"林墨跟着说。

"你们俩这是唱的哪一出？"柯建国假装黑脸，"在这儿，我年纪最大，所以今天你们必须听我的。冷彤，你待会儿提前跟我走，帮我打打下手。林墨，你先去医院，尽快行动起来，六点半之前必须赶到。"

陈佳丽已经在医院躺了三天，林墨中途抽空去看过一次，但时间紧，没聊上两句。

"哎，你爸呢？"林墨带了点水果去看她，但在病房没看到陈桂河，这才得知诊所忙，他早上就回去了。

陈佳丽说："谢谢你来看我，我已经恢复得很好了，打算明天一早就出院。医院里都是我同事，有什么需要，他们会照顾我。刚好诊所也忙，这两天有好些病人打电话找我爸，所以早上就让他先回去了。"

看着陈佳丽，林墨自然而然会想起欧阳萱。他敞开心扉，跟陈佳丽讲述了欧阳萱失踪的事。陈佳丽没想到林墨心里竟然背负着如此沉重的心事，一时间几乎哽咽。

"我很开心能救了你。"林墨强颜欢笑，"可是萱萱没你那么幸运，过去了这么久，一点消息都没有。要是老天再给我一次机会，我绝不会让她一个人来老街，更不会让她出事。"

"萱萱一定会没事的。"陈佳丽安慰道，"我虽然没见过她，但我相信她是个善良的女孩，可能只是迷路，总有一天一定会回来的。"

"但愿吧，我也觉得她会回来……"林墨心里苦涩，"她跟你一样，还那么年轻，将来还有很长很长的路要走。"

"我给你削个苹果吧。"陈佳丽摸了摸红了的眼睛。

林墨忙说："我不吃。你吃吗？还是我来吧。"

陈佳丽就这样安静地看着林墨削水果，直到林墨抬头看她，她才慌忙收回目光，不好意思地说："林警官，你们让我好好想想那天晚上的事。昨天晚上，我做梦了，又梦到那人要杀我……"

"谁遇到这种事都不会好过。萱萱失踪之后，我也经常做噩梦，梦见她朝我大叫，让我救她。"

"在梦里，我好像真的又回到了那天晚上。"陈佳丽满眼迷茫，"我尽力想看清凶手的脸，可最后还是失败了。不过，他在抓我的时候，我好像闻到了一股奇怪的味道，带着很淡的香味儿，似乎在哪里闻到过，但我醒来后，又不确定了。"

林墨把苹果递给她，看着她的眼睛问道："奇怪的味道？你指的是当时真的闻到了，还是只是在梦里闻到？"

"我不知道，不知道是真实的，还是梦境……"陈佳丽狐疑地说，"不对，我很确定，是他身上的味道。我想起来了，那种味道很淡，不像是香水的味道。"

"你平时自己用香水吗？"

"用啊，但很少。"

"会不会是你自己身上的味道？"

"这个倒不会，我很熟悉自己用的那款香水的味道。"她解释道，"我在医院工作，每天与不同的药品打交道，嗅觉必须灵敏，所以对于不同的味道也非常敏感。"

林墨提起精神，问："你再好好想想，到底是真实的味道，还是梦里的味道？"

"我真的不确定……"

"一个大男人，身上有奇怪的味道，还带着香味儿。"林墨嘀咕着，"一个杀人凶手，为什么身上会有香味儿？莫非、莫非是女扮男装？不对，我跟他交过手，从他袭击我的劲儿来看，绝对是男人。可是，究竟什么样的男人会使用香水？"

"现在用香水的男人很多呀。"陈佳丽说，"商场里还有专卖男人香水的呢。"

"那我问你，如果再闻到那种味道，能辨别出来吗？"

"应该能吧。"陈佳丽不确定地说，"可你要上哪儿去找到那种味道？"

"你一般是在哪里买香水？"

"县城的百货商场啊。"

林墨眼里浮现出笑容,问:"能不能帮我个忙?"

本来陈佳丽是打算明儿一早出院的,但为了抓到凶手,她提前出了院,还答应陪他一块儿去百货商场。

可就在这时,正在追求陈佳丽的骨科医生吴建云推门而入,见林墨也在,忙热情地打招呼。

"佳丽,你这是要出院?"他看到陈佳丽换好了衣服,"你还没完全康复,暂时不能出院。"

"没事儿,我这不已经好了吗?本来早就要出院的。再说了,我还有点事情需要马上去处理。"陈佳丽好像对这个吴建云并不感冒,直接绕过他,带着林墨就出了医院。

商场里人来人往,和风口老街相比,这里简直就是另外一个完全不同的喧嚣世界。陈佳丽轻车熟路,带着林墨来到了售卖香水的柜台前,然后让售货员拿出各种香水在柜台上一溜儿摆开。

"开始吧。"林墨抱着极大的希望。

陈佳丽闻了一圈儿也没结果,售货员怪异地看着他们,过了许久,才终于忍不住问:"你们不是诚心买香水的吧?"

"买啊,当然买。这位女士在找一款以前买过的香水。"林墨忙不迭地说。

"不记得哪个牌子了吗?"

"对不起啊,就是因为忘了,所以才用这种死办法。"

"到底是她用过的,还是你用过的?"售货员看着满柜台的香水,眼神疑惑。

"是、是这样的。那款香水好像是男女通用的,但好像又不是,应该是女人专用的吧。不好意思,时间太久,我是真的忘了,所以只能用这种办法……"林墨试图蒙混过关,幸好陈佳丽这边已经完事儿，失落地说："没有！"

林墨瞪着眼睛问："你确定？"

"嗯！"

"请问，县城除了这里，还有别家卖香水吗？"林墨问售货员。

"没了！"陈佳丽抢着说，"仅此一家，不过也可能有小摊小贩卖劣质香水的！"

清江县本就不大，何况香水算奢侈品，价格不菲，在这种小地方，能消费得起的人不多。

"也对，我看这些香水的价格都挺贵的，估计消费群体的范围很受限。"林墨满脸失望，"看来线索又断了！"

"除了香水，还有没有别的东西能发出香味儿？"陈佳丽和林墨走出商场时自言自语道，"而且还是能喷在身上的。"

林墨的电话突然响起，柯建国催他赶紧过去吃饭。

"能不能再加一双碗筷？"林墨半开玩笑地问。

柯建国愣了愣，突然好像明白了什么，说："这能算事儿吗？赶紧带过来吧，碗筷都摆好了。"

陈佳丽本来不好意思去蹭饭，但最终还是经不住林墨生拉硬拽，一块儿来到了柯建国家里。

林墨倒不是第一次到柯建国家里蹭饭，还没进门，便闻到了饭菜香。"比商场里的香水还要香！"陈佳丽在门口戏谑道。林墨夸张地说："柯所的厨艺可是老街一绝，今儿有口福了，待会儿你多吃点。"

柯建国看到精神状态不错的陈佳丽时，惊叹道："恢复得真不错，相请不如偶遇，你和冷彤都是第一次来我家，今天的晚餐，一是欢迎冷彤远道而来，二是祝福你重生。俗话说得好，大难不死必有后福，希望你以后的人生顺顺利利。"

冷彤此时正在厨房里帮忙，林墨进屋后看到她的背影，故作惊讶，低声问柯建国："冷副队长还会做饭？"

"你这是什么话，有两个菜可是她亲自做的，待会儿尝尝！"柯建国善意地批评道，"冷彤亲自下厨，这可是给我们两个大男人极大的面子，不管好吃不好吃，你小子待会儿都得给我兜着。"

满满一桌子菜，色香味俱全，只看一眼便让人胃口大开。

"这个是柯所做的，这个应该是冷副队长做的。"林墨挨个尝了个遍，也不表态味道如何。

"对，这两个菜就是我做的，让你失望了？爱吃不吃。"冷彤一脸高冷。柯建国斥责林墨："我说你小子干什么呢，什么时候你也亲自下厨给做俩菜，再难吃我也捧场。"

"哎呀，我说难吃了吗？还真不难吃，味道好极了，跟柯所的厨艺不相上下。"林墨露出笑容，"冷副队长，没想到你不仅是警界精英，而且还有一手好厨艺，佩服、佩服！"

冷彤狠狠地瞪了他一眼。

"陈小姐，让你见笑了。让他们闹去，咱们赶紧吃饭吧！"柯建国给陈佳丽夹了满满一碗菜，陈佳丽很腼腆，一个劲儿地说："够了够了，我都吃不下了！"

"你多吃点，在医院躺了好几天，肯定没怎么好好吃饭！"林墨劝道，"别急，慢慢吃，吃完饭我送你回家！"

"以后你们要是想尝我的手艺，只管来就是！"柯建国热情地说，"除了抽油烟机不好使，做饭的时候，屋里烟味儿有点大，别的都还好。"

林墨听到这话，心里突然微微一动。

香水味儿和油烟味儿，这两种味道此时在他心里十分敏感，但他很快释然，发誓掘地三尺，也要找到味道的来源。

在融洽的气氛中结束晚饭，林墨送陈佳丽回家，冷彤自个儿先回去了。

夜幕下的老街，温暖而祥和。二人缓慢地走在街上，散步似的。他想起也曾和欧阳萱像今晚这样在街上散步。

"谢谢你！"陈佳丽突然说。

"什么？"

"谢谢你带我品尝柯所和彤姐的手艺！"

"柯所的手艺就不说了，我可是经常过去蹭饭。至于冷副队长嘛，我跟你一样，也是第一次吃她做的饭。今儿的晚餐，还满意吧？"

"当然满意啊，我都吃撑了！"

林墨淡然一笑，很快转移了话题："你从小就在这里生活吗？"

"对呀，在这里出生，又在这里长大，本来还要在这里工作。"陈佳丽说，"但我爸他暂时不让我回诊所上班，说什么要先去外面锻炼锻炼，长长见识。"

"老人家自有他的考虑，你得理解。"林墨望了一眼深邃的夜色，"陈小姐，案子的事情还得拜托你，有空的时候多想想你在凶手身上闻到的到底是什么味道，究竟在什么地方闻到过。这条线索，对案子至关重要。"

"我会的，一定尽力去想。"

林墨把她送到家门口时，她邀请他进去坐坐再走。

"不早了，回去休息吧，明天还得上班呢。"林墨目送着她走到门口，她推门正要进去，突然又转身看着他，冲他愉快地挥了挥手。

林墨回去必须要经过冷彤门前，看到她屋里的灯亮着，猜她应该还没睡。他掏出钥匙，正要开门，冷彤突然出来。

"可以聊聊吗？"她直截了当地问。

"聊什么？"

"跟你之间，除了案子还能聊什么？"

林墨不置可否地笑了笑，随她进了屋。

他在她住进来后还从来没进屋拜访过。屋子收拾得挺整洁，空气中飘荡着一股淡淡的洗衣粉的香味儿，似乎还有洗发水的味道。

又是香味儿！他发现自己有些神经过敏。

"有什么想跟我说的？"冷彤突然问。

林墨看了一眼她刚洗过的头，还湿漉漉地搭在耳根，一头雾水地说："你让我来，我还以为你有什么想主动跟我聊的。"

她却问道："你今天去找陈小姐，她就没想到些什么？"

林墨这才意识到回来后，还没来得及告诉她关于陈佳丽在凶手身上闻到奇怪香味儿的事。

"怪不得吃饭的时候，柯所提起油烟味儿时，你的表情微微发生了变化，我就猜到你可能有什么事没跟我说。"

"你那双眼睛能读心吗？可真毒辣！"林墨在她面前比画着开玩笑，"看来以后还真没有什么事能瞒过你。"

"说说你的想法吧。"

"还没想到什么，陈小姐说凶手身上带着一股奇怪的香味儿，我就把能想到的味道都过滤了一遍，也许以前对香水等生活中常见的物品不是特别关注，所以……"

"看来只能在陈小姐再次闻到那种味道的时候，才能记起那是什么东西。"冷彤说完这话，便把他往门外推去。

"喂，别推我，我自己会走。"林墨被推到门口，还想再说什么，门却已经重重地关上。

林墨接到陈佳丽的电话时，刚从外面办完事回到所里。

陈佳丽在电话里说好像找到了疑似凶手身上的那种味道。他急匆匆赶到诊所，诊所里有好几个病患，她正在帮着父亲抓药。

"哎呀林警官，真是稀客，什么风把你吹来了，快请坐。"陈桂河热情招呼林墨时，陈佳丽已经看到了他。她跟父亲打过招呼，然后就拉着林墨出了门，来到街上，回头看见诊所里背着身的那个背影说道："就是他！"

林墨仔细瞅了一眼，问："秃顶的那个？"

陈佳丽点了点头，收回目光说："他一进诊所的时候，我就闻到了那种味道，很像。"

"想到是什么味儿了吗？"

"好像是头发定型用的一种摩丝。"

"摩丝？"林墨差点没忍住笑，"就他那发型，还用得着摩丝？"

"你别笑，我说真的，就是摩丝的味道。"

林墨想起了"一剪美"理发店。

"而且是那种很劣质的摩丝，味道很不正常。"陈佳丽说，"但是可能过了很长时间，又被雨淋湿，味道很淡，而且我从来不用摩丝，所以没能准确辨认出来。"

"你认识那个人吗？"

"不认识，以前也没见过。"

"你爸应该认识吧？"

陈佳丽还没来得及问陈桂河。

"他患什么病？"

"偏头痛。"

林墨想了想，说："这样吧，我先给所长打电话汇报一声。"

柯建国接到林墨的电话，得知他发现侵犯陈佳丽的嫌疑人时，又惊又喜，随即征询冷彤的意见。冷彤担心在没有证据的情况下打草惊蛇，于是让林墨先跟踪调查此人的身份。

林墨给陈佳丽交代了一些事，然后就在外面找了个可以直接看到诊所门口的地方待着。陈佳丽按照林墨的吩咐，回去以后续观察治疗为由，留下了病人的名字、联系方式和居住地址，然后用短信发给林墨。

林墨在诊所外等了差不多二十分钟，冷彤才匆匆赶了过来，说是刚刚跟局里电话汇报案情进展，稍稍耽搁了一会儿。

"就那人？"冷彤也看到了诊所里的秃顶男子。

"是的，他的所有信息都齐活儿了！"林墨晃了晃手机。

"待会儿我先跟上去看看，摸摸他的底再说！"冷彤的目光一刻不离地停留在秃顶男子身上，还让林墨把嫌疑人信息转给她。

"你跟？"林墨不放心，"还是我去吧！"

"盯梢的活儿我来干，一般男人对女人没有那么多戒心。"冷彤说，"你再去诊所跟父女俩聊聊，看看还能不能挖出其他的线索。"

男子出来后，林墨叮嘱冷彤注意安全，然后后脚进了诊所。

将近中午，诊所里已没什么病人。陈佳丽给他使了个眼色，他心领神会，小心翼翼地说："冷副队长在跟着。"

"林警官，是遇到什么事了吗？"陈桂河看到神神秘秘的林墨和陈佳丽，于是凑过来问道，"有什么是我可以帮忙的？"

很遗憾，秃顶男子是初次来诊所，应该不是老街的人。

"如果不是老街的人，他给的地址，为什么会在老街上？"林墨问这话的时候，开始担心冷彤一个人无法搞定，随即风一般冲出了诊所。

冷彤一路跟着秃顶男子，突然就失去了目标，幸好手机里有地址，很快就找到了他住的地方。她躲在暗处，目送着目标上了二楼，进屋后又关上了门，正思考下一步该怎么做时，电话突然响了。声音挺大，尤其是在这样安静的地方，显得尤为刺耳。

她慌忙掏出手机准备接电话，二楼的门突然开了，男子探出头来，正好跟她目光相对。电话还在响，是林墨打来的，但她没去接。

冷彤盯着秃顶男子，秃顶男子似乎意识到了危险，突然转身朝着二楼另一个方向飞奔。

"站住！"冷彤大叫着追了上去，同时接了林墨的电话，"人跑了，赶紧过来帮忙。"

林墨狠狠地骂了一声，脚下生风，冲到了街道对面。

冷彤追着秃顶男，很快把他逼到了死胡同："跑啊，怎么不跑了？我看你还能飞了不成。"她气喘吁吁，弯腰大口呼吸。

秃顶男脸色苍白，一个劲地翻白眼儿，结结巴巴地问："你、你是什么人？"

"不知道我是什么人，那你跑什么呀？"

"谁让你追我，你不追我能跑吗？"

"你不跑我能追吗？看样子你是经常被人追呀。"冷彤抹了把脸上的汗水，把手铐扔到他面前，"自己戴上！"

秃顶男看到手铐，眼神更慌乱，又作出想要逃跑的架势。

"别逼我动手啊！"冷彤冷声呵斥道。谁知秃顶男突然跪地求饶："警察姐姐，你就饶了我吧，我就一倒片儿的，以后再也不敢了。"

倒片儿就是卖黄碟。

"求求您放过我吧，我这是第一次，保证以后再也不敢了。"秃顶男鸡啄米似的磕头，冷彤心想，莫非真就是个卖黄碟的？她有点气馁，但说道："先起来，跟我回所里再说。"

"你不答应放我一马，我就不起来！"

"嘿，还跟我耍赖是吧？"冷彤说着就走了过去，刚弯腰想捡起手铐，秃顶男突然往前一蹿，怒吼着，把她拦腰给抱了起来。

冷彤没料到这家伙竟然会来这么一招，但双脚腾空，使不上劲儿，只好两手用力抓住他的耳朵拉扯。

秃顶男发出一声撕心裂肺的惨叫，不由自主就松开了手。

冷彤落地，一脚踢中他胸口。

秃顶男哀号着仰面倒地，捂着胸口再也无法动弹。

"冷副队长，你下手可真够狠的呀。"林墨正好赶到，看到这一幕，不禁戏谑道，"我是不是错过了更加精彩的？"

"废话真多，还不快把人铐起来。"

他们在秃顶男子租住的房屋里搜出三大箱黄碟，然后一起带回了派出所。

"我说了，我就是个倒片儿的，别的也没干什么坏事。"秃顶男叫沈亚军，外地人，靠四处打游击倒卖黄碟为生，前不久刚来到老街，没想到这么快就折了。

"你们怎么盯上我的？"沈亚军不解。

"要想人不知，除非己莫为。"冷彤道，"要想不被抓，那就别干违法的事儿。"

林墨把陈佳丽也叫去了派出所，让二人待在一间屋子，最近距离地靠近沈亚军。她坐在沈亚军面前，一言不发地盯着他看了许久。

沈亚军心慌意乱，没认出在诊所见过的陈佳丽，也不明白警方到底在搞什么，只是一个劲儿地说："我就是个倒片儿的，我认罪，我认罚！"

五分钟后，陈佳丽离开房间。

"怎么样，能确定吗？"林墨问她，她给了肯定的答复，然后就回去了。

林墨和冷彤走到沈亚军面前，沈亚军眉目低垂，不敢直视二人。

"把头抬起来。"冷彤敲了敲桌子，"倒卖黄碟的事，今儿我们暂且不说。"

沈亚军一听这话就急了，惊恐地说："除了倒片儿，我是真没干别的坏事呀。"

"干没干别的坏事,只有你自己心里清楚。"

"我是真没干别的坏事,就我这鼠胆,也只敢干点倒片儿之类的活儿……"

"你这发型挺不错呀!"林墨突然盯着他的头发说。

"警官,您、您就别取笑我了!"沈亚军似笑非笑,"我这几根头发,都没个正形儿,哪里还有发型嘛。"

"没工夫跟你开玩笑。"林墨黑着脸,"老实回答问题,你来老街之后,有没有去过理发店?"

"理发店?"沈亚军不解地问,"你问我这个干什么,跟我倒片儿有关系吗?"

"少啰唆,问你什么就回答什么。"冷彤呵斥道,"好好想想,到底有没有去过理发店?"

沈亚军脱口而出:"去过!"

"去的是哪一家?"

"就、就街头拐角那家,好像叫'一剪美',老板是个女的。"沈亚军交代,他这几根头发,原本不用去理发店处理的,但从"一剪美"理发店门口经过时,看到了风骚的老板,这才借着理发进去跟她套近乎。

冷彤和林墨面面相觑。

"我再问你,你平时给头发定型用摩丝吗?"林墨追问道。

"定型?"沈亚军没忍住笑了起来,但又在冷彤的冷眼逼视下收敛了笑容,"我都说了,就我这几根头发丝儿,根本就不用去理发店处理,更别说定型了。"

"你确定没用过发用摩丝?"

沈亚军顿了顿,突然恍然大悟似的说:"我想起来了,那天在理发店，老板给我喷了那玩意儿，挺香的，末了还多收了我两块钱。"

他抽了抽鼻子，又说："这几天偏头痛犯了，我都好几天没洗头，头上还有香味儿呢。"

林墨和冷彤终于确定凶手身上那股怪异香味儿的来源，不禁长舒了口气。风口老街仅"一剪美"一家理发店，说明凶手很可能曾在理发店理过发，而且还喷了那种劣质的摩丝。

"摩丝的牌子有很多种，有高端的也有低价的，甚至还有假冒伪劣的。凶手很可能去过'一剪美'理发店，也有可能来自外地，但是根据我们目前掌握的线索，暂时还无法确定凶手身份。"冷彤说，"我得去一趟'一剪美'，弄清楚摩丝的牌子。"

"我跟你一块儿去，老板我熟。"林墨带着冷彤来到"一剪美"时，于美把她上上下下打量了一番。

林墨看懂了于美眼里的含义，笑着叮嘱道："这是我朋友，于老板可得用点心。"

"瞧你说的，我敞开门做生意，童叟无欺，对每位客人都用心。"于美笑嘻嘻地说，"姑娘跟你一样，也是干警察的吗？"

"怎么，看起来不像？"冷彤对着镜子，随意地拨弄着头发。

"挺像，还真挺像警察的。"于美忙不迭地说，"这一头干练的短发，还蛮适合干警察的。"

她们你一言我一语地聊着，十来分钟后，理完发，冷彤变了个样子。

于美又问冷彤是否需要定型，需要的话得加两元钱。

冷彤等的就是这个，在于美给她头发喷摩丝时，她故意抽着鼻子说："真香！"

"那可不，高档货，不然怎么让你加两元钱呢。"

"给我看看什么牌子的，市面上能不能买到？"

"还真买不到,至少在咱们这地方买不到,我可是独家代理。"于美得意地说,脸上笑开了花儿,"实话跟你说吧,我有个表姐在广东专门做这玩意儿,我需要时就让她直接发货。如果你想买的话,可以直接从我手里拿货,当然了,我就转个手,小赚一点点。"

"是吗?那太好了,给我来一瓶吧。"

"七十八!"于美脱口而出。

"七十八块?有点贵啊,能不能便宜一点!"

"一分钱一分货,价格自然是贵点。"

"这么贵,很少有人买吧。"

于美不屑地说:"老街上的人,还真没舍得花这个钱的。记得上次有客人要买,还是大半年前,一个外地人,来老街旅游的。"

冷彤花七十八元钱买了一瓶劣质的发用摩丝,在回去的路上,心里一直不大舒服:"这个女人,心可太黑了,还真把所有人都当成了乡巴佬。要不是因为案子,我才不会舍得花这个钱。"

林墨嬉笑道:"别心疼了,回去我跟柯所申请,给你公费报销。"

"当然要报销,钱虽不多,但花七十八元钱买一瓶劣质摩丝,回去还不能用……不过为了能尽快抓到凶手,值了!"

"记不记得于美最后说的那句话?"

"上次有客人要买,还是大半年前了。"冷彤脱口而出,"这句?"

林墨赞许道:"完全正确,这说明什么?"

"说明袭击陈佳丽的凶手,八成是最近光顾过'一剪美'理发店的客人。"

"但是范围太大了,加上人口流动频繁,很难锁定嫌疑人。"林墨担心。

"那也得试试,先从老街的住户开始调查吧!"

55

就在林墨和冷彤靠劣质摩丝的香味儿无法锁定凶手时，柯建国帮了大忙。他指出"一剪美"理发店在多年前并不叫这个名字，而叫老街理发店。老街理发店以前的老板叫杜志斌，是个六十多岁的老头，也是于美的师父。

"杜志斌在某天晚上因为心脏病突发死亡，之后他的徒弟于美就接手了理发店的生意，还改了名。"柯建国说，"其实这件事也并不奇怪，杜志斌没结过婚，无儿无女，他死后由徒弟接手理发店，也是理所当然的事。可后来又发生了一件事……"

他指的是一九九零年，全国第四次人口普查时，于美的身份核查出了问题。

"这个叫于美的，户籍资料上显示是湖南凤凰人，父母双亡。当时在进行人口普查登记时，我们发现她的身份证号码无法在电脑里查询，简单来说，就是身份证号码错误。她给的解释是小时候父母在给她录入时，可能因为村里疏忽导致错误。你们也知道，因为历史遗留问题，在一段时间内，因为管理不规范，有些人在进行户口迁移时，可能会存在部分身份信息录入错误的情况，是可以申请更改的。"柯建国回忆道，"我们在联系凤凰公安时，反馈回来的信息却是查无此人。"

"查无此人？"林墨很疑惑，"就算她的身份证号码错误，但人是真实存在的，怎么会查不到任何信息？"

"这也是我的疑惑。"柯建国说，"当时因为技术相对落后，人口普查时发现了各种问题，这种情况其实不在少数。简单调查了解之后，就给了她新的身份，后来也没继续追查核实。"

"您的意思是，于美在这件事情上撒了谎？"冷彤不解，"就算她祖籍并非凤凰，有什么必要隐瞒？"

"这就是症结所在，还有一件事，也很奇怪。"柯建国重重地说,"杜志斌当年心脏病突发去世之后,没有举办丧事,第二天就匆匆下葬了。按照咱们这儿的规矩,人死后,下葬之前,有跳丧的习俗,十里八方的乡亲都会来送他最后一程,但于美没有给杜志斌安排任何身后事。你们想想,既然杜志斌是于美的师父,而且收养了她很多年,供吃供喝,还传授理发手艺,作为他的关门徒弟来说,不应该让师父风风光光入土为安吗?"

林墨听到这番话,心里突然一下子就变得透亮起来。

"虽然没有证据证明杜志斌死因可疑,但于美的做法不得不让人感到可疑。"冷彤目光深邃地说,"我们可以做一个大胆的推测,于美可能出于某种目的,用某种出格的方式害死了她师父。"

"等等,我有个疑问啊,于美可是女儿身,假如她真杀了杜志斌,那怎么能证明她也是袭击陈佳丽的凶手?跟我交手的,我非常确定是个男人。"林墨肯定地说,"不过,既然这个女人身上有那么多值得怀疑的地方,加上她也是输出劣质摩丝的源头,不说别的,就凭卖假货这一条,就可以好好查一查她。"

柯建国把摩丝挤在手掌心,嗅了嗅,皱着眉头说:"挺香的呀,怎么能分辨究竟是不是劣质的?"

"那是因为您不是陈佳丽。"林墨说。

"我当然不是陈佳丽,她怎么了,有特异功能不成?"

"她在医院工作,每天接触不同的药物,还得帮病人喂药。有时候太多的药物混在一起,又没了外包装,肉眼无法分辨,就不得不用鼻子去闻,时间久了,嗅觉自然就比我们这些普通人灵敏。"林墨的话让柯建国信服,他挥了挥手,说:"那就直接把她带回来,我就不信撬不开她的嘴!"

第四章 理发师的伪装

> 人类处于神与禽兽之间，时而倾向一类，时而倾向另一类。
>
> ——普罗提诺

于美听说沈亚军售卖黄碟，因为这人曾到"一剪美"理过发，所以她才被带回所里配合调查。

"对，就是他，绝对没错！"她一见到沈亚军，便咋咋呼呼地指认了，而且很快坦陈他最后确实多加两元钱，给头发做了摩丝定型。

"你确定没认错人？"林墨再一次核实。

"怎么能认错？"于美嗤笑道，"傻子一个，毛都没两根，哪里需要定型啊？还一肚子坏水，要不是看在钱的分上，我才没功夫跟他这儿瞎耽误工夫。"

"妥了！"柯建国和冷彤进入审讯室的时候，林墨带走了沈亚军。

柯建国冲林墨使了个眼色，然后和冷彤在于美面前坐下，一脸严肃地说："非常感谢你提供的线索，但是接下来，谈谈你的事儿吧。"

"我的事儿，我的什么事儿？你们就别跟我开玩笑了。"于美满脸无辜。

"谁跟你开玩笑？还记得卖给我的摩丝吧？"冷彤问。

于美左顾右盼，然后才说："记得呀，怎么不记得。一手交钱一手交货，这个也违法吗？"

"合法买卖当然不违法，但你卖的是假货，这就触犯法律了。"冷彤平静地盯着她的眼睛，"根据检测，你售卖的摩丝中，含有大量致癌物质，对人体伤害极大。"

于美的表情有点慌乱，但很快恢复镇定，挤出一丝笑容说："原来就这事儿啊。我还真不知道是假货，肯定是我那广东的表姐坑我，我也是受害者，你们得帮我讨回公道。"

"别跟我装，你还敢说也是受害者？老实交代问题，免得浪费大家的时间。"柯建国没好气地呵斥道。

"我真是受害者啊，要不你们去调查……"

"于美，我说你不就卖点假货吗？也就罚点款的事儿，没必要跟我们在这儿兜圈子吧。"冷彤的话，似乎让于美放下了戒心，沉默了一会儿，她叹息道："行，我承认卖假货，但我真没赚多少钱，你们少罚点，行吗？"

柯建国和冷彤对视了一眼，又问道："这样说来，你认罚？"

"认罚、认罚！"于美这次回答得很爽快。

"那我问你，这些年来，你从你表姐那里一共订了多少货？"

于美眼珠子滴溜溜地转，像在盘算着什么。

"快说！"柯建国重重地敲击着桌面。

"我，我忘了。"于美支吾道，"也不多，百十来瓶吧，你们知道的，老街生意不好做，理个发才五块钱，上摩丝就两块，我这不也是为了多赚点钱吗？"

"赚钱就可以昧良心？"

"对呀，你这不就是间接杀人吗？"柯建国趁热打铁。

于美哭丧着脸，委屈地说："我哪知道这些呀，都怪我那昧良心

59

的表姐，她坑了我呀。"

"行吧，既然你认罚，我们也说话算话，你这个案子就算结了。"柯建国话一说完，于美便满脸笑容，感激地说："谢谢，非常感谢，是政府教育了我，我以后再也不敢卖假货了。那我交了罚款，是不是就可以回去了？"

"别急，你还得给我们提供表姐的电话、地址。你想想，除了给你供货，你表姐还给哪些人供货？这可是全国性的特大制假案，而且专门针对偏远地区，等证据齐了，我们会联合广东警方，将之一网打尽。"柯建国的话，又让于美陷入焦虑，她沮丧地说："我没她的地址，也没她的电话。每隔一段时间，她都会主动问我要不要货，而且那个号码被隐藏了，根本就别想打回去。"

"既然是你表姐，你总应该知道她老家是哪里的吧？"

"我说谎了，她不是我什么表姐，我压根儿就没见过那人。第一次，就是她主动联系我的。"于美满脸伤心和懊悔，"柯所长，您就饶了我吧，我知道错了，也认罚，以后再也不敢了。"

"这样吧，你先待会儿，有些情况我还得跟局里汇报一下，等事情都了解清楚，你就可以回去了。"柯建国和冷彤出去之后，于美独坐在审讯室，脸色渐渐恢复平静。

冷彤给林墨打了个电话，林墨还在"一剪美"二楼于美的卧室。

"有什么发现吗？"

"还真有。"林墨正在搜查衣柜，最下面有个铁皮盒，还上了锁，"现在还不能放人，等我电话。"

"不急，你慢慢来，我们这边已经稳住她了。"

林墨把铁皮盒放在桌上，没费多大劲儿就打开了小锁。盒子里是一叠泛黄的黑白照片，照片上的人全是孩子，而且是同一个女孩子。

他脑子里浮现出于美的样子，恍然间便觉得照片上的女孩，应该就是于美小时候的样子。可是，他很快就看到了压在最下面的一张照片，双眼随即被死死地定住。

明明是个女孩子，怎么又是男孩子打扮？林墨对比来对比去，发现虽然男孩和女孩的穿着不同，但那种眼神是没有改变的，最终确定照片上男孩打扮的小孩跟于美就是同一个人。

难道于美本来就是男性？他想起了袭击陈佳丽的凶手。可为什么后来又变成了女儿身？

林墨又想起柯建国曾联系过于美的家乡湖南凤凰，但对方的回复是查无此人。不对，这个人的身份太可疑了，如果他原本就是男儿身，女性装扮只是为了掩人耳目……

林墨想起那晚的凶手，从攻击的力度来看，确定是男人无疑，心里不免有些兴奋。他在另一个房间，又发现了棕色雨衣，跟那晚行凶者的雨衣很像。他不敢再妄自揣测，带着雨衣和照片急匆匆回到了派出所。

冷彤和柯建国看着他带回的照片，也都傻了眼，这个结果，大大超出了他们的认知范围。

"不行，我有点头晕，你们等我先冷静一下。"柯建国揉着太阳穴，"一个平日里女人打扮的人，其实是个大男人。唉，活了大半辈子，没想到会遇到这么狗血的事情，太不可思议了。"

"这样，我马上联系凤凰警方，彻查于美的背景。"冷彤眼里也闪烁着兴奋的光芒，"看来这次有戏，立即整理所有关于她的资料，等那边一有消息，即刻展开突审。"

时间已经指向晚上十点，于美无聊至极，呵欠连天，快要扛不住睡意时，有人推门进来了。

"哎呀，你们总算是想起这里还有个活人了吧。"于美熬红了眼，摇摇晃晃地起身说，"都这个点儿了，明天还得开门做生意呢，我是不是可以走了？你们也累了，该回去休息了吧。"

"不好意思，让你久等了，但总算大有收获。"柯建国笑容满面。于美闻言，开心地说："是吗？太辛苦你们了。是不是找到她的联系方式了？太好了，害我被罚款，还在派出所待了大半天，总算遭了报应。"

林墨和冷彤一言不发，像看怪物一样地看着她。

柯建国再次看了一眼刚刚收到的来自凤凰公安部门的传真，然后缓缓说道："于老板，这风口老街并不大，我们也都是街坊邻居，抬头不见低头见，接下来，有些事情我们不妨简单一点。"

"简单，当然要简单，赶紧搞完回去睡觉。"于美做出一副积极配合的样子。

"很好，那我问你，从现在起，我是该称呼你一声于小姐，还是叫你一声于先生？"柯建国直视着她的眼睛问道。

此言一出，于美的脸瞬间垮了，但她只是尴尬地笑了笑，随即一脸无辜地反问道："您这是什么意思？"

"你刚刚还说要简单一点，我什么意思，你难道真不明白？"柯建国把传真件丢在她面前，"自己看看吧，我相信你很快就会明白什么意思。"

于美大略扫了一眼，脸色就微微变了，但沉默了一会儿，回应着柯建国的目光，轻描淡写地说道："我记得很多年以前，就已经跟你们解释过这个问题了。"

"对，你记性还不错，不过那是之前，现在可不一样了。"柯建国拍了拍那份传真，"很可惜，你所谓的老家，并没有查到你这个人。"

"还是那句话，具体原因我早就解释过了。"于美言语有些急促，似乎很急于解释清楚，"这不是我的问题，是当时村里在登记录入时出了问题。你们不应该找我,而应该去找当地的村干部。"

"是吗?"柯建国站了起来,"好吧,既然如此,那我们马上启程,连夜出发,你跟我们一起回趟你老家,到时候就什么都清楚了。"

"好主意,我去准备车。"林墨说着就做出往门口走去的样子。柯建国突然转身看着她,问道:"一直忘了问你,老家在哪个村?"

于美的眼神变得无比慌乱,垂下眼皮,半天没吱声。

"老实交代吧,你到底是哪里人?"冷彤怒喝道,"你要知道,除非我们不想查你,否则就一定可以查个水落石出。"

但于美仍然不说话,到最后干脆做出一副死猪不怕开水烫的样子,懒散地闭上了眼睛。

柯建国冲林墨使了个眼色,林墨把从理发店带回来的那些照片,在她面前一字摆开。

"看来你是不见棺材不落泪,既然不打算好好配合,那就只能……"柯建国话未说完,于美突然一把抓起照片,满脸狰狞,惊恐地大叫道:"你们从哪里找到的?不、不对,这不可能……你们为什么要搜查我家,你们有什么权力动这些照片?"

三人安静地看她表演,直到她号啕大哭,然后趴在桌上嘤嘤地抽泣起来。

"好了,喘口气,别哭了。如果哭能解决问题,那就不用这么麻烦带你回所里了。接下来,该说实话了吧?"柯建国唤醒她,她缓缓抬起头,满眼泪光,看上去极度伤心。

"我本来以为可以这样生活一辈子,没想到这个埋藏在心里多年的秘密还是被你们发现了。"于美终于开口,叹息道,"我的老家,不是凤凰,是黔江。"

三人面面相觑。

"湖北潜江，还是重庆黔江？"柯建国问。

"重庆黔江。"

"为什么要说自己是凤凰人？"林墨死死地锁住她的眼睛。

于美擦去泪水，紧咬着嘴唇，似乎有难言之隐，又沉默了一会儿，才伤感地说道："四十多年前，我出生在黔江。我的父母都是黔江人，他们告诉我，我在三岁时得了一场大病，差点没救过来。后来，他们找算命先生给我算了一卦，算命先生说，要想让我顺顺利利长大成人，就必须把我当成女孩子养到成年。从那时候起，父母就给我扎上了辫子，穿上了女孩子的衣服……我爸姓郭，所以我原来的名字不叫于美，而是郭庆海，于美是跟我妈姓的。"

"郭庆海？你还记得什么时候来的老街？"

"在我父母车祸去世后，那时候我才十二岁，一路乞讨来到老街，后来师父收留了我。"郭庆海多年来把自己扮作女人，言行举止已经跟真正的女人毫无差别，就连在他面前的冷彤，都觉得太不可思议。

"你师父杜志斌在老街开了一辈子理发店，后来因心脏病突发过世。他不仅收留了你，把你养大，而且把理发店留给了你，你觉得你能拥有现在的一切，不应该感谢他吗？"柯建国面若寒铁。郭庆海缓缓点头道："没有师父，就没有现在的我。"

"那你为什么要害死他？"柯建国突然抬高声音质问道。郭庆海很显然被这一声惊得怔住，但很快就辩解起来："我没有害死师父，师父是心脏病过世的。"

"你师父已经死了这么多年，如果没有证据，我们无法控告你。这样吧，接下来我们来聊聊你的过去。当年，你在父母车祸去世后就离开了家乡，因为你从小被当成女孩子养，你成为外人眼中的异类，而你在长大的过程中，居然喜欢上了自己女性的装扮，非常不愿意再变回到男人,所以你为了摆脱过去,让自己永远像女人一样活着,这才离开了你熟悉的和熟悉你的家乡。"冷彤的话像刀子一样揭开了他身上的伤疤,"你流浪到了老街,被你师父收养,但后来,你师父偶然发现了你的秘密,所以你杀了他。"

郭庆海的脸色越来越难看,最后变成绝望,绝望的脸上突然又浮现出笑容,眼里却渗出骇人的光。

"这些年来,你以一个女人的样子小心翼翼地活着,可依然时刻担心自己的秘密被外人知道。"林墨无比冷静地审视着他,"前两天,有个叫陈佳丽的医生去你店里做头发,她因为自己的职业,对人体结构太过了解,所以感觉你的形体有些奇怪,当时忍不住多看了你两眼。而你,却以为她看穿了你的真实身份,所以动了杀心,选择在雨夜对她下手,我说得对吗?你这个畜牲,除了她,你还杀害了好几个女人,而她们,生前全都在你店里做过头发,跟你开过玩笑。你为了守住秘密,把她们全都灭口了……"

郭庆海的嘴角微微抽搐起来,但终于笑出了声,随后更是疯狂大笑,笑得连泪水都流了出来。

"那天晚上,凶手在袭击陈佳丽的时候,她在凶手身上闻到一股奇怪的味道。根据我们调查,那种味道,正是来自你销售的劣质摩丝的香味儿。"林墨把摩丝放在了他面前,"你可能想说,很多人都去过你店里,所以每个人都可能是凶手。"

"我知道你不会仅凭照片和摩丝的味道,就承认自己是杀人凶手。"冷彤把雨衣丢在桌上,"这是从你家里搜出来的,不会是外人放在你家里的吧?"

郭庆海瞟了一眼,满不在乎地说道:"一件雨衣能证明什么?很多人家里都有,莫非杀人凶手作案时也穿着这种雨衣?"

林墨再也忍不住,一把抓住他脖子,恶狠狠地骂道:"在被你杀害的女人中,有个叫欧阳萱的,告诉我,你把她藏在什么地方了?"

可郭庆海只是一直笑,先是傻笑,然后是疯笑。

林墨举着拳头,真想冲着那张脸狠狠地揍过去。

对郭庆海的预审出了问题,这小子心理素质极高,看来没有直接证据,是无法让他主动坦白了。

那么,直接证据是什么?

匕首!郭庆海刺伤陈佳丽和林墨的匕首。

接下来,柯建国联系黔江警方,林墨和冷彤再次来到"一剪美"理发店,里里外外搜了个底朝天,除了厨房里的菜刀,没有发现有匕首。

"在之前的杀人案中,凶手都是徒手杀害死者,可为什么当我出现阻止他的时候,他却掏出了随身携带的匕首?"林墨站在房屋中央,环视着四周自言自语道。

冷彤接过话说:"这并不能说明任何问题,一个杀人凶手,他身上可能会藏着任何致命的凶器。"

"如果你是凶手,会拿什么作为凶器?"

"我?"冷彤不置可否地说,"枪!"

冷彤脱口而出,令林墨大为振奋,沉思了片刻,激动地说:"因为你是警察,所以你会第一时间想到枪,这说明凶手随身的凶器,必定是自己最为熟悉的。"

"你的意思是,郭庆海是个理发的,所以他……"冷彤话未说完,随即踏着木板楼梯,噔噔噔地来到一楼,一眼就看到了案桌上的剃头刀。

"就是它!"林墨一把抓起剃头刀的时候,冷彤又在抽屉里找到了另外三把剃头刀。

"郭庆海刺伤陈小姐和我的凶器,原来根本不是匕首,而是剃头刀。"林墨摸着伤口还未痊愈的肩膀,将所有的剃头刀都打包带走,"冷副队长,你先回去,我带这些凶器去县公安局一趟。"

郭庆海一脸死相,半眯着眼,睡着了似的。

"郭庆海,睁开眼睛好好看看吧,这几把剃头刀是从你家中搜出来的,也是你当晚袭击过我的。"林墨不停地转动着笔,盯着他的眼睛,语气很平缓,好像并不是在审讯,而是朋友之间的聊天,"接下来,你肯定会说自己是开理发店的,所以你家里有剃头刀,一点也不足为怪。"

郭庆海睁开眼,轻描淡写地说:"林警官是聪明人,替我把话都说完了。"

"郭庆海,你给我老实点儿,别以为我们真拿你没办法。"冷彤怒道。郭庆海不屑地说:"除了卖点儿假货,我可没干别的坏事,还是那句话,这事儿我认打认罚。"

"干没干,干了什么,你心里可比谁都清楚。"冷彤说,"现在给你最后一次坦白从宽的机会,错过了,就算你想坦白,也不会有机会了。"

郭庆海却又无赖似的闭上了眼。

"我们联系了黔江警方,了解了一些你小时候的故事。"柯建国说,"在你八岁的时候,因为有小朋友笑话你,你不仅把小朋友的书丢进厕所,还拿砖头打破了他的头。十二岁那年,你把取笑过你的邻居孩子推下高坎,摔成重伤,而你父母,正是在骑着三轮车送孩子去医院时出的车祸,导致三人摔下悬崖,无一生还。"

郭庆海依然眯缝着眼,好像在听人讲述与自己无关的故事,但不经意间,嘴角又微微抽搐了一下。

"打小时候起,你就活在周围人世俗的目光中,你厌恶这个世界，仇恨所有嘲笑过你的人，可你却渐渐喜欢上了自己的女儿身，不愿意再做回真实的自己，所以你选择逃离故乡，然后对所有嘲笑过你、怀疑你是男人的女人痛下杀手，几年之内，犯下了多宗杀人案。"冷彤说完这番话，郭庆海终于睁开眼睛，一脸讥讽地阴笑道："你的话太多了，比电视剧都精彩。我小时候淘气、顽皮，确实做过一些过激的事，但我从来没杀过人，如果不信，有证据的话，你们马上可以抓我！"

"看来你已经错失了最后的机会。"冷彤看了林墨一眼，林墨问道："你试图杀害陈佳丽的那天晚上，我偶然出现救了她，而你也用随身携带的剃头刀刺伤了她和我。我猜想刺伤我们的凶器，一定就在这几把剃头刀之中，对吗？"

"但你还是没有证据。"郭庆海坐正了身体，"如果有证据的话，你们应该不会继续浪费时间。"

"很好，那就不浪费时间了。"林墨拿起其中一把剃头刀，"这把剃头刀，就是你刺伤我们的那一把。虽然你回去后洗了又洗，但留在剃头刀上的血迹，是根本不能被轻易洗掉的。"

郭庆海翻了翻眼皮，露出不相信的表情。

"好了，既然给他主动坦白的机会他不要，就别跟他废话了，直接进入正题吧。"柯建国提醒道。

"你知道现在的高科技刑侦技术有多牛吗？"林墨嗤笑道，"技术科的同事，把所有的剃头刀都进行了检测，唯独在这把剃头刀上检测出了陈佳丽和我的DNA。知道什么是DNA吗？算了，跟你也解释不清楚，但简单来说，这项技术可以利用留下来的痕迹，锁定任何一个嫌疑人，而且是独一无二的。那么，我和陈佳丽留在这把剃头刀上的DNA，正好可以说明当晚的凶手就是你！你逃不掉了！这些年你犯下了多少血案，杀害了多少无辜的妇女！我们终于找到你了，'影子'！"

郭庆海随即瞪大惊恐的眼睛，半天合不拢嘴，许久之后才连声辩解起来："你们搞错了，我不是'影子'，真的不是'影子'。"

"你到底是谁？"冷彤怒喝。

"我不是'影子'。我交代，我杀了人，但我真不是你们要找的'影子'。"郭庆海瘫在座位上，额头上滚落豆大的汗珠。

"你说不是就不是？"柯建国一拍桌子，把他吓得没坐稳，差点从座位上滑到桌下。

"你说你不是'影子'，但你的罪行，也已经足够枪毙好多回了。"林墨愤然道，"不管你承认还是不承认，现在证据确凿，你就是警方追踪了三十多年的杀人凶手'影子'。"

"我不是'影子'，真的不是'影子'，你们搞错了……"郭庆海早已崩溃，瞬间失去了招架之力，"我坦白，我交代自己的罪行！"

他交代了自己从杀害杜志斌起，这些年来一共制造的四起杀人案。

"师父偶然发现我是男人之后，我给他讲了自己过去的事情，但没想到他居然要我做回真实的自己。我是女人，我讨厌男人，不想做回男人，所以为了掩盖秘密，我给他下了药，外人都以为他死于心脏病。"郭庆海娓娓道来，像在讲述一个与自己无关的故事，"后来，我没想到会遇到她，我不想杀人的……"

"等等，她是谁？"冷彤打断了他。

"我忘了她的名字，是我的小学同学，曾经也取笑过我。我没想到她会到老街来，而且在理发店认出了我，没办法，我只能杀了她。"郭庆海原本女人的声音，瞬间切换成了男人的声音，低沉而又阴森。

"你居然杀了一个连名字都叫不出来的女人？"林墨感觉自己全身每一个细胞都在颤抖。

"后来，我又杀了两个人，她们都该死。"郭庆海双眼无神地骂道，"其中一个，是我去年到龙口玩时，和她发生了口角。她居然骂我飞机场，还说我干脆去做男人，免得给女人丢脸。你们说，像她那种坏女人，我能不杀了她吗？我知道，她那是嫉妒我比她好看，但是长得好看也是我的错吗？再就是那个姓陈的医生，她理个发，居然盯着我看了又看，难道她看穿了我不是女人？没办法，为了守住秘密，我也只能杀了她，只可惜遇到了你。姓林的，你为什么要那么多事？要不是你，她早就去了阴曹地府。"

"就因为她多看了你两眼，你就要杀了她？"林墨勃然大怒，"你这个禽兽不如的东西，如果我不是警察，我……还有，一个叫欧阳萱的姑娘，你为什么要杀了她？她在什么地方？"

郭庆海大笑道："林警官，你认为我是那种滥杀无辜的人吗？没有招惹过我的人，我是不会碰他们的。放心吧，我干的事儿，已经全部承认了。自从知道你女朋友失踪后，我就知道，'影子'又出来作案了，想要找到他，恐怕难了。嘿嘿，我想，在这个世界上，恐怕没人能抓住他。给你一个忠告吧，就算能找到你女朋友，应该也是一个死人了。"

林墨眼睛血红，心底气血翻滚，恨不得将面前的杀人凶手撕得粉碎，但最终还是强迫自己冷静下来，然后无力地坐了回去。

"你真以为欧阳萱失踪，是'影子'干的？"柯建国问。

郭庆海轻蔑地说："这种失踪案，活不见人死不见尸，除了他还能是谁？"

"我再问你，之前发生的多起案件，有妇女失踪案，有杀人案，为什么你只杀人？"冷彤问道。

郭庆海冷笑道："我是女人呢，女人怎么能强奸女人？那是臭男人才会做的蠢事。"

连夜审讯，虽然郭庆海交代了四起杀人案，但林墨又是一夜未眠。杳无音信的欧阳萱，依然是他的心病。第二天是周末，林墨早早来到"街坊诊所"，带去了于美被抓的消息。陈佳丽大为惊讶，她在脑子里勾勒了一万个凶手的样子，就是从来没往于美身上想，而且在得知于美并不叫于美时，差点没惊掉下巴。

"郭庆海？"陈佳丽捂着嘴，支支吾吾，"他居然真的是男人，伪装得也太好了吧。太不可思议了，你们是怎么发现这个秘密的？"

林墨简单回答了她的问题，接着说："据他交代，正是因为你多看了他两眼，他以为你发现了什么，然后才打算杀你灭口。"

陈佳丽一阵颤抖，其实她那是第一次去"一剪美"理发，发现老板是个大美女后，所以才多看了两眼，没想会招来杀身之祸。

"以前弄头发都是在医院旁边的理发店，那天碰巧理发店关门装修。我在回诊所的路上就顺便去了'一剪美'。"陈佳丽后背还阵阵发凉，"太恐怖了，他为什么要扮成女人，而且这么多年都没被发现？"

"当然有人发现，但全都被他给杀了。"林墨说，"为了守住这个秘密，郭庆海可谓煞费苦心，但天网恢恢疏而不漏，他再狡猾，也还是露出了狐狸尾巴。话说回来，这次能让他现形，还真得感谢你。同时，你也是幸运的。"

陈佳丽眼前清晰地浮现出那晚的惊险遭遇，不禁捂着隐隐作痛的胸口，愤然道："这世上怎会有如此心狠的人。"

"以后一定要注意安全，其实很多恶魔都藏在我们身边，只不过他们善于伪装，我们肉眼无法识别。"林墨抬手看了一眼时间，"我得回去了，郭庆海的事情，以后可能还要麻烦你配合。"

"别急着走啊林警官，我爸做梦都想看到凶手落网，你可得亲口告诉他凶手抓到了。"陈佳丽极力挽留,林墨却说:"我还得回派出所,你告诉老人家就行了。"

"今儿不是周末吗?"

"对我们来说,没有周末。"林墨转身意欲离去,陈佳丽却拦住他,让他等等,然后从药柜上取下一包药,递到他手里说:"这是我爸特意找人从山里采回的药,你带回去用慢火熬,每天早晚各喝一次,差不多一个星期的量。"

"我没病呀,这药……治什么的?"

"我爸说你睡眠不好,这是改善睡眠质量的。"

林墨迎着她关切的目光,心里微微一暖,接受了她的好意,但执意要付钱。

"不值钱,再说了,就算再值钱,我也不能收你的钱,赶紧回去上班吧。"陈佳丽说着就把他往外推。她目送着林墨离开后,眼里渗出一丝浓浓的阴影。那个雨夜,又像噩梦一样飘浮在眼前。

林墨回去的时候,路过四季旅社,想起欧阳萱失踪前曾住在这里,不知不觉就又停下了脚步,呆呆地望着门口,想象着她背着画板进进出出的样子,心里不禁一阵抽搐。

"林警官,你怎么来了?"刘华安的声音陡然从背后传来。林墨转过身去,见刘华安手里提着只兔子,身后还跟着一条高高大大的黑色猎犬。猎犬看到林墨,突然凶相毕露,还一个劲儿地狂吠。

"黑虎,别闹了!"刘华安满脸风尘仆仆的样子,一身的泥土。他拍了拍黑虎的头,"第一次见面,总这样,以后见得多了,就不会叫了!"

"叔,这么早,您就出门啦?"

"出啥门,我昨晚上在山里待了一宿,运气还不错,逮着这么个玩意儿。"他把兔子举高,露出得意的笑容。

林墨这才明白，刘华安昨晚上去山里狩猎去了。

"行，那您忙，我就是路过这里……"

"别呀，林警官，来都来了，快进屋坐坐。"刘华安盛情相邀，林墨拗不过，只好随了他的意。

刘华安把兔子扔下，洗了把脸，笑着说："兔子可肥了，待会儿我亲自下厨，咱叔侄俩喝两杯。"

"叔，还是别了，我坐会儿就走！"

"走啥走，你可别跟我客气，既然你叫我一声叔，那就听我的。"刘华安接着问他有没有欧阳萱的消息，他叹息着摇了摇头。

"唉，你们这份工作也真是辛苦，没日没夜地熬，每天不好好吃饭，不好好休息，哪有精神做事？兔子可补了，全身都是宝，保准你吃了后工作起来精神倍儿好。"刘华安笑嘻嘻地说，"你是外地人吧？在老街也没个亲戚，以后就把叔当成亲人。叔没别的本事，厨艺还不错，想吃什么就跟叔说，叔给你做。"

林墨因为刘华安这番话而感动，在老街工作这两年来，总是一个人面对一切，也没个人可以说心里话，尤其是到了晚上，总被孤独包围。

"叔，您这兔子是怎么抓来的？用土铳打吗？"

"不都已经禁枪了吗？现在不比以前了，哪还敢用枪，枪一响，你们派出所还不马上抓人。"刘华安苦笑着说，"叔在山里装了几个套，还设了陷阱。山上野物多，隔三差五总有不长眼的自己撞上来。"

"它们有那么容易上钩吗？"

"畜生和人一样，都贪得很，为了一口吃的，有时候连命都不要……"刘华安叹息道，"叔已经是六十多岁的人了，看得多了，自然就什么都看穿了，太贪可不是好事，到头来可能会丢了命。"

林墨笑道："您这哪里像是六十多岁，要是您不说，我还以为您五十来岁呢。"

"你就别取笑我了,叔苦了一辈子,年轻时为了讨生活,不小心还伤了腿,好不容易盘下这间小旅社,近几年生意也有了起色,还想着多赚点钱,等我动不了的时候,能在这儿养老呢。"

刘华安在厨房忙碌的时候,林墨去帮忙打下手,随口问道:"叔,家里就您一个人么?"

"老婆子腿脚不好使,常年住在老家,我每隔一段时间就回去看看,送些吃的。"刘华安说,"我让她跟我来老街住,可她不肯,说在老家住习惯了,这里吵得很。"

"孩子呢?"

"一个女儿,嫁外地去了,远着呢,一年也难得回来一次。"刘华安说,"孩子孝顺,经常打电话嘘寒问暖,还让我们过去住。你也知道,我们老两口腿脚不方便,走个路都吃亏,更别说出那么远的门了。"

林墨似乎能理解这种情感,深有感触地点了点头。

"叔看人准,欧阳是个好女孩,你可千万别辜负了她。"

林墨心头又是微微一颤。

"别着急,人会回来的,叔还等着将来有一天能亲眼看到你们拜堂成亲,喝你们喜酒呢。"刘华安极力宽慰林墨,林墨却开心不起来。

第五章 密林深处的秘密

每个人的背上，都驮着自己的罪行。

——约·弗莱彻

晚上八点多，林墨还在派出所加班，突然接到陈佳丽的电话，说有事要来找他。不多时，谁知她带着亲手做的宵夜出现在面前。

柯建国和冷彤看出了端倪，虽然陈佳丽极力邀请二人一起，但他俩还是找借口溜了出去。

"什么情况？"柯建国这话是问冷彤的，她不以为然地说道："林警官救了人家姑娘的命，姑娘给他做点好吃的感谢感谢，就是这么个简单的情况。"

"我看没这么简单！"柯建国笑道。

林墨在陈佳丽的注视下，不得不拿起筷子，尝了口，说："其实，你不用这么麻烦的，晚上出来，一个人也不安全，来来回回，不累呀？"

"怎么样，味道还行吧？"她问。

他点了点头，又强调了一遍："记住没有，以后可不许这样了。"

"凶手不是抓到了吗？"

林墨顿了顿，才说："抓到的只是郭庆海，但还有……算了，不能跟你说太多,你知道外面不安全就行,晚上没事儿少到处乱跑。"

陈佳丽撇了撇嘴,甜甜地笑道:"其实我也不是非得给你送宵夜,但是我爸他、他说你是我的救命恩人,让我要懂得感恩。再说你一个人在老街工作,也没人照顾,平时吃饭也是凑合,我给你送点吃的怎么了……"

林墨听懂了她话里的意思,不禁笑着说:"替我感谢老人家,只不过我早就习惯了这样的生活。再说了,萱萱还没有任何消息,就算是山珍海味,我现在也吃不下多少,免得浪费你和老人家一片苦心。"

"郭庆海会被判死刑吗?"她突然问到这个,林墨搁下筷子,若有所思地说:"早着呢,他的犯罪事实还没有完全审理清楚,至于最终会怎么判,也不是我们说了算。说白了,我们只负责抓人,如何量刑,得由法院最后判决。"

就在这时候,柯建国突然接了个电话,片刻之后火急火燎地冲进屋,大声对林墨说道:"别吃了,刚刚接到局里电话,让我们马上过去一趟。"

"这么晚,发生什么事了?"林墨问出这个问题后,立即意识到情况不妙,于是让陈佳丽自个儿先回去,还再三叮嘱她注意安全,然后风风火火地上车,径直往县公安局奔去。

在路上,林墨问柯建国到底发生了什么事,柯建国只说了一句:"具体还不清楚,但绝对与郭庆海的事有关!"

"郭庆海的事?难道案情有新的突破?"林墨心里一急,一脚油门,警车将老街远远地抛到了身后。

他们急匆匆赶到县公安局,才知道在审讯郭庆海的时候,郭庆海交代了一件非常重要的事。

"因为你们在负责'影子'的案子,所以局里让我通知你们亲自过来一趟。"负责审讯的同志介绍情况后,柯建国提出要跟郭庆海面对面谈谈，经请示，也很快得到批准。

聚光灯下的郭庆海，看起来相当疲惫，眼圈乌黑，两只眼睛深陷在脸上。当他看到这三人时，眼里瞬间闪过一道冷光。

"听说你非常配合审讯工作，不错，继续坚持，对你今后的量刑会有好处。"柯建国的开场白开门见山，"我们这次来，是因为你交代了一些新的情况，简单点吧，你真的跟'影子'交过手？"

郭庆海有气无力地说："这个情况，我已经详细说过了，不想再说第二遍。"

"别呀，我们来都来了，再跟我们说说吧，也不枉费大晚上的专程跑一趟。"

"我累了，想睡觉！"

"没关系，你可以先休息一会儿，我们等你。"柯建国说，"今晚做好打持久战的准备吧。"

谁知，郭庆海一听这话，随即露出无奈的表情，叹息道："我说，我再说一遍行了吧。"

原来，六年前，郭庆海被人袭击过。

"那天晚上，记得是夏天，我穿着裙子，从县城回来的路上，被人从背后袭击。那人抓住我的头发，想把我拉到路边的树林。我知道他想干什么，所以用力反抗，幸好抓起一根木棍，才把他给打跑了。"郭庆海脸上浮现出一丝残酷的笑容，"那家伙，把我给吓得啊，差点没大小便失禁。说实话，经过那次之后，我体会到了作为一个女人的不容易，也体会到了死亡的恐惧，后来曾一次次强迫自己不要再杀人，但杀人这种事，就像女人喜欢买衣服一样，容易上瘾，一旦上瘾想停手就太难了。"

"你就没看到他的脸？"林墨没理会他的感叹，而是直奔主题。

郭庆海摇头道："那天已经很晚了，而且好像要下雨的样子，天很黑。那家伙挨了我一棍之后，溜得很快，比兔子还快。我当时就意识到，袭击我的人，很可能就是'影子'。"

"你就对他一点印象都没有？"冷彤问，"任何一点点特征都行。"

"这是个高手，非常狡猾，绝对不是第一次作案，全程都没说话，就连被我打了一棍，也哼都没哼一声。"

"还记得你当时打中他哪个部位了？"林墨问。

"没注意，天那么黑，当时只想着逃命……我后来一想到那晚就害怕，有一段日子总睡不着，一闭上眼睛，就感觉他好像站在我面前。可我就想不明白，为什么我在杀那些姑娘的时候，一点儿也没有害怕的感觉？"

"你也会害怕吗？你有想过被你杀害的那些姑娘，她们当时求你放过她们的时候，是怎样的心情？"柯建国的愤怒溢于言表，"你以为自己比'影子'高尚？其实你们是一类人，丧心病狂，根本就不配活在这个世上。那些被你们害死的无辜女子，她们都是从娘胎里出来的，可都还没来得及好好孝顺父母，没好好活一回就遭了毒手。你们良心可安啦？"

从审讯室出来，三人的心情都沉甸甸的。

"孙局，这都几点了，您怎么还在这儿？"柯建国在门口看到副局长孙荣廷，自然十分惊讶。这个点儿，他应该早就下班了。

"你们都没下班，我就不能陪你们加班？走，跟我去办公室！"孙荣廷打趣道，"刚才在外面听你骂人，那声音老大了。作为一名人民警察，你又是老同志，骂人可是不对的。"

"我……"

"但是他这种人，该骂。我觉得骂得还远远不够。听你骂他那爽劲儿，我当时也想冲进去，指着他鼻子狠狠地骂他一顿，但又觉得实在是浪费力气。"孙荣廷原来说的是反话，柯建国不由得苦笑起来。

来到办公室，孙荣廷就抓住郭庆海的案子，把他们狠狠地表扬了一番。

"主要功劳还是应该记在林墨和冷副队长头上。"柯建国说，"我这个老头子，就是给他们做做后勤，打打下手。"

"我已经听说了抓捕郭庆海的全部过程，两个年轻人有勇有谋。但是，没有完备的后勤保障，前线人员哪能安心办案？所以功劳是属于集体的。"孙荣廷说，"在之后的工作中，尤其是对'影子'的侦查工作中，希望你们再接再厉，等案子最终结束后，我会给你们集体请功。"

"谢谢，这才是民心所向的好领导啊！"柯建国开玩笑道，"有这样的领导坐镇指挥，我们前线人员才有干劲，是吧？"

"好了，别跟我在这儿打哈哈。今天叫你们来，还有另外一件重要的事要通知你们。这件事原本是打算明天上班后向全县公安系统通报情况的，既然你们今晚来了，那就提前跟你们说说。"孙荣廷把一张照片丢在他们面前，"这个人叫刘青和，是一起网络诈骗案的主谋之一，涉及金额较大，受骗人数较多，在社会上造成了非常恶劣的影响。根据龙口市公安部门掌握的线索，此人的逃跑路线，很大概率是进入了咱们清江县，但目前人是否还在这里，或者说是否已经离开，还没有新的线索。两个小时前，我们接到龙口市公安局的协查请求后，已经封锁所有交通出口，所以我们推测，此人应该还在清江县境内。接下来，局里会下达通知，所有民警停止放假，全力投入到抓捕刘青和的战斗中，如果他还在清江县，就一定不要给他离开的机会。"

"这个刘青和看起来很年轻呀。"柯建国说。

"是啊，如今的网络诈骗案越来越高发，涉案人员自然是以懂网络的年轻人为主。"孙荣廷说，"据他已经被抓的同谋供述，这个刘青和非常狡猾，狡兔三窟，所以才能从龙口市公安局的眼皮底下逃走。此人现在很可能已经进入清江县内，风口老街人员流动频繁，不排除他会藏在老街的某个地方，回去后务必尽快安排排查，不许放过任何一个角落。"

从县公安局回去之后，冷彤连夜联系龙口市的同事，对刘青和网络诈骗案有了更加详细的了解，尤其是对刘青和个人的情况，有了新的认识。

十点多钟，林墨还睡不着，突然冷彤在外面敲门。

"这么晚了，怎么还没睡？"他站在门口，她推开他，进门就闻到一股浓浓的中药味，扇着鼻孔说："我说怎么老是闻到股药味儿，原来是你在……"

"不好意思，再坚持两天就好！"

"好好的，我看你也没病，喝什么药呢？"

"陈医生说我睡眠质量不好，所以才特意给配的药。"

冷彤不苟言笑，说："看来陈家父女俩，对你蛮有好感嘛。不过感觉你这已经喝了好几天，黑眼圈还是那么重，好像也没什么效果。"

"哪里，这不是……"林墨还想辩解，冷彤打断了他："打住，现在跟你聊公事，有个新情况，关于刘青和的。"

"刘青和？是不是发现他的行踪了？"林墨欣喜地问，"走，马上抓人去！"

冷彤瞪了他一眼，责怪道："我说你是不是想立功想疯了？刘青和那么好抓，我那些同事还能让他从龙口的地界逃走？"

"那小子又没有三头六臂，就那么难抓吗？"林墨嘀嘀咕咕的，冷彤转身欲走，嘴上还说道："嘀咕什么呢？要是没兴趣听，那就当我没来过。"

林墨慌忙拦住她，赔笑道："冷副队长，我跟你开玩笑呢，咱们现在可是在一条绳子上的蚂蚱……"

"少给我嬉皮笑脸，谁跟你是一条绳子上的蚂蚱了？你给我听好了，我这么晚找你可是有正事儿！"冷彤阴沉着脸，"刚刚从龙口市公安局得到情报，刘青和从小在山里长大，所以应该非常熟悉山里的情况。据分析，他这次为了逃避公安机关的追捕，很可能是避开了所有交通要道，然后躲进山里，沿着山里的小道进入清江县。"

"你的意思是那小子很可能还藏在山里？有证据吗？"

"有证据我早搜山去了。"

"那依你的意思，我们到底要不要搜山？"

"我们不能仅盯着眼前，那些老街的新来人口要仔细排查，还要向山里的村民打探，看看有没有什么发现。"冷彤一脸严肃，"你马上打电话联系村里的负责人，要他们发动村民，有什么发现及时跟我们联系。"

"知道了，冷副队长，我这就打电话！"林墨在冷彤离开后，连续打了有半个小时的电话，终于把事情搞定，然后才给她发了条信息："领导，已经按照您的指示，全部通知到位。"

冷彤此时正躺在床上，看了一眼信息，长长地吐了口气，然后才关灯睡觉。

翌日清晨，睡梦中的林墨就被电话给闹醒了，马坡村村长急着要见他，声称有重大发现。林墨急急忙忙起床，刚打开门，就被守在门口的冷彤拦住，问他大清早干什么去。林墨没时间解释，只催促她快上车。

"是不是发现刘青和的行踪了？"冷彤上车后问道，林墨焦急地说："猜对了。刚刚接到马坡村村长的电话，说有重大发现，让我赶紧过去一趟。"

"没想到这么快就有消息!"

"这就叫群众的力量。"林墨趾高气扬地说,顺便把冷彤给表扬了一番,"也多亏你想到那小子可能藏在山里,然后指示我发动群众,果然这么快就传来了消息。"

"别太激动,村长在电话里只说有重大发现,又没说发现刘青和了。"冷彤回了他一句。林墨却胸有成竹地说:"应该错不了,不然怎么会大清早让我赶过去?"

马坡村离风口老街大约十里路,因为路面不太好,颠簸了好一会儿才在村委会见到村长。

村长姓马,缠着头巾,身着卡其色的上衣,脚上的解放鞋都裂口了。他是个很热心的老头,一见到林墨和冷彤,就把二人拉到屋里,还关上了门,然后才神神秘秘地说:"你们总算是来了。昨晚接到你的电话以后,我就挨个儿给大伙儿打电话,谁知真有发现。"

林墨和冷彤对视了一眼,催促道:"您快说!"

"咱们村儿里有几个年轻人,平日里没事儿喜欢到林子里去赶山,这不昨晚就有人跟我说,他们进山的时候都看到过可疑的人,但是一转眼就不见了。我一想,有没有可能就是你们在找的那个人?他在这附近,会不会对村民有威胁?"村长表情中带着恐惧,"林警官,你赶紧派人搜山,那人八成还躲在山里呢,晚了的话,我担心他会跑。"

"这倒是一条重要线索。"冷彤重重地说,"林警官,你看看接下来怎么办?"

"我先给所长汇报一声,看看能否争取支援。"

冷彤想了想,却说:"你不是说要发动群众的力量吗?等所长向上级争取支援,已经来不及了。这样吧村长,麻烦您尽快通知村里所有在家的人……对了,主要是那几个赶山的年轻人,立即召集他们,马上准备搜山。"

林墨却还是拿起手机,给柯建国打电话作了简短汇报。

村长通过村里的喇叭,召集全村成年男子尽快到村委会集中。不多时,二十多人就挤满了村委会外面的坝子。

巍峨的武陵山脉,横贯湘、鄂、渝,像一条匍匐在大地的巨龙。

清晨的武陵山里,薄雾蒙蒙,鸟鸣声清脆悦耳。马坡村二十多人组成的搜山队,在村长的指挥下,排列成扇形逐步深入。

清幽的山间被突然闯入的村民惊扰,顷刻间就变得热闹起来。虽然出发前冷彤已经作了统一部署,每个人都小心翼翼,尽量不发出声音,以免造成恐慌,可猎犬偶尔的狂吠,依然搅得人心惶惶。

林墨和冷彤身边是三个年轻人,就是他们声称曾在山里见过可疑者的身影。

"你们确定是在这片山里吧?"林墨手里拄着木棍,用木棍赶出一条道来。

"应该是在这附近。"

"当时天太晚,我不太确定……"

此时,已经纵深进入大山很远,丛林越来越茂密,满山的荆棘也让搜山队的行动越来越受阻,不少人身上都留下了不同程度的伤痕。

"没错,就这里,我当时还叫了一声,但那人很快就不见了,我还以为眼花了呢。"

"我也是,就在这附近,记得好像见过两次,第一次还以为是野兽。"另一个年轻人说,"第二次的时候,我还追了几步,但也是很快就不见了。"

林墨环顾四周,雾气渐渐消散,身在这不见天日的大山深处,一眼也望不到边,有种恍若隔世的感觉。

"有什么发现吗?"柯建国打来电话问,林墨回复还在搜山。

"我已经向局领导汇报,要你们务必保证广大搜山村民的人身安全。"柯建国在电话那头喊道,"中午十二点之前如果没有发现,必须撤离。"

林墨看了一眼时间,离撤离还有两个小时,于是回道:"收到。"

"进去还有多远?"冷彤问道。年轻人说:"那可远了,这座山一直爬完,翻过去就是龙口。"

"刘青和如果还藏在山里的话,应该就在清江县境内。"冷彤吩咐村民继续搜山。

越往前,林木更是茂盛,路也更是难走。突然,冷彤不小心踩在一块长满青苔的石头上,脚下一滑,整个人不由自主地向后倒去。她发出一声惨叫,在快要倒地的时候,抓住了近前的树枝,但树枝柔软,根本无法承受她的体重,很快又向侧边倒去。

就在此时,她感觉自己的身体被稳稳地托住,紧接着耳边传来林墨的声音:"小心!"

林墨搀扶着她慢慢坐下,问她有没有哪儿受伤。

"没事儿,不影响走路!"冷彤推开他,活动了一下腿脚,又站了起来。

"怎么这么不小心,能不能看好脚下!"林墨正责怪她,突然传来几声犬吠,紧接着是村长的叫喊声。

众人急忙闹嚷着围了过去。一个一人高的洞口,掩映在灌木丛中。猎犬朝着洞口狂吠不止,仿佛受了惊吓。林墨在洞口发现很多凌乱的脚印,一条狭窄的小路,直接延伸至洞里面。

"好像有人!"林墨冲冷彤说。冷彤走到近前,仔细审视了一番,说:"我进去看看!"

"别,你退后,我进去!"林墨把她拦住。村长随即吩咐那几个年轻人:"你们跟着林警官一块儿进去,要是遇到什么危险,也好帮衬帮衬。"

　　林墨带头就要闯入时,冷彤再次叮嘱道:"一定要小心!"

　　洞里乌漆麻黑的,眼前也是一片漆黑,但是很快,不远处现出一丝亮光。"大家小心!"林墨拦住身后的人,自个儿正循着亮光摸索着向前,突然不远处传来的咳嗽声把所有人都惊住了。

　　"什么人?"林墨也很紧张,强压着恐惧厉声呵斥道,但回答他的依然只是咳嗽声。

　　他尽量压着脚步,蹑手蹑脚,一步步接近光源之处。很快,在一块石头后面看到个人影。那是一位老者,头发花白,身着破烂的衣服,正眼神浑浊地目视着这些突然的闯入者。

　　那束光,是从头顶石头的缝隙中透射进来的,正好落在这个不大的空间中央。林墨打量着老人,确定并非刘青和时,这才放松警惕,慢慢走近,然后看到一些破破烂烂的锅碗瓢盆,以及躺在一堆破被子中间的孩子。孩子又咳嗽起来,老人坐在孩子身边,目光痴呆。

　　"我们不是坏人!"林墨尽量放低声音,"老人家,这孩子怎么了?"

　　可是,老人不搭理他。他蹲下身,看着双眼紧闭的孩子,试探着摸了摸孩子的额头,这才知道孩子发高烧了。

　　"好烫啊!大爷,孩子病了,必须马上送医院!"林墨说,"您是孩子的爷爷吗?"

　　老人终于摆了摆手,然后从喉咙里发出咿咿呀呀的声音,但声音中偶尔还带出一两个清晰的字词。

　　林墨明白了,老人原来不会正常说话。

　　"老人家,您不用害怕,我是警察。"林墨看了一眼身后的人,"他们也都是马坡村的村民,不会伤害您跟孩子。孩子高烧得很厉害,不能再等了,必须把孩子送去医院,您也跟我们一块儿下山吧。"

老人目光浑浊地看了看这些人，在听了林墨的话后，摸索着，颤巍巍地站了起来。几个年轻人慌忙上去搀扶着老人，一步步走向洞口。

在外面焦急等待的冷彤，突然见林墨抱着个孩子出来，还没明白怎么回事，又看到一个老人的身影出现在洞口，顿时就有些傻眼，但她还没来得及开口，林墨便焦急地说："孩子病了，得赶紧送医院。"

"还继续搜山吗？"她问。

"你们继续搜山，我带两个年轻力壮的，先把孩子送进医院。"村长说着，已经招呼几个年轻人从林墨手中接过孩子，然后急匆匆往山下赶去。

"深山老林里，怎么会有老人和孩子？"冷彤回头看着洞口疑惑地问道。林墨说："看样子，爷孙俩在洞里已经住了很久。孩子正在发高烧，病得很厉害，必须先送医院。时间不够了，我们离所长规定的撤离时间，也只剩下半个小时了，准备撤离吧。"

"前面就是龙口市和清江县山林的分界线，山更大，林更深，继续搜索下去恐怕徒劳无益。"冷彤仰望着黑色的山头，心里无比压抑。临下山前，他们又回到洞里，原本打算拿一些生活用品给孩子和老人送去医院，但最终却没带走任何一样东西。

清江县人民医院，沉睡中的孩子正躺在病床上输液，老人刚做完全身检查，坐在床边，默默地注视着还未醒来的孩子。

林墨和冷彤下山后，第一时间赶来医院，此时正在病房外跟医生交谈，得知孩子已经脱离危险。

"幸亏及时送来，再晚一步，孩子就危险了！"医生说，"你们可以进去看看孩子，但不要大声讲话。"

老人看到二人推门进来，眼神闪躲了一下，然后颤巍巍地起身，冲他们深深地鞠了一躬。

"别，大爷，您这是干什么？"林墨慌忙扶老人坐下。

老人又比画着，言语不清地说着什么，但口齿不清，二人还是不甚明白。

"大爷，孩子已经没事了。这两天，您就在这儿好好陪着，等孩子病好之后，我们再来接您和孩子出院。"林墨看了一眼孩子，又叮嘱了老人几句，冲冷彤使了个眼色，然后双双离开病房。

"正事儿没影，倒是带回来爷孙俩，你接下来打算怎么安排他们？"冷彤问。

林墨叹息道："等孩子康复再说吧，如果能帮他们找到家人更好，否则就只能找民政部门想想办法。"

"刘青和的案子正在紧要关头，咱们人手不够，你可别轻重不分。"

"冷副队长，你、你说我能见死不救吗？"林墨在背后不悦地质问道。冷彤反驳："喊什么喊，你可别忘了自己的身份，你是警察，把老人和孩子从深山里带出来已经仁至义尽。刘青和至今没有任何线索，上面又盯得很紧，那些被他骗了血汗钱的无辜百姓，都在眼巴巴地等我们的消息。孩子和老人的事，还是直接交给民政部门负责吧，你根本腾不出时间去管。"

"哎，我说你这个人，怎么一会儿热一会儿冷的，我这不是……"林墨正极力反驳，陈佳丽听见熟悉的声音，突然看到是他，于是欣喜地跑了过来。

"林警官，我刚刚听到你的声音，原来还真是你呀，今儿怎么有空来了？"

林墨憋了一肚子气，眼见着冷彤走出医院大门，于是没好气地说："有个案子。"

"跟医院有关吗？需要我帮忙吗？"陈佳丽顺着他的目光也看见了冷彤，"你跟彤姐吵架了？"

"不好意思,我还有点事儿,得先走了!"林墨跟她打过招呼,还没等她开口便急匆匆走远了,留下她独自站在空空的走道中间,眼神落寞地望着他的背影,哀怨地叹息起来。

林墨这两天都在外走访调查刘青和的案子,期间只和冷彤通过两次电话,但都是工作上的事儿,等他忙完再赶去医院时,没想到老人和孩子都出院了。

"谁安排他们出院的?"他很着急地向管床护士打听,护士说是个女人,好像是警察。

林墨想到了冷彤,觉得不可思议,随即打电话过去核实,可她没接。"所长,冷彤在所里吗?"紧接着,他又给柯建国打电话过去,柯建国告诉他,冷彤不久前去了养老院。

"她去养老院查案子吗?"

"查什么案子。冷彤送你们从山上带回来的爷孙俩去养老院了。"柯建国说,"怎么,她没跟你说?"

林墨默默地放下电话,觉得匪夷所思,心想她不是还曾阻止他操心爷孙俩的事情,现在怎么又自己亲自上手了?

"这两天你不在,冷彤跟我汇报了那对爷孙的情况,督促我联系好民政部门,然后她亲自把爷孙俩送了过去。"柯建国接着说,"你找她有事,怎么不直接打电话?"

柯建国挂了电话后,林墨对冷彤的所作所为正百思不得其解,她突然回电话过来。

"你在哪儿?"他问。

"我在外面办事。"

林墨顿了顿,说:"柯所告诉我,你把爷孙俩送养老院去了?"

"是。有事吗?我很忙,没事我挂了!"

"有,当然有事,你在那边等我,我必须跟你见面,马上就过来！"林墨十来分钟后到达养老院，在门口遇见了正要离开的冷彤，涎着脸，故意问道："冷副队长不应该在一线忙碌吗？怎么这会儿有空来养老院了？难不成也是为了查案？"

"对呀，我来查案，你管得着吗？"冷彤朝他翻了个白眼。他笑着问："那爷孙俩难道与你的案子有关？"

"有没有关系，不是你说了算。"冷彤依然冷眼相对。

林墨这时转变了态度，讪笑着说道："冷副队长，我知道你是刀子嘴豆腐心，做了好事不想留名的活雷锋。唉，你就别再继续演下去了，走，带我去见爷孙俩。"

"没空，你自个儿去吧。"她转身欲走，却被他拦住，他问："你真觉得爷孙俩对咱们的案子没有帮助？"

"你什么意思？"

"你好好想想，爷孙俩在山里住了那么久，刘青和那小子又八成是从山里溜到清江县的，万一爷孙俩不小心看到了什么呢？"

冷彤皱着眉头，犹豫不决。

"冷副队长，别想啦。你现在犹豫的每一分钟，刘青和都有可能从咱们眼皮底下溜走。"林墨说出这番话之后，冷彤终于转身往回走去，把他带到二楼走道最里面的那个房间。

爷爷这次看到林墨，拉着他的手，脸上露出了难得的笑容。虽然老人仍然无法正常言语，但他明白老人的意思，老人这是在用手语让孩子给他道谢。

"大爷，以后您和孩子就可以一直住在这儿了，有人照顾你们的生活，也不用再担心孩子生病了。"林墨欣慰地说，"以后有空，我会经常过来看你们的，如果有什么需要，也可以跟我说。"

老人连连点头，又不知道说了一番什么，但眼睛红了。

"你不是有事情要问吗？"冷彤声音很低，林墨却突然觉得不是时候，而且沟通困难，很难有效果，于是说道："大爷，时间不早了，您和孩子早点休息，我们这就先走了。"

冷彤怪异地看了他一眼，正想说什么，却被他硬生生给拉了出去。

老人把他们送到门口，直到二人走了很远，还在不停作揖。

"你到底什么意思？"一下楼，冷彤就开始算账。

"谢谢你，真的，我是诚心想要跟你说声感谢！"

"你不像是会主动说谢谢的人……"

"滴水之恩当涌泉相报，我替爷孙俩感谢你为他们做的一切。"林墨诚恳地说，"所长已经全都告诉我了，你背后为爷孙俩做了很多事。虽然我知道你嘴上不会承认，但你确实做了件天大的好事……"

冷彤打断了他："你少转移话题。"

"你看大爷的样子，现在根本无法好好沟通。"林墨解释道，"我觉得大爷并没有完全丧失语言能力，现在不能正常交流，可能是在深山里待久了。再等等，给他们点时间，等再适应几天，我来养老院跟他们沟通。"

"再等几天，刘青和都跑了。"冷彤没好气地说道，"算啦，也不指望你能找到什么有用的线索。"

"冷副队长，冷小姐，别急着走呀，听我说，我……"林墨追在冷彤后面小跑。

第二天上午，林墨正埋头整理这两天排查的信息，柯建国进来说："你让我查的人，没有找到任何信息。"

"不是清江县人？"林墨问。

"应该不是，资料库里没有找到匹配信息。"柯建国没看到冷彤，四处瞄了瞄，突然问他跟冷彤到底怎么回事。

"什么怎么回事啊？没什么事儿。"林墨不解地问。

"你少给我明知故问，还没什么事儿。"柯建国没好气地指责起来,"我虽然不知道你小子背着我干了什么,但我知道冷彤干了什么。"

林墨停下手里的活儿,诧异地问:"柯所,您这话我就不爱听了,首先,我没有背着您干任何见不得人的事;其次,冷副队长干了什么,也不关我的事。"

柯建国老谋深算地笑道:"你别整天给我摆出一副臭脸,人家冷彤虽是个姑娘,但她哪点不比男人强,事事冲在最前面,我看你就是见不得人家比你厉害。"

"我……"林墨被怼得几乎说不出话来,"柯所,您这话应该去跟人家冷副队长说吧,成天摆出一副臭脸的是她不是我。"

"那我问你,你怎么得罪她了?"

"我没有!"

"还没有,那你昨晚怎么不直接给她打电话,既然是问她的事,还非要绕个弯把电话打到我这儿来?"

"她一开始没接电话……"林墨正解释着,冷彤一头钻进来,冲柯建国说:"所长,我得马上去一趟养老院。"

林墨一听这话就站了起来,直愣愣地问:"是不是爷孙俩出什么事了?"

"这么关心他们,怎么不自己去问?"冷彤说完就风风火火地出了门。林墨还在发愣,柯建国喝道:"我说你这个榆木脑壳,想什么呢,还不赶紧一块儿过去看看。"

第六章 非常嫌疑人

> 总有一天，深藏的奸诈会渐渐显出它的原形；罪恶虽然可以掩饰一时，免不了最后出乖露丑。
>
> ——莎士比亚

在去养老院的路上，冷彤顺便买了些水果。他们做梦都没想到，老人居然写得一手好字，笔锋干净、落纸有力，要是不看其人，绝对会以为出自哪位大师之手。当林墨读完老人手写的文字后，内心受到了深深的震撼。

"谢谢你们救了孩子。很多事情，我都不记得了，还能记起的，是我知道自己叫孙克俭，大家以前都叫我老孙头，是一名小学语文老师。十多年前，家中发生变故，一场大火，妻儿身亡，余生再无牵挂。此后，我无心教学，只身流落他乡，乞讨为生。五年前，我一路来到此地，四处乞食，受尽白眼，后隐于深山之中，靠山中野果、野物为生。十多年来，我少与人交流，口齿退化，已不能正常言语。这孩子命苦，被人弃于深山，我偶然撞见，视如己出。如今，在你们的帮助下，我跟孩子有了归宿，感谢你们，大恩大德，无以为谢。"

他没想到面前这位老人，身世居然如此坎坷。再看看孩子，忍不住在心底骂道，要多么心狠的人，才会抛弃自己的亲骨肉，才会让一个刚出生的孩子就无辜地经历这些磨难和痛苦!

冷彤从林墨手中接过纸条,细细地看了一遍,虽然用力伪装自己的情绪,但依然神情哀伤地说:"大爷,您受苦了!"

林墨还从未见过她如此模样,本以为她会无动于衷的。

"以后,您和孩子就安心住在这里,再也不用风餐露宿了。"冷彤亲手给孩子剥了根香蕉,"这孩子蛮聪明的。医生给孩子作了体检,身体器官都没有问题,但是可能在山里待的时间太久,从未与人正常交流过,所以也渐渐丧失了语言能力。我已经吩咐过这里的看护,让他们平时多跟孩子说说话,以后有空的时候,我也会经常过来。"

"还有我!"林墨补充道,"我跟你一起过来!"

"大爷,还有件事,因为很急,所以必须要现在问您。"冷彤指的是刘青和,出示照片后,问老人在山上有没有遇到过这个人。

老孙头端详了照片许久,但最终还是摇头,给出了否定的答案。

"您再好好看看。"林墨巴望着老人,"这个人是我们公安机关正在追捕的一个嫌疑人,如果您见过他,会帮我们大忙。"

老人却依然摇头,还咿咿呀呀地比画起来。

"您的意思还是确定没有见过照片上的人?"林墨问道。老人点了点头。

在回去的路上,林墨感慨道:"老人那一手字写得太好了,要是当年家里没发生变故,现在应该还在教书育人的岗位上。"

冷彤没搭理他,好像压根儿没听见他说什么。

"唉,做人太难了,好好的一个人,本来有着大好的前途,更加美好的未来,却没想到仅仅一次变故,就毁掉了整个人生!"林墨这话,其实也在暗指欧阳萱,还有像她一样的失踪者、遇害者。

林墨没想到会在省电视台看到找欧阳萱的寻人启事,而且是重金寻人。他凝视着电视上欧阳萱美丽动人的照片，眼里瞬间就噙满了泪，心里也像装满了水，晃悠着，异常难受。除了她父母，谁会在电视上刊发寻人启事呢？他拿起手机，无数次想要拨打电话过去，但犹豫了半天，实在无法鼓起勇气。可他没想到，欧阳萱的父亲几分钟后突然打电话过来，问他是否看到了电视上刚刚播完的寻人启事。

林墨重重地咽了口唾沫，哽咽着说自己看到了："对不起，真的对不起。叔叔，暂时还是没有萱萱的消息，但我没放弃，一直在努力寻找……"

"小林啊，叔叔知道你心里也苦，我们都在努力，只要还没有萱萱的消息，我跟你阿姨就不会放弃。今天在省台播的寻人启事，也不知道会不会有效果。我和你阿姨都年纪大了，我们拿出了全部的积蓄，试图通过这种方式寻找女儿，虽然不知道能不能找到，但至少会给自己一点希望。"老父亲的声音听起来比之前更要苍老，林墨不敢想象这位六十多岁的父亲，在女儿失踪的这段日子以来，究竟经历了怎样的煎熬和痛苦。

老父亲在电话里失声痛哭起来。

"叔叔，您怎么了？对不起，真的对不起……"林墨语无伦次，也忍不住抽泣起来。

"萱萱失踪之后，她妈妈一直卧床不起。昨天晚上吐了很多血，我担心她等不到女儿回家，这一次很可能会挺不过去啊！"

林墨心如刀绞，脑瓜子嗡嗡作响。他挂了电话，蜷缩在洗浴间的墙角，紧咬着牙关，嘤嘤地抽泣着，却又不敢哭出声，任凭水流劈头盖脸地淋下来。

他想要清醒，脑子却越发沉重。"为什么，为什么会这样？"他一遍又一遍地问自己，为什么没能全力保护好心爱的姑娘，为什么要让她年迈的父母承受如此巨大的伤痛？

于是，在接下来的日子里，他趁着排查寻找刘青和下落的机会，打算继续将老街翻个遍。在此过程中，得到一条重要线索，几年前因犯强奸罪两进宫的刑满释放人员赖云鹏，出狱后消失了很久，不知什么时候突然又出现在清江县城。

"那个赖云鹏，以前住在老街上，真是坏透了顶，因为犯强奸罪两进宫，大伙儿给他取了两个绰号，一个叫癞子，一个叫赖皮。"举报赖云鹏的是老街上卖酒的老板蔡大勇，"这小子吃喝嫖赌样样俱全，以前到我这儿不知道白拿了多少酒，我也是敢怒不敢言。那天我在县城办事，中午吃饭时看到他，他没认出我，我想那小子不是被抓了吗？什么时候给放出来了？"

林墨心里有了底，却问道："那个赖云鹏，跟我要找的人有什么关系？"

"您别急啊，我还没说完呢。"蔡大勇神神秘秘地说，"当时跟癞子一块儿到店里吃饭的还有另外好几个混子，其中一个，我看着就很像你照片上要找的人。"

林墨大为吃惊，再次让他看了一眼照片上的刘青和。

"我记得不是太清了，但确实有点像。"蔡大勇努力回忆，"您把赖云鹏那小子抓来问问不就清楚了？"

"你说赖云鹏因为强奸罪两进宫？"

"是啊，这老街上的人哪个不知道，我可没胡说，要是有半句假话，你把我给铐起来……"

"没有不信你。"林墨笑着打断了他，"就是想再确定一下。那您知道他家住哪里吗？"

"还有个屁的家，那小子爹妈早就被他给气死了，以前住的屁大个地方，风吹雨淋的，也早没了。"蔡大勇说完这话，又叮嘱他，"到时候可别说是我跟你讲的这些，我怕那小子回头找我麻烦。"

"放心吧,我们是有纪律的,绝不会泄露举报人的信息。"林墨心里暗自高兴,回去一查赖云鹏的档案,果然不是好鸟,两次强奸罪,加上三次强奸未遂罪,被抓进去关了好多年,一个月前刚放出来。

"这个人应该不会是'影子',但他出狱的时间跟欧阳萱失踪的时间差不多,难道只是巧合?"他大胆假设之后,决定小心求证。

赖云鹏刚从桌球馆出来,就被林墨给堵在了大街上。他身边的两个小混混,一见林墨,就瞪着眼睛,凶神恶煞地围了上来,朝他脸上吐着烟圈,然后大放厥词:"小子,胆子挺肥呀,敢挡赖爷的道,我看你是活腻了吧!"两人说着就要动手。

林墨不屑地笑道:"我劝你们在弄清楚状况之前千万别冲动,要是不小心伤了自己,那可就不太好了。"

这时候,赖云鹏上前一步,恶狠狠地盯着林墨的眼睛,像要吃人似的问道:"哪条道上的?"

"赖云鹏是吧?"林墨直视着他的眼睛,"听说你刚出来,这么快就有小弟跟你了,看来混得不错嘛。"

"小子,你聋了?我问你到底是哪条道上混的?"赖云鹏舔了舔嘴唇,"你对赖爷我的事了解挺多呀,看来还真是道上的兄弟,我不跟无名之辈浪费口舌,报上名来吧!"

"跟我走一趟,就告诉你我是哪条道上的!"

"你到底是谁?"赖云鹏龇牙咧嘴。

"跟我回去就知道了。"林墨说着,刚揽过他的肩膀,后面两小混混就又想动手。他不得已掏出了警官证,在二人面前晃了晃,说:"看清楚了,我就是这条道上的,是不是打算跟你们赖爷一块儿回去聊聊?"一见林墨竟然是警察,那二人瞬间就吓得屁滚尿流,一阵风似的消失得无影无踪。

赖云鹏立马满脸堆笑,觍着脸说:"不好意思,不知道您是公安，多有冒犯，多有冒犯！"

"算你小子识相！"林墨把赖云鹏带回派出所后，问他，"知道为什么带你回来？"

"警官，我这刚出来没几天，也没干啥坏事，是真不知道您干吗带我回来。"赖云鹏哭丧着脸，"以前我确实做了不少缺德事，但现在改过自新、改邪归正了。您带我回来，是不是有人又犯事儿，然后您就怀疑到我身上来了……"

林墨什么都不说，就一直安静地看着他，直到他说累了，说得口干舌燥，这才摸着下巴问："问你几个问题，如果老老实实配合，很快就让你走。"

"是、是，一定老实，绝无半句假话。"赖云鹏鸡啄米似的，嘴上实诚，但闪躲的眼神却出卖了他的内心。他哆嗦着擦去额头上细密的汗水，跟之前豪横的样子判若两人。

"你出来之后，是靠什么生活的？"林墨问。

"我、我，也没什么正经工作，就跟以前的几个朋、朋友混吃混喝。"

"认识这两人吗？"林墨把欧阳萱和刘青和的照片摆在他面前。他看了又看，最后目光落在刘青和身上，为难地说："女的没见过，但这个人倒是好像见过，但又好像不怎么像他。"

"到底见没见过？"

"警官，我真不敢确认。我有个兄弟，跟照片上这人有点像。"赖云鹏嘀咕道，"可脸没这么瘦啊。"

"他叫什么名字？住什么地方？"

"我不知道他叫什么，但是大家都叫他磊子。"赖云鹏说，"我也只见过他一面，喝过一次大酒，后来就没再见过。"

"既然不认识，怎么会坐一起喝酒？"

"朋友介绍的。"赖云鹏说完这话,又忙解释,"不对,我也不知道是谁的朋友,那天一块儿吃饭喝酒的人特多,反正都围在一起称兄道弟,甭管认识不认识,就是喝,喝到最后,我都不知道怎么回去的了。"

林墨觉得不可思议,不认识还能坐一块儿喝酒吗?他敲了敲桌子:"再好好想想。"

"我是真不知道谁认识他呀。"赖云鹏无奈地说,"要不您把那天喝酒的人全给带回来问问?"

"好办法呀。"林墨其实也正在这样想,"你把所有人的名字都给我写下来,然后你去召集那天在场喝酒的人。"

"使不得啊警官,您这不是想害死我吗?"赖云鹏都快要哭了,"那些人可都是外面混的,要知道我帮你们公安做事,那还不得弄死我。"

林墨阴沉着脸说:"他们会不会弄死你我不知道,但要是找不到照片上的人,我这关你就过不去。"

林墨送赖云鹏走出派出所的时候,柯建国和冷彤正好过来。

"哎,那不是、不是那个谁吗?"柯建国好像认出了赖云鹏,"林墨,那小子什么时候出来的?来所里干什么,又犯事儿了吗?"

"赖云鹏。"林墨说,"没犯事儿,就是找他过来坐坐,聊聊天。"

"对对,赖云鹏,我想起来了。你们俩有什么可聊的?"柯建国不信任地看着他,"给我说实话,你小子是不是背着我在查什么案子?"

"柯所,那小子当年是被您给抓进去的?"林墨问。

"还别说,两次都是我亲手送进去的。"柯建国自豪地说,"那小子成天不务正业,玷污了两个清白的姑娘,当时抓他的时候,他还差点没被街坊给打死。"

"林警官,你是不是怀疑他跟欧阳萱的失踪有关?"冷彤问。林墨痞笑道:"猜对了一半。"

"别卖关子了,另一半是什么?"柯建国催问。林墨神神秘秘地说:"不瞒二位领导,我这边已经有了刘青和的线索。"

"我说你小子到底还想不想干了,既然已经有刘青和的线索,还跟我们藏着掖着?"柯建国板着脸,"快说!"

林墨面对柯建国和冷彤的冷眼,本来也只想跟他们开个玩笑的,此时麻溜儿地说出了真相。

"真有人在县城见过刘青和?"柯建国一脸狐疑。

"我怎么觉得这事儿挺玄乎呢,你说刘青和一个通缉犯,好不容易逃出了龙口,怎么还敢在一河之隔的清江县现身?他不会是傻了吧。"冷彤的话也得到了柯建国的赞同:"这个刘青和可不是一般的狡猾,应该不会犯这种低级错误。"

"我赞同,他要敢真这么做,岂不是打算自己送上门给警察抓吗?"柯建国严肃地说,"林墨,虽然这条线我不知道你到底从哪里弄来的,但是不管消息是否可靠,先查一查。"

"我也没说一定是刘青和,这不眼前也没什么新的进展,反正碰碰运气,万一瞎猫撞上死耗子呢?"

"你说得对,在没有任何线索之前,我们现在就是瞎猫。"柯建国赞许道,"对了,郭庆海的案子虽然已经移交,但毕竟是我们介入在前,后续新的情况还是应该跟你们通报一声的。"

"不会这么快就判了吧?"林墨问。

"是没这么快,我指的是他涉及的假冒伪劣摩丝案。"柯建国说,"他不是交代有个什么广东表姐供货商吗?警方查了,根本就没有什么表姐,所有伪劣产品都是他四处寻找原材料,然后自己弄出来的。"

林墨和冷彤都傻了眼。

"没想到那个混蛋还真有两把刷子,不走正道太可惜了。不过也想得通,要不是长了个聪明的脑袋,怎么可能在我们眼皮底下这么多年,硬是没露出一点马脚。"柯建国感慨道,"可惜啊,人性的扭曲,让他走上了另外一条不归路。"

晚上十点多,派出所里灯火通明,大伙儿都在加班的时候,林墨突然接到赖云鹏的电话,让他去县城的棚户区见面。

"柯所,我有点急事要马上出去一趟。"他放下电话,跟柯建国请示的时候,柯建国问他:"都十点多了,还能有什么急事非得今晚去办?"

"一个朋友,让我出去见个面。"林墨说着就走了。

他了解棚户区的情况,位于县城新区边上,住的全都是穷苦百姓,还有些无家可归的流浪者。

站在狭窄的路中间,望着两边房屋里透射出来的昏黄灯光,林墨心里有些犯嘀咕,问他:"刘青和当真在里面?"

赖云鹏讪讪地说:"消息绝对可靠,那小子正在最里面的矮房子里睡觉呢。"

林墨不信任地看了他一眼:"最好不要跟我耍花样。"

"我哪敢呀林警官,您就算给我十个胆,我也不敢骗您呢。"赖云鹏涎着脸走在前面,林墨谨慎地四下观望着,虽然一片安静,但总感觉好像有些地方不怎么对劲。

林墨在赖云鹏的引导下,来到了道路最里面的房屋前。木板门关着,屋里没亮灯。

"您要找的人就在屋里睡觉……"赖云鹏低语道,林墨屏住呼吸,正打算敲门,谁知只轻轻一推,门便吱呀一声开了。

他正要进屋去，身后突然传来一阵密密麻麻的脚步声，然后就出现几个幽灵似的黑影，将他团团围了起来。

"赖云鹏，我看你这是打算三进宫吧。"林墨瞬间明白自己上当了，但他并不惧怕，扫视着面前这几个来势汹汹的男子，"你们全都是赖云鹏给拉来凑数的吧？我劝你们一句，赶紧滚蛋，该干吗干吗去，别给自己找不痛快。"

"林警官，您别怪我，我这也是没办法，让您给逼的。"赖云鹏后退了好几步，躲到了那些人背后，"我说了，我真不知道您要找的那人去哪儿了，而您又非得逼我把人给您找到，我……"

"癞子，住口吧你。"这时，另一个脸上有伤疤的男子开腔打断了他，"林警官，我倒想打听一句，您非要找的那人，他到底犯了啥事儿？"

"犯了什么事跟你无关，你就说吧，他人在什么地方？"林墨冷声问道。

"你说的是磊子吧？"疤脸男嘿嘿地笑道，"磊子是我兄弟，他是个好人。我不允许任何人平白无故地伤害他，就算是公安也不行。"

林墨差点没忍住笑，说："我要找的人，已经被全省通缉，他犯的事儿，可不是进去待几年就能出来的，我倒想看看你们谁有这个能耐保他！"

"我操，要不是看在你是公安的分上，今儿非得留你一条胳膊。"疤脸男怒声威胁道，"磊子现在人不在清江，劝你一句，别再找我兄弟麻烦，要不然给你好看，袍哥人家说话算话。走了，兄弟们，喝酒去。"

林墨没想到这些人居然连警察都不放在眼里，当即厉声喝道："站住！"

"怎么着，还想把我们都带回去呀？"疤脸男冷笑道，"这儿没你要找的人,再给你最后一次机会,要想不受点皮肉伤再回去,趁老子没脾气之前,最好赶紧滚蛋!"

"我要是不滚呢!"林墨拳头紧握,"这儿可不是你们撒野的地方,赶紧把人给我交出来。"

疤脸男一挥手,那些手下便冲了上来,雨点般的拳头落在林墨身上,一场恶战在所难免。

林墨挥舞着拳头,左冲右突,可双拳难敌众手,脸上挨了几拳,胸口又挨了一脚后,很快就招架不住了。

"给我打,往死里打,看你还敢不敢找老子麻烦!"疤脸男在一边幸灾乐祸,"要不是看你披着公安这张皮,老子都懒得跟你废话。"

林墨打倒两人之后,就被人给架着双臂,跪在地上,动弹不得了。

疤脸男举起拳头,朝他的脸狠狠地打了两拳。

林墨感觉门牙掉了,咧开嘴,吐出了满嘴的血。

"老大、老大,别打了,别打了!"赖云鹏担心把人给打出问题,于是一个劲儿劝道。

疤脸男不屑地笑道:"怎么,心疼了,还是怕了?"

赖云鹏唯唯诺诺地退了回去,不敢再吱声。

"小子,记住我说过的话,别再找我兄弟的麻烦,否则谁也救不了你。"疤脸男示意手下放人,林墨刚获自由,便朝着疤脸男号叫着冲了过去,然后将他拦腰抱起,用尽力气举了起来。

疤脸男始料不及,仰面倒地。

林墨骑在他身上,挥拳打向那张脸,疤脸男鬼哭狼嚎起来。

但是很快,林墨就被疤脸男的那些手下给拉开,然后又挨了几拳,被按在了地上。

疤脸男被赖云鹏搀扶起来,一瘸一拐地走向林墨,左右开弓,揍得林墨晕头转向。

"小子，我看你活得不耐烦了吧？"疤脸男瞪着眼，恶狠狠地骂道，"给你活路你不要，那就卸你一条胳膊，让你长长记性。"

疤脸男随手捡起一块石头，让手下将林墨的手臂按在地上，作出要砸下去的样子。

林墨紧咬着牙关，脖子上的青筋都突兀了出来。

可是，疤脸男并没有砸下去，而是又说："如果叫我一声爷，说不定可以放你一马。"

"少他妈废话，有种就杀了我。"林墨不羁地笑着。疤脸男怒喝："你以为老子不敢。"

林墨闭上了眼睛，准备接受痛苦。

可就在这时，赖云鹏突然惊恐地叫了起来，众人回头望去，只见不远处立着一个人影，正冷冷地盯着他们。

"妹子？居然有个妹子自己送上门来。"疤脸男狂笑起来，"大晚上的，哥哥正愁找不到妹子呢，陪哥哥喝酒去。"

"把人放了！"

林墨认出是冷彤的声音，又惊又喜。

疤脸男张狂地叫嚣道："妹子，你来是求我放了你男人吗？嘿嘿，没问题，只要你先陪哥哥喝完酒，只要哥哥一高兴，立马就放人！"

林墨刚挣扎了几下，又挨了一拳。

"我警告你，最后只说一遍，赶紧把人给我放了！"冷彤一步步逼近。疤脸男却冷笑道："看来今儿晚上兄弟们有口福了。"

冷彤面对这些个五大三粗的男人，左右开弓，直揍得那些家伙鬼哭狼嚎，不敢再近身。

疤脸男见状，不得不亲自上阵。他举着石头，打算从后面偷袭，可还没近身，就被冷彤一脚侧踢，正中胸口，飞出去一米多远，然后重重地跪在地上，痛苦地呻吟着，再也站不起来。

"怎么，我说话不管用吗？"冷彤抓住他领口，"走吧，要不我陪你喝酒去。"

"不、不了，姑奶奶，我有眼无珠。不、不，是我眼瞎了，长了一双狗眼。"疤脸男画风大变，"我错了，求您放我一马，以后再也不敢招惹您了。"

林墨此时恢复了自由之身，抹去嘴角的血迹，在众人中找到了赖云鹏。赖云鹏哭丧着脸，唯唯诺诺的样子，不敢直视他。他走到赖云鹏面前，抓住他衣领，质问他照片上的人到底在什么地方。

"我、我是真不知道啊警官，我们就上次见过一次。对，我想起来了，他当时跟老大一起，老大肯定知道他人在哪儿。"赖云鹏把矛头指向了疤脸男，疤脸男狠狠地瞪了他一眼，哆嗦着说："你们要找的人叫磊子，是个有钱人，但我跟他也不熟，上次吃过饭后，他就失踪了。"

"既然不熟，怎么会在一起吃饭？"冷彤逼问，"磊子的全名叫什么？"

"我是真不知道他全名叫什么，就知道他叫磊子。"疤脸男说，"他找的我，说有个发财的机会，当时吃饭还是他掏的钱。可后来，就再也没见过，几天后他给我打了个电话，说有急事必须得离开清江县，可能要过一段时间再回来，然后再带我发财……"

"他没说到底什么发财的机会？"林墨问。

"没有，说是先认识认识，等差不多了再跟我详谈。"疤脸男哆嗦着，"他很豪爽，看上去挺有钱的样子。"

冷彤放开了他，他捂着膝盖，慢悠悠地站了起来。

"照片上的人是他吗？"林墨把照片递到他面前，他还只看了一眼便立马承认了，还信誓旦旦地说绝对错不了。

赖云鹏其实当初也认出了照片上的人，当时说不敢确认，只是为了给自己留条退路。

"你们都给我听好了,照片上的人是公安局的通缉要犯,谁要是知道他的行踪,最好第一时间跟我们联系。跟你们说句实话吧,这个人背的案子,是你们谁也扛不住的,他现在自身难保,你们也别想跟着他做发财的春秋大梦了。"冷彤说完这话,从疤脸男手机里弄到磊子的电话号码,然后正要带林墨离去,但突然又转身盯着疤脸男,把他吓得战战兢兢,大气都不敢出。

"大哥,该怎么称呼你啊?"冷彤问。

"李、李华林!"疤脸男回道。

"家是哪里的?"

"四川!"

"原来是川娃子,怪不得自称袍哥人家。"林墨在他头上拍了一巴掌,"袍哥人家的名声都被你这号人搞坏了。"

"是是,再也不敢了。"李华林耷拉着脸。

"以后最好给我规矩点,要是被我抓到你的把柄,小心对你不客气……"冷彤说着,和林墨双双消失在夜色中,边走边问林墨还能不能走。

林墨揉了揉被揍了几拳的脸颊,龇牙咧嘴地说:"腿没事儿,就是脸疼。"

"都是你自找的。"冷彤道,"你不说出来见个朋友吗?怎么朋友会把你揍得这么惨!"

林墨尴尬地说:"朋友一秒变仇人,都怪赖云鹏那小子给我下套……"

"怪你自己太笨!"冷彤揶揄道,"所长就知道你这么晚出来准没什么好事,幸亏让我跟了过来。"

"我说冷副队长,这么说你应该早就到了,他们揍我的时候,你竟然躲后面看热闹？"

"我不躲后面，怎么知道你这么不扛揍？"冷彤讥讽道，"要怪就怪你太高估自己，三脚猫的功夫，也不知道跟谁学的，还敢跟那么多人动手。我躲后面，就想瞧瞧你到底有多大本事。"

"你、你也太狠心了，我都被揍成那样了，你居然……哎哟，痛死我了！"林墨说话时，痛得脸颊都快变形，"没想到你一个女人居然这么能打，是我看走眼了。你还有什么是我不知道的？"

"那是因为你自己太弱。"她的每一句话都好像带刺，"就那几个软柿子，我还没怎么使劲儿，三下两下不就搞定了吗？"

"好吧，我承认，是我太弱了，冷副队长厉害，行了吧。上次搜山的时候，我救了你，这次你救了我，算是扯平了。"林墨又哀求，"今儿晚上的事，你回去可别跟柯所讲，不然他又要骂我了。"

"骂你什么，被几个小混混揍了，丢了他的脸？再说了，瞧你的脸都快被揍成猪头了，柯所又不是看不见。"冷彤不屑，"现在的年轻人啊，不知道警校到底教你们什么了，除了嘴上功夫厉害，我看也没别的本事……"

"哎，冷副队长，你能不能别动不动就上纲上线，我有那么不入你的眼吗？"

回去之后，林墨正对着镜子给伤口擦药，但一碰就痛得他不忍下手了。恰在这时，冷彤敲门进来，还带了一瓶药水。

"别动！"她把他按在椅子上坐下，"一个大男人，擦点药就鬼哭狼嚎的。"

他和她离得如此之近，面对她肃穆的表情，身体变得僵硬，一动也不敢动。

冷彤在他脸上涂了半天药水，好不容易弄完，起身把药水放在桌上，临走前叮嘱道："每天早晚各擦一遍，连续一周。"

林墨看着她没事儿人一样飘走,又盯着她离开的方向看了许久,终于放松僵硬的身体,长长地呼了口气。

第二天,林墨满脸伤痕出现在柯建国面前时,柯建国像不认识他了,盯着他的脸看了半天才冒出一句:"打架了?"

"被打了!"冷彤从门外进来,听到柯建国的话,就这么回了一句。

"什么?"柯建国捏着林墨的脸,左看右看,"谁下手这么狠,跟我说,我找他去。"

林墨连连摆手说:"没事了,都解决了。"

"怎么解决的,都抓了吗?人在哪儿呢?"柯建国瞪着眼睛问。

"人放了,小事儿,不想追究!"林墨摸着还有点疼痛的脸颊,"柯所,刘青和的案子有线索了。"

柯建国愣了愣神,又追问道:"先别跟我说刘青和的事,你这脸到底是被谁揍成这样的?"

"您也别问他了,他都不好意思说。"冷彤在一边接过话道,然后一股脑儿把昨晚发生的事全讲了出来,还不忘把林墨被揍的情节渲染了一番。

"冷副队长,你别添油加醋啊,我明明也打倒他们好几个,那几个小混混比我还惨。"林墨极力想要挽回自己的形象。

柯建国却严肃地说:"居然敢打警察,我看那些小王八蛋是活得不耐烦了,不关他们几天,他们不知道锅是铁打的……"

"柯所,我就是受了点小伤,但不也换来刘青和的线索了吗?算啦,真的不想追究了,还是大事要紧!"林墨指的大事就是刘青和的案子,"有线索显示,刘青和离开龙口市后,确实逃到了清江县,而且化名叫磊子。"

"你挨了一顿揍,就弄到这么点线索?刘青和既然在清江县,那他人呢？"柯建国问道，"至少也得弄清楚他的大概行踪吧。"

"柯所，您别急啊，我这不是话还没说完嘛。"林墨轻揉着伤口，"虽然跟刘青和接触的人声称他失踪了，很可能不在清江县，但我认为他人一定还没走，八成是嗅到了危险的味道，所以才暂时躲了起来。"

"那个叫李华林的小子说，刘青和曾提起要跟他一块儿发财，刘青和到底在谋划什么大生意？"冷彤提起这茬，林墨也想了起来，忙说："刘青和突然出现又突然失踪，估计与他谋划的生意有关。"

"李华林？"柯建国认得此人，"赖云鹏怎么会跟他混在一起？"

"您知道这个人？"林墨问。

"怎么不知道，从四川过来的，自称袍哥人家，实际上就是一盗窃团伙，前几年进去过，没想到这么快又出来了。"

"那这个刘青和跟他能做什么大生意？难不成刘青和也打算改行？"

"刘青和是网络诈骗团伙的负责人之一，他所说的大生意，会不会是在清江县重起炉灶？"柯建国的声音不大，但二人都听得真切。

"很有可能！"冷彤很赞同柯建国的推测，"至少一开始他是这样打算的，但后来可能被追得太紧，所以暂时就停了下来。根据李华林的交代，他很可能将清江县作为重起炉灶的大本营。"

"对，这个情况很重要，是非常重要的线索，我得马上向局里汇报。"柯建国出去后，林墨和冷彤都没再说话，暂时陷入冷场的局面。

冷彤在查阅资料的时候，林墨憋了许久，舒服地伸了个懒腰，然后趁她抬眼看自己的时候说道："晚上我请你吃饭吧。"

"什么？"冷彤又埋下了头。

林墨稍作犹豫，补充道："我不想欠你人情，你昨晚帮了我，我得请你吃饭，就当是谢你救命之恩。"

冷彤停下工作问道："你不是说在山里救了我，咱们扯平了吗？"

"我回去后好好想了想，我救你和你救我，这差别太大了。我不救你的话，你可能就只是受点皮外伤，但要是你不救我的话，我可能命都没了，所以我欠你的人情更大，必须请你吃饭才能弥补。"林墨在说这话的时候，连他自己都差点没忍住笑，触动了受伤的脸颊，痛得他又龇牙咧嘴地叫了起来。

"行，算你还有点良心，我接受邀请，不过救命之恩不是一顿饭就可以解决的。"冷彤放下资料，边往外走边说，"晚上老地方见！"

"什么老地方见？"柯建国进来时，刚好听见这话，"冷彤呢？"

"唉，她救了我，非要我请她吃饭。"

"这不应该的吗？如果不是她帮你，恐怕就不是被揍一顿那么简单了。"

"是是是，您说得都对。"林墨说，"冷副队长的身手怎么那么厉害？几个大男人都不是她对手，三两下就都趴下了。"

柯建国笑道："就知道你看走眼了。冷彤当警察之前，在部队干了好多年，记得她的资料是这样写的，18 岁入伍，24 岁在部队当上干部，26 岁转业到家乡湖南龙口市公安局成为一名警察……"

"怪不得这么厉害，还真是人不可貌相！"林墨惊叹不已，"看来以后千万别再招惹她。"

将近午时，四季旅社迎来了一对中年夫妻，女的脸上像是涂了一层雪花膏，身材稍稍有些臃肿，挽着男人的胳膊，走路时腰肢一扭一扭的。男人戴眼镜，看上去温文尔雅，梳着个大背头，头发油光可鉴，穿西装打领带，不是有钱的老板，就是坐办公室的领导。两人有说有笑，看起来十分恩爱。

"二位，里边请，四季旅社欢迎两位的到来，希望你们在这里住得舒坦，玩得开心。"这是刘华安习惯性的迎客词。他把李贵明夫妇引进房间，简单介绍旅社的情况后，李贵明问道："我们夫妻早就听说风口老街风景很好，这次过来，打算住上几天，好好玩玩。老板，我们赶了一天的路，都没好好吃顿饭，实在是太饿了，店里有什么好吃的，最好是有特色的，尽管端上来。"

"哎呀，您二位有口福了。不瞒你们说，我昨天刚从山里弄回来一些野味，保证新鲜、有特色，一定符合你们的要求。"刘华安神神秘秘地说，"整个风口老街，除了能在我这里吃到，别的地方还真没有，只不过……价格有点贵。"

李贵明欣喜若狂，忙说："太好了，出来玩，就想吃口好的，老板不用管价钱，再贵我也付得起。"

厨房里，挂着刘华安昨天从山里打来的一头麂子，已经大卸八块，堆在案板上，血淋淋的。他哼着小曲儿，开始为客人准备晚餐，没想到林墨会在这个时候突然登门拜访。

刘华安听到林墨的声音，急忙洗了把手，然后笑脸迎出来，问他今儿怎么有空过来。

"这不是遇到点急事儿嘛。"林墨说，"今儿一早就接到电话，有人说昨晚在武陵山里听到枪响，怀疑是有人盗猎，这不是您经常去赶山嘛，所以就过来问问，看看有没有什么线索。"

"枪声？"刘华安显得极为惊讶，"几年前，政府不是把土铳都收缴了吗？哪有人还敢私藏枪支。"

"是啊，正因为这样，所以现在用土铳打猎是违法的。"林墨说，"如果涉嫌非法持有枪支罪被逮到，还会坐牢。"

刘华安做思索状，然后开玩笑似的问道："你不是在怀疑我吧？"

"哪里，您别多想，我就是顺便过来问问。"林墨笑着说，"记得您之前说过,您赶山不都是用下套的法子吗?"

"对对,下套、下套!"刘华安讪笑着,"你可以去附近的马坡村问问,那村里赶山的多,兴许昨晚打枪的就是他们村里的人,就算不是,应该也能问到些什么。"

"唉,您是不知道,打电话报案的就是马坡村的村长,他在村里早就挨个儿问了一遍,昨晚根本没人进山。"林墨苦笑道,"算了,先这样吧,我去别的地方问问,您先忙着。"

林墨回到派出所,向柯建国汇报走访情况时说:"转了一圈,该问的也都问了,倒是有个人值得怀疑。"他指的就是四季旅社的老板刘华安。

"刘华安?"柯建国脸色狐疑,"我知道他,你有什么证据?找到枪支了?"

"那倒不是,不过我去旅社的时候,他刚洗了手从屋里出来,而且在他的衣服上发现了非常细微的血迹,屋子里还有很淡的血腥味。"林墨说,"因为没有找到确凿的直接证据,所以暂时没有打草惊蛇。"

"你做得对,这种非法狩猎案,除非找到枪支,否则他会有一万种借口来搪塞你。"柯建国赞许地说,"前几年,因为枪支泛滥,我们片区出过好几次事,打猎时不小心把人打伤的,枪支走火把人给打死的……太多太多血淋淋的教训了。从一九九六年开始,国家开始明令禁枪,情况才大有好转,但仍然有些人不顾禁枪令,私藏枪支,给社会带来了巨大危害。"

"这个案子接下来该怎么办?"

"既然你怀疑刘华安,那就盯紧他,有机会再慢慢查。"柯建国说,"这件事不可操之过急,一旦打草惊蛇,他如果把枪支藏起来不再使用,那我们就真拿他没办法了。"

"行，知道了，正好我跟刘华安私下关系还不错，如果真的是他，接触时间一久，一定会露出马脚的。"

"你是因为萱萱的事，跟他才熟悉起来的吧？"

"是的，刘华安很热心，人看上去还是蛮好的。"林墨点了点头，"四季旅社是萱萱失踪前最后落脚的地点，我去旅社寻找线索时，刘华安给我出了不少主意，后来还特意找桥下的算命先生算了萱萱的去向……"

"你等等。"柯建国打断了他，"你说刘华安找算命先生帮忙算了萱萱的去向？林墨，我说你小子是不是糊涂了，咱们是干什么的，你竟然相信算命先生那一套，这不是扯淡嘛！如果算命先生真的有用，那我们不用办案了，遇到案子直接去找算命先生一算，不就知道凶手是谁了吗？"

"是刘华安背着我去找了算命先生……"林墨被怼得无话可说。柯建国无奈地笑了笑，换了副口吻："我知道萱萱的事一直是你的心病，但事情既然已经发生，再着急也得一步步来。"

"都这么久没消息，您让我一步步来，我该怎么一步步来？"林墨心底的火一下子就喷了出来，"她现在生死未卜，家里年迈的父母都快疯了，前几天接到电话，她妈妈正躺在医院，情况非常不好。"

柯建国张了张嘴，最后把所有没来得及说的话都咽回了肚子。

第七章　失踪的露营者

在罪恶成为事实之前，人们是不相信罪恶存在的。

——拉封丹

天刚蒙蒙亮，一切都还没来得及清醒。

林墨是在睡梦中接到欧阳萱父亲电话的，得知她母亲病危，瞬间从床上弹了起来，心里那根紧绷的弦啪一下就断了，眼泪像海水一样涌入眼眶，二话没说便登上了去荆门的汽车，上车后才给柯建国打电话请假。柯建国半天没吱声，许久之后才说话，让他在那边多待两天。

林墨赶到医院时，病房里的气氛如此凝重。欧阳萱的母亲还处于昏迷中，双眼紧闭，脸上戴着氧气罩。

"小林，辛苦你了！"欧阳萱的父亲衰老了很多，以前半白的头发，现在全都白了，像雪一样。

林墨紧握着老人骨瘦如柴的手，真想放声大哭一场，可泪水在眼眶打转儿，就是不流出来。

"要不是她妈妈非说要见你一面，我也不会给你打电话。"老父亲抹了抹眼角的泪水，"在省台播了寻人启事后，她妈妈那段时间的精神状态好了很多，其间接过几个电话说有萱萱的消息，但通过核实，发现那些提供假消息的都是为了钱。她妈妈每天都活在希望中，但昨天晚上她跟我说，自己可能等不到女儿回来了，临走前就想见你一面……"

"阿姨，我看您来了！"林墨没忍住，泪水终于决堤似的夺眶而出。他连连说着对不起，但他知道，无论自己多么懊悔，无论自己想做什么，此时都已经于事无补。

老人也许是听到林墨的声音，缓缓睁开眼，还示意帮忙把氧气罩摘下来。

"阿姨，您醒了！"林墨挤出一丝笑容，看着老人深陷的眼睛，心里无限悲凉。

老人握着林墨的手，声音微弱地说："孩子，阿姨不想打扰你工作，但阿姨的时间真的不多了，就想见见你，跟你说说话。"

"阿姨，我不忙，一点儿也不影响工作。"

"阿姨知道你是个好孩子，为了萱萱的事没少操心。"老人说着说着又咳嗽起来，"阿姨这几天总是想起你第一次跟萱萱来家里的样子，打第一次见到你，阿姨就喜欢上你了，也替萱萱感到高兴，找到了可以一辈子依靠的人。"

林墨听了这话，心里更是万分痛苦，如被万箭穿心，垂下眼皮，不敢直视老人的眼睛。

"自打萱萱失踪之后，阿姨就再也睡不着了。"老人的声音越来越无力，"一闭上眼睛，就好像看到萱萱站在面前有说有笑的……萱萱是个善良的姑娘，从小就懂事，又孝顺，成绩也好。好好的怎么就不见了呢？孩子，你说她从来没做过坏事，为什么老天爷要这么对她？"

"阿姨，都怪我，怪我没照顾好萱萱，都是我的错，我就不该让她一个人去老街！"林墨感觉自己快要窒息，老人的手在颤抖，越发冰凉。

"孩子，你听阿姨说，阿姨这辈子没什么愿望了，就希望女儿好好地活着。你要答应阿姨一件事，将来等你找到萱萱，不管她是活着还是不在了，你都要亲口跟阿姨说一声。"老人眼巴巴地望着林墨，林墨的眼泪早就像断了线似的，流淌在脸上，也滚落进心里。

"孩子，你答应阿姨，一定要答应阿姨……"老人的声音陡然抬高，枯瘦冰冷的手把林墨抓得生疼。

林墨连连说道："阿姨，我记住了，我答应您……阿姨，您没事的，您一定会没事，一定可以亲眼看到萱萱回来的。"

老人眨了眨眼，眼角滚落两滴泪水，最后露出一丝欣慰的笑容。突然，笑容变得僵硬，双眼沉沉地合上。

"阿姨、阿姨……"林墨紧握着老人的手失声痛哭起来，耳边也传来欧阳萱父亲的抽泣声。

老人走了，临走前也没能亲眼见女儿最后一面。

林墨整整守了老人两天两夜，直到送老人入土为安。这两天，他脑子里全是萱萱的样子，还有老人临终前说的那些话，像刺一样深深扎在他心里，令他痛不欲生，生不如死。

他艰难地离开了欧阳萱日渐苍老的老父亲，回到风口老街，站在老街中央，看着这个令他痴迷，又让他绝望的地方，眼前一片恍惚。

突然有人叫他，好像是欧阳萱的声音。他一时间没反应过来，还以为是幻听，但随即转过身去，惊喜地叫着萱萱的名字，然后把她拥入怀里。

"萱萱、萱萱，真的是你吗？我终于等到你了，好想你呀，幸好你没事……"林墨抱着女孩，久久不愿松开，在她耳边呢喃，"这些日子，你到底去哪儿了？你知道我有多担心你吗？你知道叔叔和阿姨有多想你吗？"

他说着说着就哭了起来："对不起，真的对不起，我没能保护好你。你知道吗？阿姨走了，临走前最放不下的人就是你，让我一定要找到你……"

时间仿佛停在那一刻，连空气也静止了。林墨像个不争气的孩子，哭得停不下来，直到再次听见有人叫他的名字。

他清醒了，看着女孩的眼睛，慌忙松手，擦去泪水，一连倒退了好几步，尴尬地解释起来："不好意思，我、我以为你是……"

站在他面前的是陈佳丽，也就是他刚刚错认的欧阳萱。

她已经从他言语中猜到发生了什么，也能感受到他内心的极大痛苦，看着他忧伤的眼睛，却又不知该怎么安慰。

林墨此时只想逃离，去一个无人知晓的地方，独自承受那些痛苦。所以，他微微点了点头，算是跟她打过招呼，然后慢慢转身离去。

陈佳丽心里一阵绞痛，看到救命恩人如此痛苦，她却什么都做不了，只能默默注视着他的背影消失在街头，感觉自己好像变成了木偶人。不知从什么时候开始，她发现自己爱上了他，虽然明知道他在等待女友回来，可她还是义无反顾地掉进了爱河，希望他能看到自己，正视自己的存在。

"她已经不在了，可你还要继续活下去，为什么不能重新来过？"她这话是在问他，也是在向空气寻找答案，但她最希望的，还是他亲口给出答案。

林墨头重脚轻地回到宿舍，没有开灯，把自己关进漆黑的屋子，安静地坐在窗前，手机里欧阳萱的照片像放电影似的慢慢划过，每张照片都记录着一个故事，一个美丽的瞬间，一个难以忘怀的场景。

"现在我是警察，你是我的犯人，你所说的每一句话，都将记录在案。"欧阳萱笑嘻嘻地说。

"你打算把我监禁多久呀？"林墨把她搂在怀里，坏笑着问。

"当然是终身监禁啦。"她的脸贴着他的脸，"让你一辈子也休想逃出我的掌心。"

"可我这么大个人,一般的地方哪能容得下我。你知道的,我是世界上最会逃跑的罪犯,所以你打算把我关在哪里?这个世界上好像根本就没有可以关住我的监狱呢。"

"哈哈,我的心够大吗?而且我的心也是这个世界上最牢固的监狱,一旦进来,终身监禁,谁也别想逃离……"

林墨从回忆里醒来,泪眼婆娑地问苍天:"你说过的话,还算数吗?"

窗外夜色撩人,凉风习习。与此同时,还有一个人跟他一样,也无法入眠。

芳龄二十一岁的陈佳丽,之前在医专有过一次短暂的恋爱,但无疾而终。在那场恋情中,她受尽了伤害,觉得自己这辈子再也不会遇到对的人,但没想到,林墨突然闯进她的生活,把她封闭的心给搅乱了。

"我本将心向明月,奈何明月照沟渠。"她想起了这句诗,如同她此刻的真实心境。可是,她告诉自己,这一次不能不继续爱下去,如果错失,恐怕这辈子会孤独终老。

"我知道你心里藏着另外一个姑娘,但是对不起,我无法控制自己的情感,就算你不爱我,我也会依然爱你,我相信,我的爱一定会感化你……"她在日记里写下这些话的时候,脑子里突然萌生出一个多么可怕的想法。

要是欧阳萱永远消失该多好呀!

但是,这个想法在她脑子里只是一闪而过,浓浓的负罪感很快像一记耳光把她打醒。她合上日记,垂眸沉思,林墨落寞的背影又清晰地浮现眼前。

柯建国接到县公安局的电话,让冷彤交两张最近的登记照,说是要给市局报材料建档用。

老街上就一家照相馆,但因为不临街,冷彤不熟悉路,转了好几个弯才找到地方。她站在"七月照相馆"的门口,在心里默念着招牌上的名字,竟然觉得很有意思,很有诗意。大门左边停放着一辆黑色的老式二八自行车,和这老屋相互映衬,此情此景,实在是别有一番风情。

"你好,照相么?"一个中年男人的声音打断了她的思绪,抬头一看,只见一个身材清瘦,蓄着小胡子的男人正笑容可掬地上下打量着她,脸颊两侧的颧骨仿佛要突出来。

那种笑,在她看来,像是不怀好意。

冷彤被打量得有点不舒服,问道:"你是老板吗?"

"是的,我是照相馆的老板,要照相的话里面请。"照相馆的老板马少军,四十多岁的样子,上身穿西装、打领带,下半身是贴身裤子和锃亮的大头皮鞋,怎么看都跟这条老街的气氛不大协调。

冷彤上下打量了他一眼,说:"我想照两张登记照。"

"好嘞,里面请。"马少军把她迎进屋里,只见到处都是照片,有挂在墙上的,也有放在桌上相框里的。有人物照,也有风景照。其中一张老街的全景照片吸引了她的注意,老街沐浴在夕阳中,冉冉升起的炊烟,将整个画面渲染得绚烂无比。

冷彤盯着照片看了许久,整个人都沉浸其中。

"请问要几寸大小的?"马少军的问话把她的灵魂从照片中牵引出来,她却问道:"老板,这张照片是在什么地方照的?"

"还不错吧?看你挺喜欢这张照片的。"马少军得意扬扬地说,"你不是本地人吧?如果是本地人,应该一眼就能看出照相的位置。"

冷彤笑道:"眼睛很毒啊,我确实不是本地人。"

"能照出老街全景的,就一个地方。"他指着照片说,"老街后面有条巷子,从巷子出去之后,再沿着田坎边的小路上山,就能找到我说的那个地方……你听明白了吗?"

"还真没听明白。"她笑着说,"算啦,反正我也没打算去。再说了,也不是每次去都能遇到这么美好的风景吧?"

"那是当然,要想照出一张满意的照片,客观的因素太多了,比如说这张照片里面的风景,夕阳、炊烟,缺少哪一样,可能都出不来效果。"马少军耐心地跟她讲解。她看了一眼时间,说道:"不好意思,我一会儿还有事,马上帮我照一下吧。"

"好嘞,您这边请。"马少军依然无比热情,"后天下午两点以后取照,加急的话,明天下午两点取照,但要加钱。"

"我不急。"冷彤说,"老板,你这店名蛮有意思的,有些什么名堂?"

"很多人跟你一样,都对这个名儿感兴趣,问我有什么特别的意思。"马少军笑道,"其实并没有,只是为了纪念当年照相馆开业的日子,正好是七月。"

这个普通的夜晚和平日里没什么两样,夕阳隐去之后,老街遁入夜色之中,街边的店铺也一一关去。劳累了一天的人们,依然习惯了早睡早起,也依然在公鸡打鸣声中扛着锄头下地劳作,依然在庄稼地里种下希望,然后等待秋天的丰收。

离风口老街几公里外的星斗山露营地,在经过短暂的喧嚣之后,疲倦的人儿也悄然进入梦乡。凉风拂过,各种潜藏于夜色中的小精灵纷纷登台表演,在草丛里、在树丫上鸣唱,就像一群正在聚会的乐手,用不同的声音开始合奏一曲曲美妙的乐章。

露营地周围是茂密的丛林。丛林将营地包围成圆形,周边的参天大树,仿佛直插入云霄。

入夜之时，露营的人在帐篷外面，正好可以透过圆顶看到璀璨的星星，也许这就是此山名叫星斗山的来由。

此起彼伏的鼾声和着各种虫鸣鸟叫，长长短短，短短长长，让躺在帐篷里的人尤为舒坦。

他们大多是来自外地的城里人，选择到这里旅游，就是为了避开城市的喧嚣，寻找一方净土，给自己的心灵放个假。

夜色沉沉地睡去，星光依旧皎洁灿烂。

然而，谁也没想到，午夜过后，在离露营地不远的地方，一个幽灵似的黑影磨蹭了许久，然后扛着个口袋，一步步消失在丛林深处。

一大清早，柯建国在去上班的路上，顺手在小摊上买了个烧饼，边走边吃，快到派出所门口时，突然一个男人风风火火地冲过来，还差点摔一跤，老远就慌慌张张地喊着："我要报案，我要报案……"

柯建国刚把剩下的烧饼全都塞进嘴里，还没来得及下咽，一把拦住男子，嘟囔着问："怎么了，报什么案，发生什么事了？"

"我老婆她、她不见了。"头发胡乱披在男子额头上，他取下眼镜，擦着额头上的汗水，"警察同志，快帮我找找我老婆吧！"

柯建国把男子带进所里，才知道他叫李贵明，几天前和老婆到老街旅游，昨晚上去露营地睡了一晚，没想到今儿早上一睁开眼，却发现老婆不见了。

"我问了个遍，到周围又找了一圈儿，都没见她。"李贵明神情焦急，浑身都在颤抖，"这可怎么办，一个大活人，怎么说不见就不见了？早说不来这里了，可她非不听，现在好了，真出事了嘛！"

"你别着急，慢慢说。会不会她有事临时离开，但没来得及跟你说？"柯建国安慰他。

李贵明沮丧地摇头道："就算出去办事，也该提前给我说一声啊,至少打个电话吧?但打她电话,手机也关了,我就担心她出什么事!"

"你觉得能出什么事?"柯建国问。

"我可是听说风口老街发生过连环杀人案,是不是有个叫'影子'的杀人凶手,我老婆她会不会……"李贵明"哎哟、哎哟"地叫了起来,"老婆,你不会有事吧?你可不能出事啊!这个家要是没了你,以后可该怎么办?我该怎么活呀!"

柯建国心里"咯噔"跳了一下,心想不会这么快又发生妇女失踪案了吧,难道"影子"又出来作案了?

"你们是第一次来老街?"

"是的,我老婆听说老街好玩,风景很美,早就想来玩了,可、可没想到……"

"我问你,你刚才说老街发生过连环杀人案,还知道凶手叫'影子'?"柯建国打断了他,"你是怎么知道这些的?"

"哎呀,我说警察同志,全国的人估计都知道这事儿,随便上网都能看到。"李贵明说完这话,又催促他赶紧去帮忙找人。

"这个……李先生对吧?你先别急,事情应该没有你想得那么糟糕。这样吧,我们先去现场看看。"柯建国正说着,冷彤也到所里来了,得知事情经过后,当即决定一块儿出现场。

露营地位于星斗山的最高点,与风口老街垂直海拔落差达八百米,昼夜温差较大,尤其是最热的季节,山上极为凉爽,成为很多外地游客来此避暑的首选之地。

由于没有规范管理,政府只提供露营场地,游客必须自带帐篷,或者在山脚下的小商店租赁帐篷,然后老板开三轮摩托车帮忙送上山去,因此等冷彤和柯建国赶到时,原地已经只剩下三顶帐篷没有收走。经过了解,三顶帐篷中,除了李贵明租来的帐篷外,另外两顶帐篷的游客原本还打算今晚住一夜后再离开,但一听昨晚有人失踪,立即改变了主意。

柯建国趁着他们还没离开,简单问了问情况,得到的回复基本一模一样,昨晚没人听到异响,也没人发现可疑的情况。冷彤观察了一下周围的地势,发现除了上山的路,还有另外两条路可以下山。柯建国负责检查帐篷,里里外外翻了个遍,突然在角落里找到了失踪者的手机,但显示关机。

"这是你老婆的手机?"他问李贵明。李贵明惊讶又激动地说:"对呀,就是她的手机!天哪!她怎么连手机都忘带了,还关机,怪不得怎么都打不通!老婆,你倒是赶紧回来呀!把我一个人丢在这里,算怎么回事嘛?"

"先控制一下情绪,有几个问题要问你。"冷彤走过来,"你是早上几点发现人不见的?"

"大概六点多。"李贵明脱口而出,"我醒来的时候,发现她人不在,还以为去厕所了,看了一眼时间,又睡着了。又不知道过了多久,迷迷糊糊中被外面的讲话声吵醒,起来一看就是七点多了。那个时候,我还是没见老婆,以为她已经起床了,于是去帐篷外面找了一圈儿,但还是没见人,向周围的人打听,都说没注意,我这才急着下山去派出所。"

"这么说来,你老婆应该是早上六点之前就离开了帐篷。"冷彤说,"六点到七点多之间,她回没回来你也不知道?她离开的时候,你就没有一点感觉?"

"哎呀,昨晚睡得晚,我们说了很久的话,到了下半夜才睡觉,加上白天逛累了,所以睡得很沉。她六点多出去后,回没回来继续睡觉,我是真的没感觉。再说,我要是知道她要走,怎么能不拦住她?"李贵明懊恼不已,"警察同志,你们快别站在这儿说话了,帮忙到处找找呀。"

"你老婆怎么称呼?"

"田桂兰。"

柯建国让他打开田桂兰的手机,他一连试了好几次,却显示密码错误。虽然是夫妻俩,但不知道对方手机的密码很正常,也都能理解。柯建国是这样认为的,所以没在手机的问题上继续浪费时间,打算带回去再想办法解锁。冷彤脸上闪过一道怪异的表情,但转瞬即逝。自然,谁也没注意到她表情的变化。

就在此时,柯建国的手机响了,是林墨打来的。他到一边去接电话时,才知道林墨已经回来了。

"所长,你们在哪儿呢?今儿好像不是周末吧,我回所里,怎么一个人都没见。"林墨经过一夜的调整,已经从悲伤中暂时走了出来,决定不再陷入悲伤,想尽办法逮住"影子"才是目前最应该做的事。

"你怎么这么快就回来了?"柯建国惊讶地问道,"你现在不是应该在荆门吗?"

当林墨得知又发生妇女失踪案时,腿肚子一阵哆嗦,起身时差点没站稳,边打电话边往外冲去,嘴里还大声嚷道:"等着,我马上过来!"

柯建国本来打算让他在派出所等待,但话没说完,他已经挂了电话,只能作罢,回头跟冷彤说林墨马上过来。冷彤什么都没说,只是微微点了点头。

"柯所,另外两条下山的路通向什么地方?"冷彤问。

"一条通往马坡村,另一条好像是晓庄村。"柯建国对周边的环境比较熟悉。

"李先生,我们聊聊吧。"冷彤拿出笔记本,"你和你爱人在哪个单位上班?"

"我在云阳轴承厂上班,是办公室的副主任,主要负责处理一些办公室的杂事。"李贵明说，"我老婆没正式工作，在云阳开了一家小商店，赚点生活费。"

"有几个孩子？"

"一个女儿，已经出嫁了。"

"你们是什么时候来风口老街的，去过哪些地方，今晚之前住在哪里？"冷彤在问话的时候，目光一直死死地落在李贵明脸上。

李贵明在回答这些问题的时候，思维很清晰。

"我们是三天前来的，住在老街上的四季旅社，也是在老板的推荐下昨晚才来这里露营，没想到就出了这种事……"李贵明说着说着眼圈就红了，"警察同志，我老婆是个老好人，从来没跟人发生过争吵，这次来老街旅游，是她期待了很久的。本来听说这里之前发生多起失踪案，我就一直不想来这里，没想到果然出事了。"

"行吧，你先回四季旅社，待会儿我们会有同事过来找你。"冷彤说，"柯所，我去外围转转，您再清理清理现场，下山的时候，顺便去租赁帐篷的商店把昨晚露营人员名单拿到。"

十来分钟后，林墨火急火燎地赶来，只看到还在帐篷里检查现场的柯建国。

柯建国从帐篷里爬出来，问他什么时候回来的。

"昨晚！"林墨回了这么一句，然后就问失踪案的情况。

"一个大活人，在露营地睡觉的时候突然就不见了，很蹊跷呀！"柯建国介绍完情况，感慨地说，"而且当晚露营的人不少，如果是'影子'干的，一个大活人被带走，怎么可能没有弄出一点动静？"

林墨听到"影子"二字，身体的每个细胞都开始悸动，但他沉吟了一会儿，说道："我不觉得这个案子是'影子'做的，因为以往的案子，失踪者都是单身女性，'影子'绝不会冒险去绑架一个有丈夫在身边的女人，这不是他的风格。"

"这点我也想到了，但如果不是'影子'所为，凶手又会是什么人？目前没有任何线索。"

林墨陷入沉思中。

"愣着干什么，你眼神好，赶紧帮忙再看看现场。"柯建国其实已经把帐篷翻了个底朝天，但除了那部手机外，一无所获。

"她人呢？"林墨问。

"谁？"

"冷副队长！"

"她到外围走访去了。"柯建国转身看着冷彤离开的方向说，"报案的人是失踪者的丈夫，早上起床时发现老婆不在身边，随后去派出所报案。对了，你上山的时候没看见他？"

"穿着白色衬衣的男子？"林墨有了印象，在和李贵明擦身而过时，还特意看了他一眼，因为他下山时神情恍惚，走路时高一脚低一脚，好像随时可能摔倒的样子。

"他住在四季旅社，那儿你熟悉，待会儿你去跟老板聊聊。"柯建国提醒道。林墨明白他的意思，然后进帐篷看了一眼，退出来时，问了和冷彤之前问过的同样的问题："躺在身边的老婆半夜失踪，他怎么可能睡得那么沉，竟然没有任何感觉？"

"他说自己当时以为老婆上厕所去了，所以没在意。再次醒来的时候，发现人还没回来，这才觉得不对劲。"柯建国解释，"冷彤做了笔录，你到时候先看看。"

冷彤沿着下山的路步行了很远，在山脚下看到一户人家，房子破破烂烂的，墙壁斑驳陈旧，估计下大雨的时候，屋里都会进水。她跟老人聊了会儿，得知家里年轻人出门打工去了，只剩下这位老人。老人耳朵还不好使，没问出个所以然，不得不继续往村里走。

林墨来到四季旅社，见到了报案人李贵明，李贵明坐在床头，一动不动,神色悲伤。他在房间里跟李贵明先简单聊了两句,然后出门去找刘华安。

此时,刘华安已经从李贵明口中得知星斗山上发生的事,把住店的登记表拿出来交给林墨,林墨对照了一下夫妻俩住店的时间,又问了一些夫妻俩的情况。

"两口子看起来关系很好的,每天都有说有笑,一块儿出去,又一块儿回来,城里人就是浪漫,还手挽手的。"刘华安笑着说,"住在这里的几天,对人都不错,很热情,吃饭的时候还跟我问东问西,反正我是没见他们红过脸,更别说吵架了。"

"这些日子,店里没别的客人?就他们夫妻俩住店?"

"唉,我这旅社一共就四间房,这几天就住了两间,昨天另外一对老夫妻住了一晚就退了房。"刘华安说,"这一年来,来老街旅游的人越来越少,生意是越来越不好做了。你说那些失踪者到底怎么回事儿嘛!一个大活人,又不是一只鸡、一只兔子,哪能说不见就不见了?"

林墨只是笑了笑,他不想讨论太多案情。

三个小时后,三人回到派出所碰头,交流了各自的调查结果。

"我去下山的另外两条路分别走了一趟,其中一条路通往马坡村,沿途村民都没有什么发现。另外一条路通往晓庄村,因为途中有垃圾处理场,老街周边的垃圾全都拉到这个地方填埋处理,味道很重,所以附近没有住户。"冷彤说,"总体来说,就是没有目击证人。"

柯建国打开笔记本说:"我从商店里拿到了当晚租赁帐篷的游客名单,但有个很大的问题,老板只收取帐篷租金和押金,第二天早上凭借押金条退还押金,所以没有留下姓名和电话。昨晚露营的游客,除了李贵明之外,一大早就已经下山离开,所以说,这条线也断了。"

"我跟四季旅社的老板刘华安聊过,他说夫妻俩看上去感情挺好,李贵明对人也不错,没发现有什么异常。"林墨介绍,"这段时间,去四季旅社住店的,除了李贵明夫妇,还有另外一对老夫妇,但是昨天已经退房离开,不过我拿到了电话号码。"

冷彤双眉紧锁,一脸阴云。

"好了,别愁眉苦脸的,没有发现也许并不是坏事。"柯建国说,"也可能并非失踪案,会不会是失踪者自己离开的呢?"

"自己离开?"林墨问,"什么原因,会让一个正在跟丈夫旅游的女人不辞而别?"

"除非夫妻俩之间还有什么事情是我们没发现的。"柯建国说,"但是据四季旅社老板的说辞,这对夫妻很恩爱,应该没有其他隐情。"

"两口子关在屋里吵架,出门后却是另外一张面孔,这在生活中不是很常见吗?"冷彤说,"在山上找到失踪者的手机时,我发现一个很可疑的地方。李贵明在解锁手机时,一开始很麻利地输入了密码,这说明什么?说明他是知道失踪者的手机密码的,至少以前是知道的。但不知从什么时候起,失踪者把密码给改了,所以他才连续输错了几次密码,这说明什么?"

"说明夫妻俩的感情并不怎么样,或者说以前不错,但是后来变坏了,所以妻子才改了手机密码。"林墨说。冷彤赞同道:"据我所知,有不少夫妻的手机都是对彼此没有秘密的。当然,这是在两口子没有矛盾或者说是很恩爱的时候,一旦翻脸,或者哪一方有了秘密,想对对方隐藏这个秘密时,肯定就会修改手机密码。"

"我明白你们的意思了,但是有秘密的人到底是李贵明,还是他老婆田桂兰?"柯建国匪夷所思地问,"如果是田桂兰有秘密,她可能会为了对丈夫隐瞒秘密而修改密码。也可能是李贵明有了秘密,田桂兰对丈夫不再信任,所以修改了密码。"

"有道理,这两种情况都有可能存在,顺着这条线查下去,可能会有进展。"冷彤说,"必须马上联系云阳警方,让他们协查李贵明夫妻俩的关系，以及各自的社会关系，主要是双方情感方面有没有什么外人不知道的问题。林墨，你手里不是有另外一对住店夫妻的电话吗？马上联系他们，看看他们在住店期间有没有什么发现。"

午饭过后，稍作休息时，柯建国才有空问林墨的情况，得知欧阳萱的母亲突然离世的消息，他呆了半晌才沉重地说："李贵明在老婆失踪后，也说起过'影子'，我是真担心那个混蛋又出来兴风作浪。"

"他怎么会知道'影子'？"林墨很吃惊。

"'影子'的事已经传遍了全国，他知道也不稀奇。"柯建国说，"这也是最近一年时间，来老街旅游人数锐减的原因，不抓住'影子'，老街的旅游产业很难有进一步的发展。我已经通知帐篷租赁的商店，在案子没破之前，为了游客的安全，暂时不允许再租赁帐篷给游客，上山的路也必须暂时封闭。"

"那对老夫妻的电话一直打不通。"林墨说，"云阳警方也暂时没有回消息，只能先等等了。"

"刘青和的案子没有进展，武陵山上有人赶山拿枪非法打猎的案子也没有进展，现在又整出来一起失踪案，真是头大。"柯建国拍着酸痛的腰，叹息道，"上午跟局里汇报失踪案时，领导虽然表面没发脾气，但我能感受到他们肩上的压力。这个压力其实也是在压我们，几起案子堆在一起，我们所里能用的就三个人，我想争取支援，但局里立即就给否了，说什么人手不够，还说什么我们三人组有能力破案，让我们多担待……"

"局里的人手确实紧张，听说这两天在办一起扫黑案，涉及人员众多，局里所有人手都用上了，造成的影响很大，省台都派记者采访来了。"林墨说，"目前的失踪案还没有定性，也有可能像您说的，但愿是夫妻俩吵架，然后妻子丢下丈夫独自离开了。"

"要真是这么简单，我们就省事了。"柯建国苦笑道，"不管怎样,也要先找到失踪者,可是目前的调查并不顺利,基本上是一点线索都没有。"

快要下班时,林墨突然接到陈佳丽的电话,让他待会儿去诊所一趟。林墨解释说很忙,今晚可能去不了,但陈佳丽说是她父亲有急事找他。他可以拒绝她,但无法拒绝陈桂河,只得硬着头皮如约前往。

他到达诊所的时候,没想到父女俩已经做好一桌子菜,诧异之余,才知是陈桂河七十大寿。

"你怎么也不提前给我说一声,我得给大叔准备礼物才好!"林墨空手而来,很不好意思。

"不用,我爸说你能过来吃饭,他就很高兴了。"陈佳丽笑着把他按在饭桌上坐下。

"林警官,你能来,我真的很高兴。"陈桂河准备了好酒,给林墨也满上。林墨本来想着晚上回去再加会儿班,但犹豫了一下,想想不能驳了老人的面子,于是举起了杯子。

"怎么样,味道还不错吧?"陈佳丽一个劲地给林墨夹菜。林墨连连说道:"够了、够了,今天是大叔的生日,你应该多给大叔夹菜呀!"

"这些菜都是佳丽亲手做的,我每天都能吃到她做的菜,所以应该多吃点的是你。"陈桂河笑脸盈盈,"我听说又有人失踪了,你们这几天应该很忙,让佳丽不给你打电话,可她非要打,我拗不过她,只能听她的。林警官,没耽误你工作吧?"

"没耽误工作,再说都已经下班了,多忙也是要吃饭的。"林墨顺着他的话往下说,但他不知道陈桂河是如何知道有新案子发生的。

"好事不出门,坏事传千里。这事儿已经传遍了大街小巷。"陈佳丽说,"咱们医院今儿就这个事儿都聊了一天。你也知道,医院里护士多,又多是年轻的姑娘,一天到晚都是七嘴八舌的,一个个怕得要死要活。"

林墨无奈地笑道："也对，老街就巴掌大个地方，好事不出门，坏事传千里。要是有什么事发生，怎么都瞒不住。"

"案子有进展了吗？"陈桂河问。林墨说："这个我是真不能说，您也知道，我们有纪律。"

"好好，我不问这个，那就问问郭庆海的案子，判了吗？"陈桂河又问，"欺负我女儿的凶手，我总可以问问吧！"

"这个可以问。"林墨说，"郭庆海的案子还没判，有些案情还没整理清楚，因为涉及多起凶杀案，所以审理的过程可能有些漫长。您放心吧，法律会给他一个公平公正的判决。"

"我相信你，所以相信法律！"陈桂河说，"希望你们可以尽快找到那些失踪人口，将凶手抓捕归案，要不然，这老街一刻也不得安宁。"

"爸，咱们不说这些不开心的事了。今儿是您的生日，应该多聊一些开心的事，先吃饭吧。"陈佳丽在一边提醒道，陈桂河这才笑着说："不好意思啊林警官，这人一上了年纪就话多，唠唠叨叨，喜欢问东问西的，你不要介意啊。"

林墨在这一刻想起了欧阳萱的父亲，那个满头白发的老人，如今爱人去世，女儿失踪，独自一人活在这个世界上，该是要承受多大的痛苦呀。

"我给你开的那个药吃完了吧？"陈桂河又问。林墨忙说："太谢谢您了，吃药后确实改善了睡眠，晚上没那么难睡着了。"

"那就好，那就好。我又给你配了一服，待会儿吃完饭，你走的时候别忘记带回去，和以前一样熬着喝。"

林墨完全不知该如何拒绝老人的好意，只能应下，举起酒杯说："大叔，我再敬您一杯，祝您身体健康，长命百岁。"

第八章 被掩盖的表象

罪恶靠隐瞒为生。

——维吉尔

林墨酒量有限,喝了大概二两,眼睛就红了。他这个人平时不怎么沾酒,因为只要一喝酒就上脸。以前还挺羡慕那些喝多少酒都不脸红的人,后来又听人说喝酒上脸的人内心实诚,这才渐渐觉得那是优点而不是缺点了。

他从诊所出来的时候,陈佳丽亲自送到门口,将药递到他手里,然后问他还能不能走,要不要送他回去。

"没事儿,不用那么麻烦送我回去。大晚上的,外面又不安全,要不然待会儿又得送你回来。"林墨开玩笑,"今儿是大叔的生日,你应该回去多陪陪老人。"

"我爸已经睡了,估计打雷都醒不过来。"她说。

陈桂河喝了酒,有些微醉,这会儿已经躺下,鼾声惊天动地。

"对了,谢谢大叔专门给我配的药,这次喝完,应该就不用再喝了吧。"他扬了扬手里的药包。陈佳丽带着责怪的口吻说:"你都说了一百个谢谢,我们之间……有那么见外吗?"

林墨不好意思地笑道:"那以后就不说啦。"

"这还差不多。"陈佳丽开心的样子看上去特别惬意,又问他这两天什么时候有空。

"这个还真不确定,是有什么事需要我帮忙的吗?"

"没什么重要的事,就是最近新上映了一部电影,同事们都说好看,我还没来得及去看呢。如果你有时间的话,我就去买票……"陈佳丽话虽只说一半,但林墨陡然明白了她的意思,憋了半分钟后才说:"不好意思,这段时间实在太忙太忙。你也知道,手头上有案子,可能,不能陪你了……"

"我明白,我理解!"她忙不迭地说,"没关系,等你忙完这阵再说。"

这时候,有人打电话进来,林墨一看是冷彤的号码,还以为是关于案子的事,接听后才知道是养老院的孩子病了,问他有没有空一块儿过去看看。

"有点急事需要马上去处理,我得走了。"

"这么晚,彤姐还找你有事?"

"不是案子的事儿。"林墨解释,"我得马上去养老院一趟,孩子病了。"

"孩子病了?"陈佳丽没有丝毫犹豫,随即说道,"我跟你一块儿去。"

"不用,你还是在家好好陪大叔吧。"

"没关系,我是医生,应该可以帮上忙。你等我一下。"她急急忙忙回到诊所,很快又拿着包出来,"我爸他已经睡了,用不着我陪,赶紧走吧。"

"你确定不用照顾大叔?"

"真的不用,我还不了解我爸吗?喝酒之后除了睡觉就是睡觉,不到明儿早上保准不会醒。"陈佳丽笑着说,"养老院的医疗条件有限，孩子的事要紧，万一有什么急事儿需要转去县医院，我应该还能帮上忙。"

林墨想想也是，于是以最快的速度来到养老院，没想到冷彤已经先到了。老孙头坐在孙子床边，一脸焦躁不安。

冷彤看到跟林墨一起过来的陈佳丽，跟她打过招呼后说："小石头可能得马上去县医院。"小石头是他们后来给孩子取的名字，寓意着希望孩子像石头一样坚强成长。

"小石头到底怎么了？"林墨看到躺在床上脸颊绯红、闭着眼睛的孩子，心里有点慌。

"高烧不退。"冷彤说，"听看护说，昨晚拉肚子了，从早上开始用药，但效果不大，院里这才给我打电话。"

"让我看看。"陈佳丽走到孩子面前，用手探了探孩子的额头，"体温太高了，再烧下去恐怕会把孩子烧坏，必须马上去县医院。你们准备一下，我来联系。"

她出门打电话的时候，林墨已经抱起孩子往外冲去，然后坐上养老院的专车直奔县医院。

"孩子是不是吃错东西了？"陈佳丽在车上问。

"应该不是，院里所有人每天的饭菜都一样，其他人都没事，唯独孩子有事。"冷彤说，"我问了看护，他们每天的食物都有留样，有需要的话可以随时抽检。"

"那就不是食物的问题。"林墨说。

"别担心，医院那边我已经联系好，儿科医生已经在门口等了。"陈佳丽说。

林墨冲她点了点头，刚说了声"谢谢"，立马被她的眼神给怼了回去，不免尴尬地笑了起来。

孩子到了医院后，直接送进了急诊科，三人都在外面走道等待。

"你又喝酒去啦?"冷彤这个时候似乎才闻着酒味儿,抽着鼻子问。

"就喝了一点点,特殊情况。"林墨看了陈佳丽一眼,不好意思地解释起来。

冷彤没再追问,再一次跟陈佳丽道谢。

"谢什么呀,都谢了好几次。我是医生,这是我该做的。"陈佳丽说,"放心吧,这里的医生都很有经验,孩子应该没事的。"

"既然如此,我们在这儿等着就行了,你早点回去休息吧。"冷彤说,林墨也表达了同样的意思,然而陈佳丽却说:"这么晚了,我现在回去反正也没什么事儿,还不如跟你们一块儿等等结果,要是孩子真没事儿了,我再回去也不迟。"

三人再也无话,安静的走道上仿佛连空气的流动声都能听见。

十来分钟后,医生出来,告诉他们孩子因为病毒感染才高烧不退,需要住院观察治疗。

"找到原因了,那就不用担心了。"陈佳丽松了口气,"病毒感染引起发烧,这在孩子中很常见,办理住院后,如果一切顺利,差不多一两天就能出院。"

"要不我打电话让养老院的看护过来帮忙陪着孩子吧。"冷彤正要打电话,陈佳丽却说:"不用,孩子在急诊室,整夜都会有护士照看,你们也可以回去休息,明天一早如果有空再过来,没空的话,让养老院的看护过来也行。反正我明天上午的早班,会帮忙盯着的。"

"也好,最近出了新案子,也确实有点忙。"林墨感激地说,"既然有护士照顾,要不我们先回去?"

冷彤和林墨一起把陈佳丽送回诊所,一路寒暄着,一不留神,时间已经指向十点多了。

"你晚上接到电话,连班也不加了,急急忙忙地离开,就是跟陈医生约会去了？难怪，还喝了那么多酒。"冷彤在回去的路上漫不经心地问道，"刚才陈医生在，我就没好说你，星斗山的失踪案还没有任何眉目，你居然还有这个闲心。"

"冷副队长，饭可以乱吃，话可不能乱说。这不下班时间吗？就喝了一点点酒，怎么就成约会了呢？"林墨辩解，"也是情非得已，不得不喝。"

"别解释了，解释就是掩饰。再说，陈医生的酒就那么难拒绝？"

"不是陈医生的酒，是……"林墨无奈地说，"如果是陈医生请我喝酒，我自然就拒绝了。问题是今儿是她爸七十大寿，人一辈子有几个七十岁，你说人家专程请我去吃饭，我能不喝点吗？"

冷彤知道实情后，没再说话，似乎理解了他的难处。

"冷副队长，我知道分寸，放心吧，绝对不会因为喝酒误事。"

"有句话我知道你不爱听，但我还是要说。"冷彤直言道，"我觉得那个陈医生对你有意思。"

林墨愣了愣，随即半开玩笑地说："怎么可能，你知道我没那份心思。我救过她，她感谢我，仅此而已。"

"千万不要怀疑一个女人的直觉，其实你也感觉到她对你有意思，就继续装傻吧。"冷彤说，"你是有女朋友的，虽然暂时没有她的消息，但我总觉得她还活着，既然活着那就有希望找到她。"

林墨的内心被冷彤一句话就给戳中了要害，不禁叹息道："我也相信她还活着。总之，萱萱一天没有消息，我就一天不会放弃。如果她一辈子没有消息，我就终生不娶。"

"好好记住自己今晚说过的话，希望你不是信口开河。"冷彤大踏步走上前去，留下林墨形单影只。

也许是喝了酒，林墨刚躺下就睡着了，谁知半夜的时候做了个噩梦，又一次梦见欧阳萱站在夜色深处向他招手，喊着救命，可当他想要抓住她的手时,两人之间又好像隔着一层透明的纱,看得见却摸不着。

他使出了浑身力气,一步步走近欧阳萱,眼看着就快要碰到她的手,谁知一个黑影又出现在她背后,然后紧捂着她的嘴,挟持着她的身体在地上拖行。

林墨呼叫着她的名字,哀求黑影放了她,谁知黑影突然就拔出一把寒光闪闪的刀来,猛地插入她胸口。

鲜血飞溅!

鲜红色的血,一点一滴地落在地上,沿着她的身体,在地上留下长长的血痕。

正惊骇时,他突然被电话铃声惊醒。睁眼一看,天居然已经大亮,阳光从窗外射进来落在地板上,昏暗的房间顿时也变得亮堂多了。

电话是陈佳丽打来的,告诉他小石头已经退烧,让他放心。

"退烧就好,退烧就好,你已经上班了吗?真是太麻烦你了。"林墨在电话里道谢,陈佳丽却说:"我爸早上醒来,还问我昨晚怎么没把你留下过夜,担心你喝太多,怕你在回去的路上出事。"

"大叔没事吧?"林墨问。

"我爸他年轻的时候酒量可好了,现在年纪大了,喝不了多少,经常是喝点就醉。"她笑着说,"我平时也不让他喝,昨天是特殊情况。你猜我爸早上醒来后还说了什么?"

"是不是说,我也没喝多少呀,怎么就醉了呢?"

陈佳丽大笑起来,说:"还真被你给猜中了,我爸真是这样说的。他昨晚可能是太开心,一不留神就喝多了。林警官,你知道吗?我爸这些年都没跟人喝过酒,想喝酒的时候,就一个人喝点,谢谢你昨晚陪他。"

"应该说感谢的人是我,除了你做了那么多好菜招待我,还帮小石头联系医院。"林墨看了一眼时间,"不好意思啊陈医生,时间不早了,我得马上去所里。"

他出门时,刚好遇到正出门的冷彤,二人只是对视了一眼,什么话都没说,然后便很有默契地一起下楼,一起走向上班的路。

刚到所里,林墨的电话就响了,一看号码居然是那对曾在四季旅社住店的老夫妻,顿时又惊又喜,慌忙接通,自报身份,这才得知老夫妻离开老街后,又去了别的地方旅游,那地方信号不好,加上手机电量不足,所以就暂时关机了。

"没事儿,我猜到您二位的手机可能是没信号,所以才打不通。"林墨说,"找你们,是有点事情需要核实一下。"

"小伙子,你说吧,只要我能帮上忙。"接电话的人是丈夫。

"您住在四季旅社的时候,记得当时还有另外两位客人吧,大约四十来岁,也是夫妻俩。"

老人回忆了片刻,说:"是的,我想起来了,是有这么一对中年夫妻,但是我们没怎么说话。他们怎么了,是出什么事了吗?"

"是这样的,我就想跟您二位核实一下,对这对夫妻的印象如何?"

"我们老两口就住了一晚上,好像只见过一面,还是我们刚住店的时候,当时那男的跟我打了招呼,挺有礼貌的一个人。"老人说,"后来就再没见过……"

"那女的有跟您二位说过话吗?"

"好像没有。"老人很爽快,又问,"小伙子,你为什么要问我这么奇怪的问题,是不是那对夫妻真出什么事了?"

"嗯,确实出了一点小事儿,需要找您了解一些情况。"林墨解释,"实在抱歉,打扰您二位了,如果您那边还想到什么,麻烦及时跟我联系。"

"是这样的,我们老两口现在已经到了麂子渡景区,明天晚上会回到老街,打算再住一晚,然后就回家去。"老人说,"如果还有什么需要了解的,你可以去四季旅社找我们。"

"那太好了,这样吧,您二位先开开心心地玩,明儿晚上我来旅社找您。"林墨表情落寞地挂了电话后,冷彤问:"看来老两口那边没什么收获吧?"

他摇了摇头,叹息道:"其实我早已经猜到是这个结果,但还是想试一试。"

"再等等云阳那边的消息吧。"冷彤正说着,没想到李贵明突然到派出所来,说是接到单位通知,要他马上回去上班,否则就作旷工处理。

"我的假期已经结束了,昨天就该回去上班的,给领导也请了假,领导虽然了解我这边的特殊情况,但还是非得让我先回去。"李贵明无奈地说,"你们看,我是不是可以……"

冷彤和林墨对视了一眼,说:"老婆失踪这么大的事情都没解决,你还有心情上班?"

"是啊,我就算现在回去,也实在是放心不下。"李贵明伤心地说,"但桂兰她一点儿消息也没有,再这样耗下去,要是被厂里给辞退,工作没了,我以后就只能喝西北风了。"

柯建国打来电话,称自己正在局里,田桂兰的手机已经解锁,让他们去四季旅社把李贵明带回所里,有些事情需要跟他核实。

"柯所,不用去四季旅社,李贵明已经在所里了。"冷彤说这话的时候看着李贵明,李贵明好像意识到了什么,但仍然不解地问道:"怎么,所长他找我有事吗?"

"你老婆的手机已经解锁,应该是发现了什么线索。"冷彤死死地盯着他的眼睛,他只是微微愣了愣,随即惊喜地叫了起来:"太好了，是不是在手机里找到我老婆的去向了？"

"别急，先坐会儿，等所长回来就什么都清楚了。"冷彤说，"喝点什么，茶还是白开水？"

李贵明忙摆手道："不用、不用这么客气。太好了，终于有老婆的消息了……"

"不好意思，茶叶没了，白开水可以吗？"林墨没等他答复，起身给他倒了杯白开水，他端着水杯，眼神空洞，失神地盯着某个点，过了许久，才心事重重地抿了一小口水。

柯建国带着手机从县公安局回派出所的这段时间里，李贵明始终脸色紧绷，一言不发，满脸焦虑的样子，突然又大口喝完了杯中的水，却紧握着杯子，忘了放在桌上。

"你也别太着急，你老婆手机里兴许真的会有线索。"林墨从他手里接过水杯，又倒了杯水递到他手上，"所长应该马上就到了。"

柯建国出现在门口时，李贵明像被人从后面推了一把，"唰"一下就站了起来，直愣愣地看着柯建国，眼睛里流淌着焦灼而又激动的光芒。

"李贵明，你知道在你老婆手机里发现了什么吗？"柯建国开门见山地问。李贵明不解地看着他，连连摇头，又问道："难道找到我老婆的去向了？"

柯建国笑了笑，把手机打开，递给冷彤和林墨看了一眼，然后把屏幕朝向李贵明，问："你好好看看，这是什么？"

李贵明瞪大眼睛，仔细地看了会儿，却说："什么都没看出来呀。"

"是吗？"柯建国收回手机，点开其中一个软件，再次向大家展示了一番，"这个软件，据技术科的同志说，是一款最新的跟踪定位软件，通过网络购买，而且价格不菲。"

"跟踪定位？"林墨一时间脑洞大开，"柯所，您的意思是，她的手机被人跟踪定位啦？"

柯建国却摇头道："不是田桂兰的手机被跟踪定位，而是她跟踪定位了别人的手机。"

"失踪者定位跟踪别人的手机，然后自己却失踪了？"林墨不可思议地问道，感觉自己被绕了进去。

"这种定位软件很奇怪，除了在自己手机上必须安装软件外，在被跟踪者的手机里也必须安装定位软件。"柯建国接着说，"所以，我很想知道她究竟在跟踪谁。"

此言一出，冷彤和林墨的目光纷纷转移到了李贵明身上。

李贵明满脸狐疑，在三人的注视下拿出手机，然后输入密码解锁。

柯建国伸出手，李贵明迟疑着，乖乖地把手机递了过去。

"桂兰她为什么要跟踪我？"李贵明好像根本就不相信田桂兰会这么干，"她一个农村出来的，都没读过几天书，怎么会知道跟踪我的手机？桂兰，你到底在干什么？我从来没有做过对不起你的事，为了这个家，我付出了多少，你知道吗？可惜你还是不信我，我给你说了好多遍，不要整天疑神疑鬼，不要再活在怀疑里，没想到你不仅不听，还变本加厉给我手机装了跟踪软件。哈哈，太可笑了，太可笑了……"

李贵明像个疯子似的笑着，而后眼睛也红了。

"因为我在厂里办公室上班，每天都会接触不同的女性，所以她总是怀疑我。这么多年，她不止一次离家出走，但每次都是偷偷跑回娘家，或者去她朋友家，而我每次都低三下四地去把她接回来。没办法啊，一日夫妻百日恩，况且我们还有个女儿，我就当她在使性子，从来没跟她计较。"李贵明眉头一皱，表情十分凝重，"这一次，没想到她又跟我玩失踪，我打电话联系了所有她可能会去的地方，但都没有关于她的任何消息,我是真担心她会出事。"

他停下来喝了口水。

"我是一个男人,又在厂子里上班,因为工作需要,很多时候都是身不由己,你们能理解我的感受吗?"李贵明一副无比心痛的样子,"我跟桂兰认识的时候,她刚从农村出来,没有文化,没有背景,找不到一份像样的工作,而我们还是冲破一切障碍,义无反顾在一起了。可后来,随着时间的推移,她变了,变得什么都喜欢管着我,就连我要出去跟朋友吃个饭,她都要限制……"

林墨和冷彤好像两个忠实的倾听者,正在耐心听他倾诉夫妻俩的事情,柯建国突然大声说道:"找到了!"

果然,田桂兰跟踪定位的手机,正是她丈夫李贵明的。

李贵明虽然早已经猜到是这个结果,但还是有些蒙,怔怔地看着藏在手机里的跟踪定位软件,半天没说一句话。

"她为什么要跟踪你?"柯建国质问道,"难道就因为不信任你?"

"不是跟你们说了吗?我老婆她一辈子都这样,整天疑神疑鬼,喜欢限制我的人身自由,把我给管得死死的。我在轴承厂上班,应酬也多,平时就是出去跟朋友吃个饭,她都会问东问西,甚至很多时候都不让我去。她什么时候在我手机里装了跟踪软件,我是真不清楚。平日里我们都是知道对方手机密码的,在家里,可以说基本上没有秘密可言,她什么时候改了密码,我也不清楚。"李贵明继续解释道,"你们一定要相信我,我说的话句句属实。对了,你们还可以问我女儿,我女儿也了解她妈妈,私下说过她妈妈好几次,但一点用都没有。"

"你女儿知道她妈妈失踪的事吗?"冷彤问。

"这事儿终究是瞒不住的,我跟她说了,她也很着急,还打算亲自过来一趟，但就算她过来又有什么用呢？也帮不上忙，所以我让她先别过来，耐心在家等消息。"李贵明说，"我老婆手机里有没有别的信息，比如说给她朋友发的短信？"

"一条都没有，聊天记录干干净净。"柯建国扬着手机，"你有多久没碰你老婆的手机了？"

"唉，我基本上就不看她的手机。倒是她，几乎每天晚上都要翻我的手机，只要稍微发现一点点不对劲，就缠着我问个究竟。有时候啊，一整夜都被她折腾得根本没办法睡觉。"

"好了，情况我们大致都了解了，你还是先回旅社去等消息，随时配合我们的调查。"柯建国说。

李贵明觍着脸，再次提起厂里让他尽快回去上班的事情。

"我马上联系云阳警方，让他们给你厂子里打个招呼，就说需要你暂时留下来配合调查。"柯建国说，"案情需要，公安局出面，缓几天应该不是大问题。"

"看来也只能这样了。"李贵明无奈地叹息道。告辞之后，他径直奔四季旅社而去。在门口遇见刘华安，刘华安见他精神萎靡，便猜到还没有老婆的消息，又得知他刚从派出所回来，难免停下脚步安慰了几句。

"李先生，听我一句，人这一辈子，遇到的很多事情都是命中注定，所以就只能顺其自然了。"刘华安说，"别多想，老街派出所那几位公安同志厉害着呢，他们一定会帮你把人找回来的。跟我进去，今儿我做两个拿手菜，咱们一起喝几杯，然后你就在这里安心地住着，耐心等消息。"

刘华安和李贵明边吃边聊，又喝了不少酒，慢慢地话匣子就打开了。

"老板，你给我讲讲'影子'的事情吧，我早就听说了'影子'

的事,但还是不信真有这么个杀人狂,直到我老婆也失踪,我才相信这个杀人狂可能真的存在。"李贵明眯缝着眼睛,满脸醉意。

刘华安笑道:"不瞒你说,'影子'的事,这些年在老街早就传开了,但是谁又真正见过他?也许就是个传说,反正我是没见过。"

"传言过去有很多女人在这里失踪,总该是真的吧?"

"半真半假吧。"刘华安头摇晃得像拨浪鼓,"反正都是传言,到底有没有人失踪,失踪了几个,我们这些平头百姓,谁又真的知道呀。"

"但我老婆确实是在这里失踪的,她在这个地方人生地不熟,不可能去朋友家,除了可能被'影子'抓走,还能出什么事?"李贵明好像不胜酒力的样子,半边身子趴在桌上,摇晃着杯中剩酒,满眼醉态,"'影子'啊'影子',你到底是人还是鬼?我跟你无冤无仇,为什么要抓走我老婆?我老婆如果死了,回去可该怎么跟女儿交代……"

刘华安也喝了不少,但他不像李贵明喝酒上脸,依然只是鼻头发红,此时像没事人一般,大口吃着菜,声音洪亮地说:"老兄,咱们都是男人,你心里的苦,我非常理解,对你的遭遇,也深表同情。但是,再发生天大的事,我们活着的人,不也还得继续好好活着吗?活到这把年纪,我算是明白了,也看透了,有句话怎么说的,及时行乐,等你入土的那一天,没有什么是能够带走的,所以活着的时候,一定要好好享受人生。"

"及时行乐?"李贵明无力地笑道,"连老婆都没了,我能乐得起来吗?"

"没有老婆,再找一个不就成了。你们城里人应该挺会享受生活的吧,很多人不是家里一个,外面再养着一个……"

"嘿嘿,老板你真会开玩笑,我李贵明可不是那种人,我对老婆忠贞不贰。"李贵明竖起右手做发誓状，"我要对不起老婆，天打五雷轰，不得好死！"

李贵明离开派出所后，三人把田桂兰手机里面的内容翻来覆去地看了又看，就连搜索软件在内的每个角落都没放过，但除了那款跟踪软件，再没查到新的线索。

"你们有没有觉得李贵明好像什么地方不对劲？"沉默了很久的冷彤突然问，"但是到底哪里不对劲，却又说不上来。"

"你指的是他控诉他老婆的那些话？"柯建国问。

冷彤应道："对，就是那些话，太冠冕堂皇了，表面上在说自己有多么多么地爱老婆，但我听着怎么感觉他是在给自己脸上一个劲儿地贴金，这不是正常婚姻中两个人相处的方式。"

"哎呀，我说冷彤，你都没有结婚，怎么能看透这些？"柯建国竖起了大拇指。

"没吃过猪肉，还没见过猪跑？"冷彤笑嘻嘻地说，露出了林墨从未见过的调皮笑容，"不好意思啊柯所，我不是这个意思。我是说其实虽然我没经历过婚姻，但也能感觉到田桂兰在和李贵明的婚姻中，根本就处于不对等的地位，时间一长，肯定会出问题。"

林墨在一边插话："你居然从李贵明刚才说的那些话中，听到了这一层含义？我怎么就没悟出来？"

"你别打岔。"柯建国制止了他，"冷彤，你接着说。"

"我的意思是，这个李贵明要好好查查。"冷彤说，"虽然目前没有确凿的证据证明他老婆的失踪与他有关系，但我们同样也没有证据证明与'影子'有关系，对吧？"

"有道理，跟我想到一块去了。这个李贵明当着我们的面说的那番话，总觉得好像是在演给我们看。"柯建国深有感触地说，"幸亏我们跟罪犯打交道多了去,要不然一定会被他的演技给蒙骗了。"

"如果他不是凶手,为什么要在我们面前演戏?"林墨问。

"就算他不是凶手,从他跟他老婆相处的方式来看,这个人根本就不爱他老婆。但是,有时候离婚却又并非那么简单,这个时候,如果有人突然出现——比如说这个人就是'影子'——导致了他老婆的失踪,不正好帮他解决了想离婚却又不敢离的麻烦?"冷彤这番话,虽是大胆推测,却让林墨佩服得五体投地,直呼"女人心海底针"。

"别闹了,说正事儿。"柯建国拍了还在一个劲儿偷着乐的林墨一巴掌,"李贵明那边,你借着跟四季旅社老板的关系,没事儿的时候多过去转转。冷彤,所里的事儿,这两天你多盯着。"

"柯所,听您的口气,您这是打算提前退休吗?"林墨打趣道。柯建国板着脸说:"我倒是想提前退休,可没那个命。你要是领导就好了,给我来个特批。"

"我要真是领导,绝对给您签这个字,可惜我不是领导呀。"林墨趴在桌上,又开始不停地转笔,"要是我猜得没错,您这是打算亲自去一趟云阳吧?"

"是的,我必须亲自过去一趟,要把李贵明在云阳的生活查个水落石出。"柯建国说,"咱们来个里应外合,争取尽快把案子给结了。"

"你能不能别转啦?我现在一看到你转笔就头晕目眩。"冷彤狠狠地瞪了林墨一眼,林墨这才稍微收敛了些。

柯建国也说道:"这个坏毛病,我都不记得说过他多少次了。"

"不好意思,习惯了,只要看到笔,手就发痒。"林墨笑道,"我以后尽量注意。"

冷彤这才把话题转回来,冲柯建国说:"您年纪大了,长途奔波不适合您,要不还是我去吧,您在这里等我消息。"

"没事，我是比你们年长，但我还没老到需要你们照顾的年纪，再说我跟那边的人熟，所以还是我过去吧。"柯建国说，"我已经买了晚上的票，回见！"

第九章　垃圾处理场的女尸

罪恶会铭刻在人的脸庞上，而且没法隐藏起来。

——王尔德

傍晚时分，老街有老人去世，灵堂设起来后，远近的亲朋好友便陆陆续续前去吊唁。到了晚上，丧鼓一响，几个中年男子便在灵堂前跳起了撒尔嗬，随着击鼓者的指挥，开始执鼓领唱，其他舞者则应声附和。舞者不时改变舞姿和节奏，激越时似山风呼啸，张弛交替，狂浪不羁。

林墨骑车从街上经过时，被灵堂里的鼓点吸引了注意力，还特意减速扭头看了一眼。他不是土生土长的老街人，却被老街这种奇特的丧葬文化深深吸引。在他家乡，有人过世后常常是亲人以泪送别，这里则是众人载歌载舞，以歌舞的形式送逝者入土为安。

鼓声渐远，陷入空灵，最后只留下幽幽的叹息。今夜没有星光，摩托车闯入漆黑的夜里，明亮的灯光刺透黑暗，四周白茫茫一片。林墨临时决定今晚再去一趟露营地，但来星斗山之前，按照柯建国的盼咐，还特意去了一趟四季旅社。

今夜的四季旅社，冷冷清清，依然只有李贵明这位独一无二的客人。林墨在房间见到李贵明时，差点没被浓浓的酒味儿给熏死。李贵明正躺在床上喝闷酒，衣襟敞开、蓬头垢面的样子，看上去整个人已经废了。

"老婆没了，家也回不去，工作也快要丢了，你说我活着还有什么意思？除了喝酒我还能干什么？"李贵明哭丧着脸，半死不活地叫嚷着，"林警官，你们要是还不放我走，过两天就来给我收尸吧。"

"李贵明，你少喝点，喝酒能解决问题吗？"

"我又没杀人放火，喝点酒怎么了。我心里不爽快，你们警察也管吗？"

林墨确实拿他没辙，无言以对，不得不关上门退了出去，转身叮嘱刘华安，让他多注意李贵明，别让他再节外生枝。

"放心吧，在我这儿，喝点酒，没事儿。"刘华安说，"这么晚了，你过来，就是为了看看他有没有事？真是有心了。"

"所长特意交代，要我多看着他点，我能不过来吗？"林墨满脸无奈，"叔，他再要酒，可别给他拿了。"

"李先生在外面自己买的。"刘华安解释道，"老婆丢了，心里不痛快，想喝就让他喝吧。这男人啊，有时候遇到事儿，喝酒可以解千愁，说不定醉过之后醒来，什么不开心的事都忘了。行了，你别这样看我，我也就随口一说。你有事就去忙，人我给你盯着，有什么事立马打给你。"

"行，那麻烦您，我还真有点事，就先走了。"林墨临走前，又去李贵明房间瞄了一眼。此时的李贵明，可能是真喝多了，已经躺在床上呼呼大睡。

他叹口气，轻轻关上了门。在那一瞬间，他确实对李贵明产生了极大的同情心，因为想起了自己。欧阳萱失踪之后，他也醉过，也试图一醉解千愁，可每次醒来，发现自己还活着，心里就更难受。

"既然死不了，那就好好活着吧。"他冲李贵明丢下这句话，从四季旅社出来后，原本打算回去休息，但也不知怎么就突然冒出个念头，想去田桂兰失踪的现场再看一眼。

林墨骑车到达星斗山露营地时，时间差不多是晚上十点。也不知怎么回事，白天还是艳阳高照，到了晚上，山上居然起了雾，不过雾不算大，能见度在十米开外。

帐篷还在，因为被封锁，之后再无游客上山露营，现场保护得很好。林墨打开手电，四处扫了扫，雪亮的灯光投射在密林里，又被浓雾阻拦，仿佛被从中掐断。他钻进帐篷，又仔仔细细地查看了一番，然后躺下，关了手电，想象着当晚帐篷里发生的事。

"如果田桂兰离开帐篷，李贵明真的会一点感觉都没有？就算他睡得很沉，但帐篷空间狭小，刚好够两个大人的尺寸，其中一人要离开，起身时势必会碰到另一个人。"林墨左右翻滚，发现自己就算比李贵明瘦那么一点点，可想要在不碰到身边人的情况下从帐篷里走出去，也是很难的一件事。

"李贵明有动机，可是动机不够明显。"林墨回想着李贵明在所里说的那番话，"一个男人，觉得老婆配不上自己，觉得老婆太管着自己，所以会觉得憋屈，这在很多男人身上都会出现，但这些理由并不能成为他们去杀人的动机……不过，凡事都有特殊，李贵明会不会就是这个特殊的个例，为了摆脱老婆，但又不想离婚，从而故意制造了他老婆的失踪？可他不想离婚的原因是什么？"

林墨翻来覆去地想了很多，假设自己也处于婚姻当中，在遇到婚姻中类似李贵明和田桂兰之间这样难以解决的矛盾时，会用什么办法去应对。

"怎么也犯不着去杀人吧？"他低声嘀咕道，"何况他们还有个女儿，难道李贵明就不知道杀人要吃枪子儿？他看上去不像是那么傻的人。"林墨换了一种想法，如果凶手真是"影子"，那就只能是趁着田桂兰起身上厕所的时候把人给绑架。

他之前去附近的厕所查看过，可惜周围脚印太过混乱，完全无法从中分辨出究竟哪个是田桂兰的脚印，更别提要找到"影子"是否在那里出现过。

林墨正胡思乱想时，突然一阵轻微的脚步声从不远处的右侧方传来，好像是树枝断裂的声音。然后，一切归于平静。

他很敏感，非常警觉地竖起耳朵，想要判断刚才究竟是脚步声还是风声，或者是自己的听觉出了问题。

可是，几秒钟过后，同一个方向再次传来枯树枝断裂的声音。那个声音很清脆，很明显是被什么给踩断的。

这么晚了，出现在这种地方的，不是人就是野兽。

林墨屏住呼吸，慢慢悠悠地坐了起来，耳朵循着声音传来的方向，静默了大约十秒钟，然后像泥鳅一样，突然迅速钻出帐篷，打开手电，朝着刚才发出声音的方向扫了过去。

一个人影！

林墨看得非常清楚，在距离自己大约十几米远的位置，一个人影正朝自己看着。可是，那张脸像戴着面具，然后人影迅速转身，很快就消失在浓雾之中。

"站住！"林墨脑子里发出一声巨响，感觉像是被人打了一棍子，来不及多想，一声怒喝之后，拔腿便追了过去。

山路狭窄，路上又到处滚落着大小不一的石块，平时就算慢慢步行，一不小心踩到石头上都可能摔倒，更别提是在大晚上，速度又这么快，很容易就会受伤。

林墨挥舞着手电，紧跟着黑影人逃跑的方向猛追。因为天黑，一下子失去了方向感，虽然不清楚这条路通向何方，但此时心里就一个念头，一定不能让目标从眼皮底下逃跑。他很确定，今晚出现在露营地的这个人,很可能跟田桂兰的失踪案有关,或者说与"影子"有关。

这个念头在脑子里闪过时,他感觉自己快要接近真相,就像抓住了可以解救欧阳萱的救命稻草,再也不顾任何危险,像一支穿透黑暗的箭,唰唰唰地穿透夜色,似乎很快就能将目标死死地扎在地上。

"站住,别跑!"林墨再次大叫了一声,回音在丛林里转来转去,震耳欲聋。他看到目标飞了起来,好像在跨过一道沟坎,于是也腾空而起,闪电般一掠而过,然后重重地落地,瞬间感觉膝盖好像被撕裂,但他顾不得疼痛,咬牙继续狂追不舍。殊不知,目标跳下了高坎,然后再一次消失在雾中。

林墨想都没想便跟着跳了下去。隐约间,他再次看到了目标,目标跃下高坎之后,继续朝着山下狂奔。

那是一条更为狭窄的小径,通往漆黑的世界,仅能容一人通过。

"王八蛋,你练长跑的是吧?我可是当年学校的长跑冠军,不逮住你,我就不叫林墨。"林墨脑子里刚闪出这些话,突然脚下一滑,整个人就像个球一样,呼啦呼啦地滚下了山去,然后重重地跌落在一堆软绵绵的东西上面,手电也脱手飞出去好几米远。

人没事,可腰在落地时还是受到了不小的撞击。

周围变得一片寂静,刚刚的嘈杂声,仿佛瞬间就烟消云散,取而代之的是长久的、可怕的静默。

人呢?

林墨按住疼痛的腰间,挣扎着爬了起来,循着黑暗深处,目标却已经消失。他明白,跟丢之后,可能就再也别想追上。

阵阵恶臭袭来,腐烂的味道钻进鼻孔,令他快要窒息。

他尽量屏住呼吸,可还是抵挡不住臭味对鼻子的侵袭,摸索着走过去捡起手电,环视四周,才发现自己正身处一片垃圾堆里。

他想起冷彤跟他提过这里,她在案发后独自一人朝这边来过。原来，在他脚下的这个地方，就是老街的垃圾处理场。他在经过短暂的迷途之后，总算是明白了自己所处的方位。但跟丢了目标，他懊恼不已，在心里责骂自己白白浪费了如此大好的机会。

"对不起，对不起……"他这话是对欧阳萱说的，紧接着又冲着无边的夜色怒吼，"你是谁，你到底是谁？出来啊，给我滚出来！"

可是，除了黑暗，无人应答。

他喘息了片刻，然后从垃圾堆里艰难地往山上爬去。此时已经是半夜一点多钟，山谷里一片幽静。林墨审视着周围，没有沿着原路返回，山路不好走，而且太陡峭，所以他选择了那条通往垃圾处理场的毛路。

他爬到路边时，早已满头大汗，汗水把全身都湿透了，加上刚在垃圾堆里滚了一圈儿，抬手嗅了嗅衣服的味道，差点没把自己给呛晕过去。他高一脚低一脚地在黑暗中前行，就快要到达508省道时，前面突然传来一阵引擎的轰鸣声，紧接着射过来一道雪亮的车灯。

这么晚了，怎么还有车来这个鬼地方？

林墨慌忙让到路边，划着手电，车辆在他面前缓缓停了下来。他这才看清，原来是垃圾清运车。

"喂，你干什么呀，大半夜，还以为见鬼了，吓死我了。"司机是个五十多岁的男子，刚才远远地看到这边有个人，心里还直发怵，此时在车上盯着林墨看了好一会儿，确定是人之后，才敢打开车门下来。

"别怕，我不是坏人，是老街派出所的民警，这是我的证件。"林墨自我介绍后，司机问他这么晚在荒郊野外干什么。

"不瞒您说，我刚才追一个逃犯，一直到这儿，人不见了。"

"逃犯？"司机很惊讶，"什么逃犯？"

"这个您就别管了，我不能说，待会儿回去的时候麻烦载我一程吧。"

司机让林墨上了车，把车上的垃圾运到前面的处理场卸载后返程。

"你这是从垃圾堆里爬出来的吧？怎么身上臭烘烘的。"司机丢给他一支烟，让他去去身上的味儿，可他不会抽，拒绝了。

"是呀，当时没看清楚，就滚到垃圾堆里去了。"林墨苦笑道，"不好意思，把您车给弄脏了。"

"没事儿，回去洗洗就完了。唉，你们干公安的，也确实辛苦，大半夜的也不睡觉，还得冒着危险。"司机啧啧地说，"我觉得自己已经很辛苦了，但跟你们比，至少没什么危险吧。"

"都辛苦啊，有什么办法，为人民服务呗。"林墨看向窗外，夜色越来越浓密，"师傅，我该怎么称呼您？"

"叫我韩师傅吧。"

"韩师傅，您干这一行多久了？"

"十多年了。"

"时间够长的。"林墨感慨道，"我随便问您几个问题，您每天晚上都是这个点儿往这里运送垃圾？"

"是啊，每天晚上一点半左右，风雨无阻。"韩师傅说。

"就您一个人干这个活儿？"

"那可不止，我和老马搭档，一人一周。"韩师傅说，"如果偶尔有事，也可以自己调班，只要不误事儿。"

林墨想了想，又问："本周的垃圾清运工作都是您负责的吧？"

"是的，正常班次。"韩师傅说完这话，突然问，"你问我这些什么意思，难不成跟案子有关？"

林墨讪笑道："也不是，我不是说了吗？就随便问问，随便聊聊。"

接下来，韩师傅告诉他，每天从晚上九点开始工作，将老街及其周边农村的所有垃圾都收集起来，然后再集中运送到垃圾处理场。

"这么多垃圾堆放在一起，年复一年，越集越多，加上很多垃圾成分都有毒，又不能焚烧，那样会污染空气，就只能一层一层地填埋，时间一长，就成现在这样了。"韩师傅感触颇深，"我在这里工作了十多年，每天的工作就是跟垃圾打交道，你知道最难过的是什么吗？"

林墨看了他一眼，不明白他的意思。

"记得很小的时候，现在堆放垃圾的地方全都是青山，可现在呢？好好的青山被垃圾一点一点地占领，不知道再过几十年，那些青山还在不在。"

林墨终于回到了宿舍，头晕眼花，累得全身像散了架，打算洗澡后就美美地睡上一觉。水流从头顶淋下来，却让他的脑子变得更加清醒，顿时睡意全无，完全没了疲倦的感觉。

"怎么会有那么凑巧的事？"他心里突然冒出一个非常可怕的想法，"我今晚去星斗山，根本就是随性而起，可凶手为何也会选择在今晚重返案发现场，这也太过巧合了吧？"

他关掉淋浴，卫生间里弥漫着的水蒸气，把他团团包围了起来。

"如果我是凶手，怎么会蠢到在三天后再回到案发现场？难道案发现场遗落了什么东西？可我们已经把现场搜查了好几遍……"疑问一个一个地涌上心头，雪球般越滚越大，"就算凶手在现场遗留了什么，为什么之前没人的时候不回去，非得等到我去现场的时候再出现？"

林墨再次打开水龙头，水流哗哗地冲下来，他闭上眼睛，享受着水流包裹身体的感觉，依然像雕塑一动不动。

"不对，一定有问题，一定是我遗漏了什么，一定是有什么东西是我没想到的。"他像被定在了那里，不停喃喃自语，"目标应该事先就知道我在帐篷里面，但为什么没有立即逃跑？而是一直等到我从帐篷里出来的时候才逃跑，最后在垃圾处理场附近消失……不对，事情不是这样的。他完全可以在发现帐篷里有人的时候就逃走，而且时间还那么巧合,这说明什么?"

林墨冲完澡,躺在床上,关了灯,把自己封闭在黑暗之中,强迫自己放空身心。

"垃圾处理场、508省道、连接省道通往垃圾处理场的毛路……"一个个记忆点在他脑子里慢慢串联,最后形成了闭合的回路。

"假设凶手当晚从露营地带走了田桂兰,然后沿着通往垃圾处理场的小路下山……今天晚上,黑影人逃跑的路线,也是这个方向……难道凶手会傻到主动给警察提供破案线索?如果不是,那就还有一种可能,黑影人故意把我引到垃圾处理场的方向,只能说明一个问题。"林墨想到这里,猛地睁大眼睛,脱口而出:"说明今晚出现在露营地的黑影很可能并非凶手,可这个人到底是谁?为什么要这么做?"

他再也无法入睡,虽然折腾了半宿,可此时像吃了兴奋剂,一骨碌爬起来,想都没想便敲响了隔壁冷彤的房门。

大半夜,熟睡中的冷彤被敲门声闹醒,还以为自己在做梦。她穿着睡衣,打开门,看到站在门外的林墨,又瞅了一眼漆黑的夜色,迷迷糊糊地问:"都几点了,你干什么,不睡觉的吗?"

"快醒醒,有重大发现。"林墨一脸雀跃,冷彤打了个呵欠,打算关门回去继续睡觉,却被他挡在门口,严肃地说道,"有'影子'的线索了。"

冷彤似乎没听清他说了什么,懒洋洋地问道:"你说什么?"

"我说我有了'影子'的线索,赶紧的,别睡了。"林墨把她推到屋里,"现在是凌晨四点,还有两个小时天就亮了,在此之前,你必须认真听我把昨晚发生的事汇报完,然后再决定是否还有心情继续睡觉。"

冷彤昨晚跟龙口市公安局的领导汇报这边的工作情况,通了很长时间的电话,之后又针对胡艳梅和刘青和的案子写了一份详细的调查材料,下周二要回去参加一个重要会议,所以才睡得很晚。

林墨精神抖擞,把昨晚在星斗山的遭遇一字不漏地说给冷彤听,本来还一脸睡意的她,此时也没了睡意,瞪大眼睛,直愣愣地问:"你的意思是有人故意把你引向垃圾处理场,是别有用心?"

"是,我想来想去,如果昨晚出现的人真是凶手,是绝不可能出现在露营地,更不可能在提前发现我的情况下没有逃走。"林墨说,"那就只有一种情况,这个人把我引向垃圾处理场,一定有他自己的目的,可这个目的究竟是什么,我还没想到。"

"一定跟星斗山露营地的失踪案有关。"冷彤沉声说道,一种不祥的预感扑面而来,"难道秘密就隐藏在垃圾处理场?换句话说,失踪的田桂兰会不会就在垃圾处理场附近?对呀,垃圾处理场、失踪者,我好像想到了什么……"

"所以我才把你叫醒,田桂兰的案子一定跟垃圾处理场有密切联系。"林墨打断她说,"好了,再睡会儿吧,等天亮以后,我们再过去核实一下。"

"还等什么天亮呀,连续奋战了这么多天,终于有了线索,我现在非常清醒,马上出发。"冷彤边说边往房间走去,"等我一下,我换件衣服。"

"哎,冷大小姐,天都还没亮,我们现在过去,两眼一抹黑,恐怕什么都做不了。"林墨想阻止她,"垃圾处理场的范围可不小,就我俩的话,估计好几天都搜不完,必须多叫几个人手。"

"没事儿,我之前去过那边。"冷彤的声音从房间传来,"等天亮以后,如果有必要,再打电话叫人过去帮忙。"

林墨骑着摩托车,载着冷彤行驶在夜间的508省道上。此时的气温比白天要低上好几度,风吹在脸上,还带点冰凉,但二人一点也不觉得冷，沸腾的血液涌上脑子，反而越发清醒。

他们到达垃圾处理场时，已经是清晨五点多钟，天空开始现出一丝微弱的光，群山也刚刚露出棱角，硕大的垃圾处理场，此时尽现眼前，实在有点触目惊心。

"范围太大了，怎么找？"林墨站在高处，有种无从下手的感觉。

冷彤也被恶臭味冲得捂住了鼻孔，但她毫不犹豫地说："再大也得找。"

"等等。"林墨制止了她，"我记得当时韩师傅是从这个位置倾倒垃圾的，基本上是每天一车，也就是说，近段时间的垃圾，基本上都集中在最上层，而且是靠近路边的位置。"

"连这个都想到了，还不快动手？"冷彤在没有任何防护措施的情况下，不由分说便跳进了垃圾堆。林墨紧随其后，越往下去，恶臭味越重，呛得他们几乎窒息。

"太臭了，真不是人干的事儿，我这是上辈子造了什么孽啊。"林墨一边搜索一边抱怨道。冷彤说："区区几堆垃圾就把你给难住了？要不你上去待着，我一个人也行。"

"那怎么好意思，要上去也是你上去，我一个大男人，怎么能干这么没品的事。"林墨笑道，"如果真的被我在这里找到点什么，一定得让凶手把垃圾堆挨个儿再翻一遍，让他把我们体验的痛苦再体验一遍。"

"等你找到再说吧。"冷彤说话的时候，不小心碰到了尖锐的东西，手指被扎破，血流了出来，但她忍住没出声。

林墨突然踩到一堆软绵绵的东西，心里顿时一惊，直起身子，尽量平静地说道："我好像找到什么了。"

冷彤迅速靠近他，他已经把脚下的垃圾袋翻了出来，发现袋子上面还有血迹。二人对视了一眼，小心翼翼地打开袋子，却发现装着一条狗的尸体。林墨拍了拍手，直言"虚惊一场"。

冷彤看了一眼远处即将被朝阳染红的山峦，又不经意间举起受伤的手指，殷红的血已渐渐凝固在指尖，这一幕被林墨看到，惊问道："手怎么流血了？"

"没事儿，擦破了皮，继续干活儿吧。"冷彤收回手指，把林墨晾在一边。林墨责怪道："一个姑娘家，怎么这么不小心？还是别弄了吧，干脆叫一台挖掘机来，三两下就完事儿了。"

"这不是故意破坏现场吗？挖掘机来回这么一弄，万一损坏证据怎么办？"

"早知道你会这么说，跟你开玩笑呢。"林墨很无奈地笑道，"但愿我们的努力不是白费功夫。"

两人各自为政，忍受着冲天的臭气，已经慢慢翻出了一大片垃圾。

"要是昨晚遇到那家伙的人是你，肯定不会让他逃走吧？"林墨问道。冷彤没吱声。"我可听说你当警察之前，曾经在部队服役，怪不得身手那么厉害。我们这些警校出来的，在你面前就是花拳绣腿，哪能跟你比呀！"

"我没听错吧？"冷彤嗤笑道，"没想到我们高傲的警校高才生，竟然也会对一个女人说出这种话，我可受不起。"

"发自肺腑，出自内心……"

"汪、汪汪、汪汪汪！"不远处传来一两声野狗的吠声，打破了清晨的宁静。

二人停下手里的活儿，抬眼望去，只见一条野狗正在垃圾堆里狂躁地撕扯着什么，一声声凄厉的犬吠，恍若催命之音，让人心烦意乱。

野狗突然匍匐在地，一声一声的吠声，继而变成了"嗷嗷"的连续的哀鸣。

不对劲!

他们不约而同地觉察到了这种不对劲,然后双双朝着野狗的方向飞奔过去。可是,野狗好像并不惧怕突然的造访者,反而露出獠牙,怒目相向。林墨试着驱赶,野狗不仅没逃走,哀号声反而更大。

"不对,袋子里好像是人。"冷彤定睛望去,被野狗撕裂的麻袋里,已经清楚地露出了碎布片。

林墨大惊,更急于保护麻袋,见怒吼声无法吓退野狗,于是顺手抓起近前的木棍,吆喝着朝野狗挥舞。可这只野狗不仅样子凶残,而且还很狡猾,它先是试着反攻,直到硬生生地挨了两棍之后,这才再也不敢上前,最终在林墨的呵斥声中夹着尾巴仓皇逃跑。

"别碰袋子!"冷彤示意林墨别轻举妄动,小心翼翼地走过去,让他用木棍将露出麻袋的衣服碎片挑开。很快,麻袋里露出了苍白的、血淋淋的骨头。

林墨屏住呼吸,脑子里一阵眩晕。终于找到尸体,二人的心情既轻松又沉重。

冷彤拿出电话打给柯建国,柯建国听闻这个消息的时候,沉默了半分钟才说道:"你们好好保护现场,我马上通知县局派技术人员过来,确定尸体身份后,立刻给我电话。"

一大早,柯建国正在去往云阳轴承厂的路上,一想到可能找到的是田桂兰的尸体,憋了半晌才兴奋地嚷了起来:"太棒了!"

云阳轴承厂是个老厂,有一百多号员工。柯建国拿着云阳公安局开具的介绍信,直接去办公室找到了负责人。

"您好您好,是柯所长吧?我是办公室主任邹洪,公安局已经给我打过电话,快请坐。"邹洪给他泡了杯茶,"您是为李贵明的事情来的吧,他老婆有消息了吗?"

"暂时还没有,不过应该快了!"柯建国想起在垃圾处理场发现的尸体,环视着办公室,"咱们都忙,那我就开门见山了。李贵明这个人,在厂里的人际关系怎么样?"

"还不错,他是办公室副主任,跟我算是老搭档,一直以来,合作得挺愉快。"邹洪总是一副笑眯眯的表情,"他这个人呢,做事还挺踏实的,没出过大的差错,在厂里各方面的口碑也还行。喏,这就是他的办公桌。"

柯建国起身走到李贵明办公桌前,桌上摆着几本书,刚刚擦过,一尘不染。他大致扫了一眼,都是些管理方面和诗歌散文之类的书籍。

"他的家庭情况,你了解吗?"

"这个……不是很清楚。"邹洪愣了愣,坦率地说,"您指的是他跟他老婆的关系吧?说实话,这么多年,没怎么听说他们两口子之间的事,他比我小两岁,像我们这把年纪的人,再干几年就退休,除了柴米油盐、粗茶淡饭地过日子,其他的也没什么念头了。"

柯建国理解,他也是从那个年纪过来的,其实比李贵明也大不了几岁,此时听了邹洪的话,不免笑道:"邹主任这话说得很实在呀。"

"都是实在人,说话当然实在。"邹洪笑道,"其实我明白您到底想问什么。像这种事,我们外人还真不知道,如果他们夫妻俩关系出了问题,肯定是关在屋里自己解决,也不会轻易在外面说吧。"

"我指的是李贵明在外面有没有乱七八糟的男女关系。"

邹洪似乎又愣了愣,但随即摆手道:"别开玩笑了,他这个人喜欢吃吃喝喝,唯独不沾嫖赌,说他在外面有情况,我还真不信。"

"那可不一定,你刚刚不也说了,他们夫妻之间如果有什么问题,绝不会在外面说,假如他在外面真有什么情况也不可能跟你说吧?"

邹洪迟疑了一下,讪笑着说:"也对,这种事情本来就很私密,就算有情况,我们这些外人一般也不可能知道。但是啊,您说李贵明在外面有情况,这个我应该可以肯定地说,他不是这种人。为什么这么说呢?因为我记得去年厂里组织'模范家庭'评选,他们家好像还评上了。"

柯建国正想说什么,邹洪打开手机,指着其中一张照片说:"对,我没记错,这是他们两口子一起上台领奖的合影。"

柯建国仔细端详了片刻,又让邹洪给他传了一份。

"柯所长,有件事我想冒昧地打听一下。"

"你说。"

"您这次过来调查李贵明的情况,难道是怀疑他跟案子有关?"

柯建国似笑非笑地说:"例行调查,不要多想。还有,这次我来厂子的事,一定要保密,更不要在厂子里乱传话。"

"明白、明白!"邹洪鸡啄米似的点头道,"这些我都知道,您就放一万个心吧。"

"对了,李贵明在厂子里,你知道他跟什么人私下关系不错?"柯建国从李贵明办公桌上随意拿起一本书翻了翻,是一本诗集,翻开一看,扉页上写着几个娟秀的字:"愿与君共勉,此生魂相伴。"他只是匆匆扫了一眼,然后又放回了原处。

"都差不多吧,好像没有私下关系特别好的。"邹洪若有所思,"当然了,您刚刚也说了,毕竟我们都是外人,他私下跟谁关系好,也不会跟我说。"

"这个人除了工作上的事,有些什么爱好?"

"爱好的话,平时没事的时候,就喜欢写写文章、诗歌散文之类的,这个算不算?"

"也算。"

"因为厂子里有时候要搞搞宣传之类的活动,而且每年都有在报纸和电视台的宣传任务,老李文笔不错,又喜欢写写散文、写写诗,所以这个事儿就落到了他头上。"邹洪说,"您还别说,就因为他这个爱好,每年的上稿率不低呢,大家平时还都喜欢叫他'大作家'。"

柯建国四下扫了一眼,问:"有没有他发表的作品?"

"还真有。"邹洪从抽屉里翻了份报纸出来,指着上面一首诗歌,"这是最近发表在报纸上的,他不正巧在休假吗,我就帮他把报纸留了下来,还打算等他回来再给他。"

"还不赖!"柯建国拿起报纸,在心里把诗歌默读了一遍,然后希望把报纸带走。

"您拿去吧,我再去找一份就是。"邹洪看了一眼时间,突然起身急切地说,"实在是不好意思,最近厂子里正在改制,十分钟后,县里的领导过来调研,我得先去准备一下。"

"我这边也差不多了,打算先撤,有什么事咱们电话联系。"柯建国双手抱拳,表示感谢,随即又问,"对了,听说他老婆在厂子附近开了一家商店?"

"很多年了,他老婆一直没工作,后来就在厂子外租了个门面开了家便利店,本来是小本生意,但因为老李的关系,每年厂子里的部分物资采购指标都给了她。这些年,也赚了不少钱,至少比老李的工资高,也就是靠着那个商店,他们家买了车,买了房,在这个小县城,日子也算是达到小康水平了。"

"你的意思是,他们家买车买房的钱,全靠他老婆做生意赚来的?"

"这还用说,靠点死工资想要买车买房,恐怕要等下辈子。"

"邹主任大小也是领导,奔小康了吗?"他半开玩笑地问。

邹洪笑了,说:"我的工资比老李高不了多少,就几百块钱的事儿,他要是喝汤,我就顶多喝粥的水平。"

柯建国也被邹洪的幽默逗乐了,接下来跟他打听便利店的具体位置。

"厂子出门左转,大约一百米就到了,商店名儿就叫'兰儿便利店'。"

县公安局派来的民警和技术人员,在垃圾处理场周围拉上了长长的警戒线。

此时,尸体已经从麻袋取出来平放在地上,经过几天的暴晒,严重腐烂,尤其是脸部,血肉模糊,可能因为被野狗撕咬,只剩下一半,看上去很是瘆人。

法医现场采集完证据后,林墨带着李贵明赶到了现场。他在来的路上并没有告诉李贵明什么事情,但李贵明似乎已经猜到,一言不发,直到到达垃圾处理场,看到现场围了那么多警察,这才双腿发软,筛糠似的哆嗦着,再也无法挪动半步。

林墨能理解李贵明的心情,一直陪着他,安慰他,要他别太难过,整理好心情,然后去看看究竟是不是田桂兰。

过了大约五分钟,李贵明似乎终于平静下来,在林墨的陪伴下,摇摇晃晃地站了起来,然后朝着尸体方向走了过去。

"啊……啊……桂兰,怎么会这样,到底是谁干的呀?"李贵明扑倒在尸体面前,号啕大哭,在场之人无不动容。

冷彤当了这么多年警察,这种场景见得多了,然而每次都还是不忍直视。她转过身去,眼睛看向别处,耳边充斥着李贵明悲痛欲绝的哭声,哭得她的心也一紧一紧的。

"你没事吧?"林墨低声问道,"要是不舒服,你就先回去休息。"

她摇了摇头,表情肃穆地说:"柯所那边还在等我们消息。你劝劝他吧,先把尸体运回去,这边还有很多工作要做。"

第十章 罪恶的源头

谁也不播种罪恶，可是世界上充满了罪恶。

——莱蒙特

柯建国从轴承厂离开后，按照邹洪的指引，果然很快就在街边看到了"兰儿便利店"门头惹眼的招牌。便利店的卷闸门紧锁，左边热闹的早餐店更凸显出便利店的冷清。

他在便利店门口转悠了一会儿，突然肚子饿了，于是来到旁边的早餐店，点了豆浆油条，瞅着客人少的时候，跟老板娘搭讪起来。

"我看你在便利店门口转了半天，有事吗？"老板娘走过来问道。

"便利店怎么关门了，昨天过来就这样，老板是不是外出了？"他瞅了一眼便利店，装作很随意地问道，"老板娘，知道店子什么时候开门营业吗？"

"你来得还真不是时候，两口子出门旅游去了，估计还得要几天才回来。"老板娘艳羡地说，"桂兰走的时候还让我有事没事帮忙看一眼店子，但这都离她说要回来开门的日子过去了好几天，放着好好的生意不做，估计是还没玩好。要是我也像他们，出门玩一趟回来，估计都要喝西北风了。"

"嗯嗯，你这豆浆油条够味儿呀。"柯建国啧啧地称赞道，"你跟便利店的老板娘挺熟？"

"就是隔着一面墙做生意，能不熟吗？"老板娘笑呵呵地说，"平日生意清淡的时候，大家都聚在一块儿拉拉家常，有事的时候，互相照看一下店子……对了，你到底是干什么的，问这么多干什么？"

柯建国笑着说："我说就是随便问问，你信吗？"

"怎么以前没见过你，不是本地人？"老板娘疑惑地看了他一眼。他笑道："眼神儿不错，我从外地过来的，去旁边的轴承厂办点事儿。"

"你找他们家老李办事呀？"

"嗯，对对，要不说你眼神儿毒，一眼就看出来了。"柯建国顺着她的话说下去，"你能看出我是做什么的吗？"

老板娘连连摇头道："这我可看不出来，万一说错了，惹着你生气，我这豆浆油条的钱都收不回来。"

柯建国被惹笑了，顺势把钱递给老板娘："这下你总该安心了吧？"

老板娘把钱塞进面前的衣兜里，讪笑着说："跟你开玩笑呢。这样跟你说吧，老李在厂子办公室上班，虽说不是大领导，可也经常有人找他办事，隔三差五的还有人把烟呀酒的提到店子里来，真是眼红死了。"

"真的假的？照你这么说，我找他办事，还得表示表示？"

"那可不，现在都这样，不表示表示，人家会给你认真办事儿吗？"

"也对，看来我还没摸着门儿，幸亏在你这儿吃个早餐，要不到时候被人给轰出来都不知道怎么回事。"柯建国半开玩笑地说，"既然你跟我实诚，我也实诚点告诉你吧，我不是来求老李办事的，而是市里派来调查核实情况的。"

老板娘有点慌乱，紧张地说："别的我可不知道，你也别问了。

刚才那些话，都是我胡说八道，没过脑子的。"

"别呀老板娘，我又不是公安局和纪委的。实话跟你说吧，这轴承厂每两年都会评选一次'模范家庭'吗？今年云阳就把老李一家报了上去，本来是打算直接评选的，谁承想突然接到匿名举报，说这家人根本不够格。"柯建国借用邹洪提供的情况临时编了个谎言，"这不，上面就派我下来核实核实情况，我们总不能偏听一家之言，到时候别把老李家给冤枉了对吧？"

老板娘的表情这才稍微放松了些许，说道："你这样说，我就想起来了。去年，桂兰跟着她家老李就去轴承厂领奖了，回来还跟我唠嗑了好几天。后来，报纸和电视台也报道了'模范家庭'的事，他们两口子那段时间都成了大明星，天天在电视上露面，可眼红死我了，可咱也羡慕不来，谁让人家桂兰嫁得好呢？"

"是是是，这些情况我们是知道的。"柯建国突然压低声音，"但举报人称李贵明在外面乱搞男女关系，我就是奔着这事儿过来的。"

老板娘一听这话，顿时显得更加紧张，眼珠子滴溜溜地四处张望，然后在他面前坐下，也压低声音说："这种事可不敢随便乱说。"

"没事儿，放心吧，我们有保密规定，绝不会泄露举报人的任何信息。"

"本来啊，我是不愿意说的。"她在说这话时，眼神突然变得黯淡，"但就是替桂兰不值。"

"你给详细说说呗，都是哪方面不值？"

"就是你刚才说的那个……男女关系方面。"她三缄其口，在柯建国鼓励的眼神下，才终于鼓起很大勇气，"这个李贵明以前倒是没什么，老实本分，对桂兰也好。但是自从去年得了个'模范家庭'之后，又上报纸又上电视的，后来又听说不知写了个什么破文章，在省里得了个什么大奖，整个人就开始变了。"

柯建国缓缓点头："这个情况我们是了解的，李贵明确实写得一手好文章。"

"好个屁呀，要我说，如果不是因为这个，桂兰也不会跟着受气。"

"受什么气了？"

"你是不知道，自那以后，听说老李在外面就有了情况。也不晓得是哪个不要脸的贱货，大半夜给老李发信息的时候，被桂兰看到了，两人大吵了一架。"老板娘越说越激动，"第二天早上，桂兰到店里开门的时候，眼睛都是红的！我问她，她一开始还说是晚上没休息好。后来过了很久又被她抓到过一次，她这才跟我说实话！从那以后啊，桂兰就开始失眠，得靠安眠药才能入睡。你说李贵明还是人吗？都一把年纪了，还干那种龌龊事！桂兰每天起早贪黑打理店里的生意，李贵明却拿着她赚的钱在外面瞎搞，啧啧啧……桂兰也是个苦命人，面子上日子过得比我好，其实心里苦得很。"

柯建国陷入沉思，沉吟了片刻才问道："既然两口子关系都这样了，怎么还能一块儿出去游山玩水？田桂兰就没提过离婚？"

"怎么没提过，但姓李的打死也不离。不久前，桂兰跟我说李贵明提出一块儿出去旅游的时候，当时我也奇怪她怎么就答应了。后来她跟我说，原来李贵明答应以后不会在外面乱搞。但是依我看啊，狗改不了吃屎。姓李的嘴上答应，背地里不知道又会干多少龌龊事。"老板娘正激动地揭露李贵明的罪行，这时候有客人进门，她便冲他使了个眼色，然后起身忙活去了。

柯建国的电话响起，是冷彤打来的，告诉他已经确定了死者身份。

他握着电话，冷彤在电话那头"喂"了好几声，他才缓过劲儿来，说："你们继续跟进，控制李贵明，等我这边的消息，我最迟今天晚上就能回来。"

"柯所，你那边调查情况怎么样啊？"

"还不错，有收获……"他刚挂断电话，老板娘就回来了，说："我知道的也就这么多，能说的也都说了，你可千万别说是我说的。"

柯建国又抬头看了一眼"兰儿便利店"的招牌，想着店主已经惨遭毒手，心里就隐隐生出一股怒火，但又被他暗暗压了下去，沉了口气："你刚才提供的情况，对我们非常有用。谢谢！非常感谢！"

"唉，我这也是为了桂兰。你说要是他们家真的再评上市里的'模范家庭'，那李贵明的尾巴还不得翘上天去呀，到时候哭的又是桂兰。"

"理解、理解。"柯建国忙说，"还有个问题我得再问问你，你知道李贵明在外面的女人是谁吗？"

"这个还真不清楚，毕竟是不光彩的事，桂兰也没跟我说那么多，可能自己都不知道是谁抢了她老公。"

柯建国心情沉重地从早餐店离开后，决定再去轴承厂见见邹洪。他感觉邹洪没有跟他说实话。

清江县公安局，田桂兰的尸体已经送去解剖，李贵明也被暂时拘押在审讯室。

"我老婆死了，你们抓我干什么？"他面对冷彤和林墨，老泪纵横，有气无力，"桂兰是被'影子'害死的，一定是被他害死的，你们快去抓人，我要杀了那个混蛋，呜呜……"

林墨说："你别误会，我们把你带到这儿，只是为了让你配合调查。至于是谁杀了田桂兰，我相信证据会说明一切。"

"证据，什么证据？你们有'影子'杀害我老婆的证据啦，那为什么还不去抓人？难道要等他自己送上门呀。"李贵明哭得眼睛都肿了，泪水流个不停，继而又开始忏悔，说自己对不起老婆，不该听她的话来这儿旅游，要不然就不会出事。

"你先冷静冷静吧，事情既然已经发生了，后悔有用吗？接下来最重要的，还是要找到杀害你老婆的凶手。"冷彤说，"你的心情我们非常理解，但你必须把了解的情况一五一十地全都告诉我们，这样才会对案子有帮助。"

"我知道的都已经跟你们说了，你们还想知道什么？"李贵明哽咽着，"我老婆出事，我知道你们第一时间会怀疑是我干的，不然也不会把我带回来。我发誓，要是我干的，我、我天打雷劈，不得好死！我可以陪我老婆去死，但你们必须抓到真凶替我老婆报仇，不然就算我死，也死不瞑目！"

"你老婆遇害，调查你是正常流程，因为她失踪之前，你是最后跟她在一起的人。"林墨解释，"在没有找到确凿的证据之前，所有跟她接触过的人都有嫌疑。"

"那你们怎么不去调查四季旅社的老板，他也跟我们接触过，还有晚上一起露营的人，他们哪个没有嫌疑？"李贵明比之前还要激动，"你们应该把那些人都抓回来，挨个儿审，挨个儿问，说不定'影子'就藏在他们中间！"

"怎么办案，不用你教，你现在要做的，就是等，耐心等待。"林墨说，"天网恢恢，我相信真凶很快就会浮出水面。"

"我等不了！我不是凶手，我没有杀害我老婆，你们必须放我出去！"李贵明忽地站了起来，"我要见你们所长！我要投诉你们非法拘禁！你们没有权力这么对我！"

"不好意思，所长他现在人不在这里，不过今天晚上应该可以回来。"林墨这话是故意说的，"李贵明，把你带到这儿，是合理合法合规的。当然了，二十四小时之后，你想去哪儿都行。在此之前，你还有一些时间，好好想想到老街以后，尤其是在露营地的那段时间内，有没有发现可疑的人。"

柯建国再次回到轴承厂的时候，邹洪刚送走县领导回到办公室，一见他又回来了，自然十分惊讶。

"不好意思，还得占用你几分钟时间。放心，很快，就核实两个问题。"柯建国赔笑道。

"正好也送走了县领导，忙过了。"邹洪还是那样热情，柯建国笑着说："邹主任看来在办公室干了很多年，已经很有经验了，对人对事，让人很舒服。"

"过奖了，在办公室待久了，天天跟各种各样的人打交道，能不圆滑吗？这不是人的问题，是工作性质的问题。办公室的工作，就是琐碎得很，跟每天一日三餐一样，按部就班，尽量不出错就行。"邹洪苦笑道，"老李家的事，还得您多费心。我刚才也跟领导简单汇报了情况，他家里出了这种事，也没什么心情工作，干脆再给他放几天假，等事情处理清楚再回来。"

"行，这话我回去带给李贵明。"柯建国说，"我这次回来，确实还有一件事，希望邹主任能如实相告。"

邹洪听他问起李贵明的私生活，沉默了一会儿，才觍着脸问："您这话是从哪里听说的？"

"这你就不用管了，把你知道的都告诉我吧，这对案子很重要。"

邹洪叹了口气："其实在您刚才离开之后，我就有点后悔没跟您说实话，但能有什么办法？轴承厂目前正处于改制的关键时期，万一要是闹出一些丑闻，谁知道会对改制造成什么不好的影响……老李这个人啊，是在关键时刻掉了链子。"

原来，李贵明确实有了婚外情，本来邹洪是不知道的，但后来他老婆跑到办公室闹过一次。

"可老李死不承认,也拒不说出外面的女人到底是谁,这事儿就只能不了了之。"邹洪很无奈,"您也知道,捉奸要捉双嘛,仅凭他老婆的一面之词,我们也不好做判断,清官难断家务事呀。本来打算处分他的,还上了会,但最后考虑到对厂子的声誉不好,只能让他回家去关上门把事情给解决掉。"

"也就是说,你们厂子里没处理这件事?"

"怎么处理?要是没有证据……"

"后来也没有什么反馈?"

"只要他老婆不再来厂子里闹,这事儿就算是过去了。"邹洪感慨不已,"我也私下跟他聊过,可他每次都跟我打马虎眼,说白了,就是死不承认。"

"看来李贵明还挺能瞒的,都这么久了,也没让那个女人曝光。"柯建国看了一眼时间,"行,我想了解的也都差不多了,现在得马上赶回去,就不打扰你了。"

"不会再回来了吧?"邹洪在送他出门的时候又开起了玩笑,"没事儿,有事尽管开口,我随时都在。"

"对了,李贵明桌上有本书,我想带走。"

"请便!"

冷彤和林墨正在外面吃饭,柯建国的电话打了进来。

"这个李贵明有大问题,你们看住他,千万不能让他给溜了,但是在我回来之前,绝对不能跟他提任何事,就以配合调查的名义继续留住他。"柯建国在电话里叮嘱,"我马上去车站,如果能顺利上车的话,应该能提前回来,到时候咱们碰头再说。"

"李贵明的情绪很激动,如果二十四小时内没有证据,就得放人。"

"他当然激动了，要是知道我来云阳找到了什么，他会更激动。"柯建国说，"在我回来之前，尸检结果出来之后，你们必须再去做一件事……"

饭后，冷彤继续留守公安局，林墨则只身一人骑车来到了韩师傅家。屋里收拾得挺干净，一只黄狗趴在韩师傅身边，闭着眼睛，像是在睡觉。因为昨晚是韩师傅的班，忙活了大半夜，早上回来才休息，这会儿刚起床吃过饭，第一眼看到林墨的时候，差点没认出来。

"是你呀林警官，你要不说，我还真没认出来。"韩师傅热情地把他迎进屋里，"什么风把你给吹来了，还是为了案子吗？"

林墨没有否认："给您添麻烦了！我记得您说每天晚上都是在一点半左右到达垃圾处理场倾倒垃圾的，是这样吧？"

"基本上是这样，就算会早一点或者迟一点，也差不了多少。"

"您好好回忆一下，四天前的晚上，大约一点到一点半之间，您在行驶途中，有没有听到什么奇怪的声音，或者看到什么？"

"一点到一点半之间？"韩师傅仔细回忆，"也就是快要到达垃圾处理场的时候，我想想，我想想……"

"不急，您慢慢想，认真想，这个对我们的案子非常重要。"

韩师傅正在冥思苦想的时候，突然电话响了。

"哎呀，我说韩师傅，你没事儿关什么手机嘛，给你打了那么多电话，可急死我了！"

韩师傅听出是他朋友的声音，忙说："手机没电了，睡觉的时候忘了充电，什么事儿就急死你了？"

当他接完电话后，整个人瞬间就蒙了，瞪着惊恐的眼睛，过了许久才问："林警官，我听说垃圾处理场那边……"

"是的，昨晚上您不是把我捎回来了吗？但后来我跟同事又回到了现场，然后就发现了尸体。"林墨说，"所以我这次来找您，就是希望能再跟您核实一些情况。"

"你问我有没有听到奇怪的声音,是不是问我有没有看到凶手?"

"也不全是这个意思。"林墨说,"根据尸检结果显示,死者死于一点左右,所以我们怀疑凶手是在一点至一点半之间的时间段,从星斗山上将死者带到垃圾处理场抛尸。"

韩师傅满脸愁云,可他仔细回忆之后,确定没听到奇怪的声音,更没见过什么人。

"大晚上的,天又那么黑,如果真的有人,可能也看不见。"

"行,如果您再想到什么,给我打电话。"林墨留下电话号码后离去,回到县公安局,跟冷彤汇报了一下情况,冷彤给了他一个大大的惊喜。

"根据进一步尸检,显示死者田桂兰生前曾服用过大量安眠药,但这并不是导致她死亡的直接原因。"冷彤介绍,"法医给出的鉴定结果是,机械性窒息导致的死亡。"

"机械性窒息?"林墨不敢相信自己的耳朵,"也就是,田桂兰是在服用安眠药后,被人给捂死的?"

"应该是这样,我们在现场找到的,唯一可以用作凶器的,只有枕头。"

"那不就简单了,马上做DNA,不就可以确定结果了吗?"

"没那么简单,死者生前曾在帐篷里睡觉,自然会长时间接触枕头,那么DNA检测结果便无法形成证据,对我们破案也就没什么用了。"冷彤叹息道,"但是目前可以确定的是,能让死者服下安眠药的,除了李贵明,好像没有其他人可以做到。"

"如果是死者自己服下安眠药呢?"

"我当然想过这个问题,但任何一个正常人,除非她想自杀,否则都不会大剂量服用安眠药。在她胃里发现的药量,足足超过了正常医嘱量的五倍，如果她是自杀，那么为什么还要在服用安眠药后又离开露营地？何况，一个服用了大剂量安眠药的人，早就应该陷入昏迷，怎么可能再走那么远的路，除非有人帮她。"冷彤说，"所以，接下来，我们就只能等柯所那边的消息了。"

"李贵明现在的状态怎么样？"

"不是很好，一直在叫死者的名字。"

林墨不屑地说："看来真相就要呼之欲出了。"

柯建国是在下午七点半赶到清江县公安局的，晚饭都没来得及吃，往肚子里灌了半瓶水，正打算去会会李贵明，孙荣廷突然从背后叫住了他。

"孙副局长？"柯建国回头看到孙荣廷，"你是在叫我吗？"

"不叫你叫谁？"孙荣廷满脸阴沉，"失踪案变成杀人案，这都过去好几天了，有线索了吗？"

"应该、算有吧。"

"这是什么话，什么叫算有？"孙荣廷紧绷着脸，"你可是老街派出所的所长，案发地在你的地盘，你负有不可推卸的责任。"

柯建国叹息道："我的孙副局长，我这不是也没闲着嘛，赶了一百多公里的路回来，饭都没吃一口就上这儿来了，要不你先请我吃个饭，然后我再去审案子？"

"百公里外？你干什么去了，旅游去了？"

"还旅游呢。老孙，你这是在向我暗示什么？"柯建国打趣道，"是不是这个案子破了，你打算给我们安排一次集体旅游？"

"行啊，那就等你破了案再说。"

"那是案子破了之后的事，但是现在我这胃里已经空了，再不填点东西进去……"

"好了好了，赶紧进去，既然等不了破案，那就先把今晚的正事儿办完,我等你们宵夜。"

"等正事办完,可能已经很晚了。"

"再晚我也等着。"

柯建国冲林墨和冷彤坏笑起来,然后大踏步走向审讯室。

可他们全都没想到的是,李贵明突然趴在桌上惨叫起来,众人大惊,忙去查看原因,发现他脸上全是豆大的汗珠。

"李贵明,你怎么啦?"林墨问。李贵明脸色苍白,痛苦地呻吟着:"肚子疼,哎哟,疼死我了。快、快送我去医院,哎哟……"

孙荣廷也进入了审讯室,一看情况不妙,吩咐立即送医院。

打了120后,救护车很快就来了。

"唉,看来今晚的审讯泡汤了。"柯建国望着远去的救护车叹息道,孙荣廷顺着他的话说:"正好,你也可以下个早班,好好睡一觉,养足精神,明天再全力应战。"

"也是,但怎么也得先解决肚子的问题。"柯建国笑道,"孙副局长,你可是大领导,当着下属的面,说话得算数啊。"

孙荣廷请他们三人吃饭的地方是个路边摊,到了晚上,生意特别好,尤其到了下半夜,经常是人满为患,有时候还得等座位。

"这地方不错,挺接地气的,以前来过。"柯建国啧啧地说,"你们俩,敞开肚皮吃,好不容易宰领导一顿,还不得让领导多出点血。"

"没事儿,只要肚子装得下,你们就算是把这店子吃垮都行。"孙荣廷乐呵呵地说,"这段日子你们辛苦啦,虽然我表面上没有经常问候你们,但心里记着呢,还想着等案子破了再请你们好好撮一顿,既然今儿撞上了,那就择日不如撞日。"

"那可不成,咱们先就说好了,一码归一码,案子破了有案子破了的请法。"林墨的话得到了柯建国的响应,孙荣廷说:"我有说案子破了就不请了吗?小林啊,这两年,你跟着你们柯所,可是变得越来越坏了啊。记得刚上班那会儿,对我是毕恭毕敬,现在居然敢拿我开玩笑,要不怎么说上梁不正下梁歪。"

"你这话就不对了,我觉得小林说的没错呀,今儿晚上的宵夜算是提前预祝我们破案,给我们打气。之后的大餐,那可是庆祝我们顺利破案,算是庆功,两码事嘛。"柯建国跟孙荣廷一个劲儿抬杠,冷彤在一边看热闹,谁知孙荣廷马上把嘴搁在了她身上,问:"冷副队长怎么不说话?是不是跟我们这两个老家伙无话可说?"

冷彤尴尬地笑了起来:"不是,您二位这么能说,我是插不上话呀!"

众人大笑。

"瞧瞧、瞧瞧,一句话就把我给顶了回去。柯建国,我发现只要跟你一起共过事的,嘴巴都变得厉害了,这叫什么?人传人,是不是被你给传染的?"孙荣廷他们点菜,"随便点,就按照你们柯所的指示办,不让我出点血,就是你们没完成任务。"

"对对对,使劲造,不能手软,更不能嘴软。"柯建国话音刚落,林墨的手机响了,他起身去接电话的时候,菜单落到了冷彤手里。冷彤随便点了两个菜,孙荣廷说:"自打你来咱们清江县后,我还没私下请你吃过饭,今晚好不容易逮住机会,你可别给我节省。"

冷彤笑着说:"不是给您节省,是真的吃不了那么多。"

"冷副队长啊,说实话,你的工作能力有目共睹,前两天我跟你们林局长通电话时还开玩笑,说打算把你留下来,可你们林局说什么都不放人。唉,龙口市公安局给了我们这么好的一个外援,真够意思!"孙荣廷赞叹道,"只是我们这儿舞台太小,不够你发挥的,你走之前可得把真本事多教点给小林,要不然我可不放你回去。"

"是啊冷彤,林墨那小子就是性子倔,但人确实聪明,做事也牢靠。对了,我刚回来,还没来得及问你,趁着现在孙副局长也在,你跟我们说说到底怎么找到尸体的。"

冷彤看了一眼正在不远处接电话的林墨,说:"还要多亏了他……"

几分钟后,林墨接完电话回来,一脸兴奋地说:"有发现。"

原来,刚才的电话是曾在四季旅社住宿的那对老夫妻打来的。

"之前我们通过电话,他们本来打算今晚再回四季旅社住一晚,但临时又改变了主意。"林墨说,"奶奶在电话里说,她有择床的习惯,所以在四季旅社住宿时,晚上很久都没办法入睡。那天晚上,大概是十二点多,她睡不着,打算到院子里透透气,没想到偶然听见对面房屋里传来很小的争吵声,还听见那女的说什么离婚……"

他说完这话,三人都不约而同地盯着他,他不解地问:"有什么问题吗?"

"就这些?"冷彤问。

"对呀,就这些,但这些已经够了!"林墨说,"虽然就简单的'离婚'两个字,但你们想想,这说明了什么?说明他们夫妻俩表面上的恩爱,其实很可能是在外人面前装出来的,这不跟我们之前的推测很接近吗?"

"那也不能仅凭这一点就怀疑李贵明杀了他老婆吧?"孙荣廷有疑问,"老柯,你说呢?"

"有道理,但如果加上我在云阳调查到的情况,李贵明杀妻的动机和嫌疑就很大了。"柯建国把他在云阳调查到的情况一股脑儿倒了出来,"李贵明有了婚外情,仅凭这一点,虽然也不能证明他杀人,不过我们可以据此推测,李贵明会不会因为不愿意分财产给他老婆,所以才选择杀妻?"

"你这个推测会不会太大胆了一些?"孙荣廷问,"虽然理论上是成立的,但实际上在没有证据的支撑下,我们仍然无法将他定罪。"

"可惜李贵明进医院了，等出院，我们应该就知道他婚外情的女人到底是谁了。"柯建国说，"有了杀人动机，然后加上证据，不怕他不松口。"

"好了，时间也不早了，先把案子放一边，菜已经上齐，先动筷子，吃完饭早点回去休息，明天再继续审。"孙荣廷招呼道，"要不要喝点？"

"那就喝点？"柯建国一开始没打算拒绝，但随即又说，"还是算了，万一李贵明没事了，我还想着宵夜完，晚上接着审呢。林墨，你联系一下医院那边，问问李贵明到底是什么情况。"

"你呀，一辈子都这样，钻进工作里就出不来。"孙荣廷无奈地笑道，"行吧，听你的，那就以茶代酒，等案子破了，这顿酒我再给你们补起来。"

宵夜完，时间已经指向晚上十点。

"李贵明这几天喝了不少酒，肠胃炎发作，刚才输了液，已经没事了，但是不能出院，医生说还要观察一个晚上。"林墨刚刚给守在医院的同事打了电话，"我们要不要直接去医院？"

"行啊，现在正是他意志最薄弱的时候，说不定可以趁热打铁，速战速决。"柯建国又问冷彤的意见，冷彤说："我觉得可以，白天已经审了他一天，不能给他缓冲的机会。再说，拘押的时间不多了。"

"案子上的事你们自己拿捏，那就辛苦你们了。"孙荣廷叮嘱道，"老柯，你已经不是年轻人了，可得注意身体，别案子没破，自个儿先倒下了。"

"放心吧老领导，我身体好着呢。"柯建国拍着胸膛，"你回去等我的好消息。"

三人跟孙荣廷告别后，径直奔向县人民医院。

李贵明还在输液,但脸色已经大为好转,不过一看到三位,表情又微微有些变了,苦笑着问道:"你们这是来医院探视我的吗?"

柯建国笑道:"都这样了还有心思跟我们开玩笑,看来已经没事了。"

"求你们个事儿,我现在很困,想睡觉,咱们能不能明天再聊?"

"你当这是你家,想什么时候见我们,我们就什么时候来呀?"林墨讥讽道,"李贵明,你是聪明人,很多事情不要我们再多说,干脆你自个儿全撂了吧。"

李贵明闭上了眼睛,叹息道:"我老婆在你们的地盘惨遭毒手,你们却一次次地来问我要凶手,甚至怀疑我是凶手。抓不到真凶,这是打算拿我垫背?"

林墨看了柯建国一眼,柯建国拉了把椅子坐下,说:"看来今晚有一场硬战要打。"

"我劝你们别在我身上浪费时间了。"李贵明突然大声叫嚷起来,"医生、医生,我想睡觉……"

"喂喂喂,叫什么叫?医生说了,你已经脱离危险,本来今晚就可以出院,但出于人性考虑,让你多住一晚,再观察观察。"冷彤呵斥道,"知道所长今天一天没露面,干什么去了吗?"

李贵明瞟了柯建国一眼。

柯建国笑了笑,说道:"在云阳轴承厂附近有一家很好吃的早餐店,豆浆配油条,味道非常不错,不知道你去那儿吃过没有?"

李贵明的瞳孔瞬间放大,但很快又变得暗淡无光。

"早餐店的旁边还有一家便利店,便利店的名字好像叫'兰儿便利店',如果我没记错,那是你老婆开的吧?"柯建国轻松地说道,"你老婆叫田桂兰,对,错不了,就叫'兰儿便利店',本来我还打算进去买瓶水来着,但大门紧锁……"

第十一章 危险动机

罪恶之心使人变得虚弱。

——司各特

夜色笼罩着清江县城,街边的霓虹灯将小城点缀得宛如白昼。这个点儿,大多数病人都已经睡去,嘈杂了一天的县人民医院大楼,也终于在夜色中变得沉寂下来。李贵明微闭着眼睛,很久都没有翻一下身。乍一看,还真像睡着了似的。可是,所有人都知道他没睡。

"这一趟云阳之行,你的事情我基本都已经了解清楚,不管你开不开口,现在你都有了杀人动机。"柯建国的声音听上去软绵绵的,但在李贵明听来,却像刀子一样刺得他浑身不安,他终于动了动,再次重复着一样的话:"我不是凶手,我没杀人。"

"这句话你已经重复不止十遍了吧?如果想好好沟通,那就来点新鲜的。"柯建国指的是让他说出婚外情的对象是谁,可他死咬着不松口。

柯建国突然把从他办公桌上带回来的那本书打开,轻声细语地念道:"愿与君共勉,此生魂相伴。"

李贵明的肩膀微微颤抖了一下,不急不慢地说:"没想到柯所也喜欢诗歌。这本诗集不错,如果你真喜欢,可以送给你。"

"好一个'愿与君共勉，此生魂相伴'，看来李副主任挺浪漫呀。"柯建国挖苦道，"只不过我对写诗一窍不通，何况这是粉丝送给你的，我怎么好意思索取。"

"没事儿，有钱难买心头好，你要真喜欢，我不介意。"

"行吧，时间也不早了，既然你不打算合作，我也不想浪费时间了，明天就以零口供结案。"柯建国似乎很无奈，"林墨，今天晚上回去，你加个班，连夜准备材料……对了，送书的人，从字迹分析，应该是个女人，我马上申请核对字迹……"

他说着就作出要离开的样子，刚起身一半，谁知李贵明推了推眼镜，终于睁开眼睛，而且突然坐了起来，大声叫道："我真不是凶手，我没有杀人，你们怎么就不相信我呢。"

"哟，还嘴硬。看来还是没有新鲜的东西，别浪费时间了，走吧。"柯建国这次没有停留，径直走向门口，李贵明果然在后面嚷道："我交代，我交代，我要交代新的情况。"

三人同时转过身来看着他，他表情焦虑，痛苦地说："我交代还不成吗？"

"想交代就老老实实地交代，别再耍花样。"柯建国说，"这可是你最后的机会，如果你还打算继续跟我们耗下去，一定会后悔。"

李贵明沉沉地吐了口气，一脸绝望的表情，终于说出了他们想要听到的名字。

"朱慧，她叫朱慧！"李贵明很艰难地吐出了一个名字，"她是轴承厂的工人……"

"我需要关于她的详细资料。"柯建国说，"年龄，你们什么时候开始的，以及怎么开始的？"

"三十八岁。"李贵明沉沉地说，"去年，也就是在厂里举行'模范家庭'评选后，媒体多次对我进行了报道，加上我平时喜欢写点文章，也在报纸上发表过不少'豆腐块'，所以朱慧开始以请教写作为由频繁找我。有一次，她请我吃饭，我们喝多了，那天晚上我们发生了关系，然后就在一起了。"

空气有些沉闷。

"这本诗集也是她送给你的吧？"柯建国问，他垂下了眼皮。

"你就是因为那个叫朱慧的女人要跟你老婆离婚？"

"我从来没想过要离婚，跟她就是玩玩。我都这把年纪了，有家庭，有孩子，怎么可能重新组建家庭？"李贵明显得有些激动，"我老婆后来偶然发现我在外面有了人，但一直不知道那人是谁。我们因为这事儿吵过无数次，我也烦了，真的，很烦很烦。后来，我就跟朱慧提出分手，希望到此为止，以后不要再继续，她也答应了……警察同志，我说的都是真的，你们一定要相信我，这次出来旅游，我就是打算回去后跟老婆重新好好过日子。"

冷彤问："朱慧结婚了吗？"

"结过！"李贵明说，"但是后来离了，有个孩子，没跟她。对了，男的也是轴承厂的工人，这个你们可以去查。"

"放心，我们会查的。"林墨说，"但还有件事我没想明白。"

他指的是李贵明和田桂兰在四季旅社住宿的那晚，为什么会发生争吵。

"我们吵架了吗？"李贵明半睁着眼的样子，好像完全忘了吵架的事。

"还需要我再提醒你？"

李贵明摇头道："我们没吵架呀。让我想想……"

"别急，慢慢想，仔细地想。"柯建国大声说。

"好像是有这么回事。"大约过了半分钟，李贵明仿佛终于记起了那天晚上的事，"是旅社老板跟你们说的吧？唉，我们那天晚上因为第二天要去哪里玩的问题产生分歧,就拌了下嘴。她不想去露营,说是害怕,但我真的想去,这辈子还从来没露营过,也想体验一把年轻人的浪漫,所以……要是我听她的就不会有事了。"

林墨和冷彤对视了一眼,呵斥道:"看来你还不打算说实话。"

"我、我说的都是实话……"

"两个人因为第二天要去什么地方游玩而发生争吵,还是在半夜十二点多。"

"半夜十二点吵架,有什么问题吗?"

"当然没问题,吵架是不用选时间的。"林墨不屑地说,"问题是田桂兰为什么会提到离婚?仅仅因为去哪儿玩产生分歧,然后她就提出离婚?她应该不是对婚姻如此草率的人吧。"

"离婚?"李贵明眼神微微闪烁了一下,但很快就解释道,"两口子吵架,在气头上,谁没提过离婚?她这个人,动不动一吵架就把离婚挂在嘴上,我也早就习惯了。你还没结婚吧,等你结婚以后你就明白了。"

李贵明这番话好像蛮有道理,林墨居然被怼得哑口无言。

"现在你终于明白田桂兰为什么要监控你手机了吧?"冷彤鄙夷地说,"狗急了还跳墙呢,何况是人。虽然你瞧不起她没文化,还是从农村出来的,但千万不要小瞧任何一个人的潜力,何况是一个被你伤得太深的女人,她可以干出你难以想象的任何事情。"

李贵明被人戳到痛点,眼神躲闪。

"你的月工资多少?"柯建国又问,李贵明有气无力地说:"三千多,不到四千。"

"够用吗?"

"小城市,节约点,够用了。"李贵明说,"至少吃吃喝喝没问题。"

"我在县城转了一圈儿,发现老百姓的日子过得挺悠闲的,房子修得密密麻麻,街上好车也不少。"柯建国幽幽地说,"你家买车买房了吗?"

"买了买了。"李贵明忙不迭地说,"但我可没经济问题啊,买车买房的钱,都是这么多年一分一毛存起来的。"

"靠你那点死工资,得存多少年才够买车买房?"

"不是,我买车买房,跟我老婆被杀有关系吗?"李贵明有些不悦。

"问你什么,你就回答什么。"林墨敲着桌子提醒道。

"靠我的工资确实买不起车,也买不起房,但我老婆做生意,这些年也存了点钱。"李贵明这下老实了。

柯建国点了点头:"你那点死工资,吃吃喝喝都不够用吧?换句话说,要不是你老婆做生意,你可能根本买不起车和房,对吧?"

"是的,我现在有车有房,全都是靠我老婆做生意赚来的,所以我老婆在我心里的位置很重要,你们怎么会怀疑是我杀了她?我把她供着还来不及呢。"李贵明提高了嗓门,"警察同志,我求求你们,别在我身上浪费时间了,快点去找到杀害我老婆的真凶吧。"

"谁是凶手,不是你说了算,也不是我们说了算,是证据说了算。"冷彤说道,"李贵明,有句话我必须提醒你,要想人不知,除非己莫为。我们要的证据,已经在路上了,该怎么破案,不用你教。对了,你这种人,知道现在大家都怎么形容吗?吃着软饭,还瞧不起养你的人,真够不要脸的。"

李贵明被她骂得一愣一愣的,脸上青一块白一块。

林墨和柯建国的目光也全都聚焦到了她脸上,她冷冷一笑,又问道:"还有什么想告诉我们的吗?"

"是、是,还有件事这几天我一直想跟你们说来着,但又怕不仅没帮上忙,反而给你们添乱。"李贵明眼神游离,好像还真的突然想到了另外一件事,"桂兰出事的那天,我们是下午四点多到达露营地的。没多久,突然不知道从哪里冒出个照相的,他在露营地里到处拍来拍去,也不知道在拍什么。我一开始还以为也是露营的,但后来他在拍一个姑娘的时候,被那姑娘的男朋友给吼了一顿,然后就离开了。"

"一个照相的?"冷彤皱着眉头,"你有看清楚那照相的长什么样吗?"

"戴着草帽,帽檐压得很低,还戴了墨镜,看不清正脸。"李贵明一边回忆一边说道,"衣服嘛,就是很普通的灰色衬衫,没什么特别的。"

"这个情况很重要啊。"柯建国面露喜色,"为什么之前没说?"

"出门旅游,本来就有很多人喜欢摄影,我也是一路走一路用手机拍照,所以之前根本就没把那人放在心上。这不你们一直怀疑我是杀害桂兰的凶手,我白天再仔细回忆了一遍那天的事,也是刚想到照相的那人,他的穿着打扮,还有他鬼鬼祟祟的样子,现在想起来,还真的蛮可疑的……"李贵明回忆道,"加上他拍不认识的姑娘,一看就不是好东西。如果心里没鬼,怎么被骂后什么都没说就跑了?如果是正常人,无缘无故被人骂,肯定会立即怼回去。"

"你说他被骂后就一声不吭地走了?"冷彤问。

"是的,当时一句话都没说就走了。"李贵明若有所思地说,"我老婆那时候正好叫我,我刚转身应了一声,再回头那人就不见了。"

"你再好好想想,那个照相的还有什么特征?"林墨问。

李贵明想了想,摇头道:"好像没了。"

"身高、胖瘦呢?"冷彤问道。

"比我高一点,瘦一点,大概一米七零的样子。"李贵明说话的时候,突然又想起了什么,"对了,他用的相机好像还不错,挺专业的,不是那种傻瓜机。"

"你对照相机有研究?"林墨好奇地问。

"我们厂里也有相机,平时搞活动都要拍照,所以我认得。"李贵明说,"那天,他用的相机跟我们厂子里那个很像。"

"你们厂子里的相机什么牌子?"

"那我就不知道了,我也没用过。"李贵明说,"有另外的人专门负责拍照的活儿。"

"相机不用的时候放在厂里?"柯建国问。李贵明说:"是的,平时不用的时候,就放办公室锁着。"

"行,我这就给邹主任打个电话。"柯建国说。

"你再好好想想,看看还有没有什么可疑的,想起什么马上告诉我。"冷彤说道。

李贵明问道:"行,我可不可以先给女儿打个电话?"

冷彤想了想,答应了他。

一场久违的大雨,将云阳轴承厂洗了个透亮。

邹洪在接到柯建国电话之后,把在车间上班的朱慧叫去了办公室。

将近四十岁的朱慧,还颇有些姿色,至少对中年男人来说,是有吸引力的那一类。

"今儿有班?"邹洪佯装随意地问。她站在办公桌前,笑眯眯地问:"下午班。邹主任找我有事呀?"

"没事就不能找你?"邹洪故意开玩笑,"是有点事,想跟你聊聊。坐吧。"

朱慧坐下,往李贵明办公桌的方向瞟了一眼,但很快又收回了目光。

"朱慧呀,你来厂里多长时间了?"

朱慧有点发蒙，支支吾吾地问："邹主任，厂里是不是要裁员了？"

"裁员？为什么这么问？"

"我听说厂子里正在改制，改制的话，那还不得裁员嘛。"朱慧面色紧张，"邹主任，你看我一个女人，都快四十的人了，也没别的本事，这万一要是把我给裁了，往后可该怎么活呀。"

邹洪笑了笑，说："你别多想，今儿我们不聊裁员的事。"

"那、那您叫我来是……"她的表情很快放松。

"是另外一件事。"邹洪喝了口茶，"关于李副主任。"

朱慧本来已经放松，此时一听这话，反而变得更加紧张，又吞吞吐吐地问："李、李副主任他怎么了？"

邹洪盯着她的眼睛，笑问道："他怎么了，你不是应该比我更清楚吗？"

"我、我不明白您的意思。"

"既然都是聪明人，那就别卖关子了。"邹洪说，"连公安局都找上门来了，你跟李贵明之间，到底怎么回事儿？"

朱慧一听这话，明显心虚了，低垂着眼睛不敢看他。

"朱慧啊，很多话不用我跟你明说，你最好一五一十地把事情和我说清楚，这对你、对老李都好。"

朱慧的脸色很不好看，憋了很久，才声音低沉地问："既然您都知道了，还要我说什么？"

"这么说，你是承认了？"

"邹主任，您别说了，我这就跟他分手。"

"分手？我说朱慧，我看你的样子，觉得事情大不了是吧！"邹洪满腔的怒火喷射而出，"明知道人家有家庭，怎么还要去插一脚？"

朱慧没吱声。

"现在已经不是分手这么简单的事了。"

朱慧瞪大了眼睛。

"我叫你来,是提前给你通个气,待会儿警察就到了,你得跟他们走一趟。"

朱慧被惊得站了起来,战战兢兢地问道:"怎么要跟警察走呢?我跟李贵明之间的事……"

"你跟李贵明之间出大事了。"邹洪愤然打断了她,"实话跟你说吧,是李贵明家里出事了。"

"出事了,出什么事了?"朱慧头皮发麻,当她得知田桂兰遇害时,顿时变得脸色苍白,双腿一软,无力地瘫坐了下去。

"我是真想不明白,你这么年轻,怎么就跟李贵明混一块去了,到底看上了他什么?"邹洪哀叹道,"现在好了吧,给自己惹上一身的腥味儿,还把工作也弄丢了,值当吗?"

朱慧眼泪哗哗地流了出来。

"你跟我说句实话,田桂兰遇害的事,跟李贵明到底有没有关系?"

"我不知道,我真的不知道……"

"他有没有跟你说过什么过激的话?比如说想对田桂兰怎么怎么样之类的。"

"他说被老婆管得紧,早就过不下去了,但怎么也不至于杀人啊。"朱慧抹掉眼泪,"邹主任,您要相信我,这件事就算是李贵明干的,也跟我没有半点关系。"

邹洪不屑地冷笑道:"现在想撇清关系了?晚了吧。"

"邹主任,您得帮帮我,我是真的知道错了,我眼瞎,脑子短路……"

"行啦,田桂兰遇害一事,暂时还在调查之中,但李贵明有重大作案嫌疑,目前已被警方控制。"邹洪说,"你好好想想李贵明有没有跟你说过什么,承诺过什么?你有没有怂恿过他,他会不会因为想跟你在一起而杀了他的结发妻子?"

朱慧连忙矢口否认。

"既然如此,当初为什么要玩火?"邹洪厉声质问,"因为他有钱,还是因为他会写几篇破文章?现在好了,不仅把自己给搭了进去,还给厂子抹了黑……"

"我没有……呜呜……邹主任,你帮帮我……"朱慧欲哭无泪。

就在这时,有人敲门,门口站着两名警察。

她顿时就慌了。

李贵明提供的线索确实很重要,但对警方而言,需要排查的范围太大。这时候,林墨提出对嫌疑人画像,看看能否缩小排查范围。

"据我所知,很多喜欢摄影的人会组成一个圈子,叫摄影圈。老街上有且仅有一家照相馆,既然都是搞摄影的,你说他们会不会相互认识?"在等待画像出来的时间,林墨提出了自己的想法,"或者说有没有这种可能,星斗山上出现的那个人,会不会就是七月照相馆的老板?"

"你这个假设会不会太大胆?"冷彤眉头紧蹙,"我去过那家照相馆,老板好像姓马,虽说不怎么面善,但怎么看都不像是杀人凶手。"

"冷副队长,我这就要说说你了,咱们可是警察,凶手会在脸上写'杀人凶手'几个字?"

"我是那意思吗?"

"别争了,等画像出来,一比对不就清楚了吗?"柯建国打断了二人的争吵。冷彤说:"马老板有胡须,但李贵明看到的那个人,没提到有胡须。"

"这个不是重点,胡须随时可以刮,也随时可以长出来。"林墨说,"我觉得可以查一查七月照相馆的老板。"

"肯定要查,等画像出来后就查,不能放过任何一丝线索。"柯建国说,"半个小时后,我还有个会,你们俩等画像出来后再分头行动。"

李贵明正在帮忙做摄影师的侧写,侧写师按照他的描述,一笔一画地勾勒出了嫌疑人面部的大概轮廓。他端详着画像,脑子里闪现出那天在山上见到的摄影师,总觉得有些地方不对。

"好像脸部宽了一点,对对对,再窄一些。下巴再稍微尖一点。"他打量着画像,"帽檐再稍微低一点。对,眼睛完全被遮住……"

林墨和冷彤拿到画像时,都有点手足无措的感觉,因为画像中嫌疑人只露出面部轮廓。

"我当时看到的就是这样。"李贵明解释。

"看来只能碰碰运气了。"林墨叹息道。

他们快要到达七月照相馆时,按照林墨出的主意,冷彤被迫挽住了他的胳膊,林墨开玩笑道:"别绷着脸,哪有情侣吵架了还去照相的?"

"闭嘴!"冷彤轻声骂道,"尽出馊主意。"

前面有两位客人正在拍照,二人进店后,正好有时间到处看看。冷彤特别喜欢照相馆的风格和氛围,一进门感觉就特别放松,这里摸摸,那里看看,对很多老物件都爱不释手。

马少军一眼就认出了冷彤,热情地招呼道:"今儿跟男朋友一起来的呀,打算拍情侣照吗?"

本来原计划是给林墨拍登记照的,听他如此一说,冷彤忙应道:"是呀,拍情侣照。"

林墨有些傻眼,吃不准她到底怎么想的,她却没事儿一样继续跟老板寒暄:"这张拍得不错,待会儿给我们也拍这种风格的吧。"

"没问题,顾客是上帝,只要你们喜欢,我老马就能满足你们的要求。"马少军很骄傲,笑着说。

林墨在屋里看到了不少装饰用的老古董,有煤油灯、织锦、背篓……就像一个小小的老物件展览馆。

"挺有意思的。"林墨赞叹道,还边用手机给这些老物件拍照,"很多东西,现在都看不到了。"

"我上次来的时候,怎么没见到这些?"冷彤好奇地问。马少军笑着解释:"这些都是后来才摆出来的,你上次来的时候,都堆在仓库里,没来得及整理。"

照相的时候,马少军给他俩设计了好几个动作,全都是很亲密的那种,但二人怎么摆弄都显得不合拍,不是表情不到位,就是姿势不正确,或者是肢体太僵硬,摆弄了半天才搞定。

"你们俩看上去挺般配的,就是第一次照这种,是不是有点不习惯?我有个请求,到时能不能多冲洗一张,挂在店里,就当是帮我做做宣传,让别的客人一看就有种想要拍照的冲动!"

"不行。"冷彤脱口而出。

"当然没问题。"林墨却说,"没事,尽管用,但我也有个请求,既然我们帮忙免费做宣传,照相的费用能不能给我们打个折?"

"没问题呀,这不是小事一桩吗?"马少军一口应下。

从照相馆离开后,冷彤才松开他的胳膊。

"差点就穿帮了。"林墨说。

"你怎么能答应他?"冷彤不悦地问道。

"演戏演全套,这不是为了逼真吗?而且还给我们打了折,不好吗?"林墨笑着说,"对了,你发现没有,马老板有点罗圈腿,而且是内八字。"

"有吗?"

"是的,不过不太明显。"林墨说,"还有停在外面的自行车,你有想到什么？"

"自行车怎么了？"

"我说冷副队长，你不会真要我提醒你吧？"林墨的声音有点夸张，"这个世界上，有罗圈腿的人是不是比正常人少？所以特征明显。自行车作为交通工具，一般是不是短距离使用？"

"你的意思是寻找田桂兰失踪当日的目击证人，凭罗圈腿和自行车，就能确定在星斗山的摄影师是不是马老板？"冷彤赞道，"不错呀，有进步。"

"我在想，那天晚上把我引到垃圾处理场的人，会不会就是他？"林墨回忆道，"身高、体形倒是跟李贵明交代的很像，但天太黑，目标当时又跑得飞快，没看清楚正脸……"

"罗圈腿呢？"

"没有。"林墨说，"如果正常走路，细微的差别应该可以看出来，但要是跑的话，可能就不那么明显了。"

之后，他们找李贵明核实过这个情况。当天在山上出现的男子，李贵明也完全没注意到底是不是罗圈腿。

林墨睡不着的时候，在手机上随意浏览，突然想起白天在照相馆偷拍的马少军的照片。他翻出来，仔细端详着照片，突发奇想，下载了一个图片处理软件，然后把马少军的照片比照警方的侧写进行处理。

他被惊得从床上坐了起来，看着处理过的照片，简直不敢相信自己的眼睛。太像了，尤其是嘴巴两边的轮廓，瘦削的脸颊线条，基本可以肯定是同一张面孔。

他无法抑制内心的喜悦，当即将照片发给冷彤，冷彤给他回了一句："什么意思？"

"这张照片，是用马少军的照片处理的。"林墨没等到冷彤的回复，却等来了敲门声。

冷彤拿着手机，一脸不信地问："怎么处理的？"

林墨给她简单展示了照片的处理过程，她只说了一句话："马上向柯所汇报，可以抓人。"

柯建国在接到电话后，自然也很惊讶，但随即叮嘱他们先以配合调查的名义把人带回来，如果这个点儿还要去开逮捕证，肯定会耽误时间。

在去"七月照相馆"的途中，冷彤问林墨怎么会有马少军的照片，林墨骄傲地说道："你们在说话的时候，我偷拍的。"

"看来待在派出所，太委屈你了。"

"你这是变相在表扬我吗？我接受你的表扬。"

"别高兴得太早，等抓到'影子'，才是我们真正可以高兴的时候。"

"我记得你曾说过，破案还是得靠在一线积累的经验，我们这些从警校出来的年轻人，就知道纸上谈兵，那些新科技再牛，也不能取代经验。"

"对呀，我一直这样认为。"她不屑地说，"你虽然用软件锁定了犯罪嫌疑人，但前期要不是我们靠双脚千方百计找到尸体，锁定李贵明，怎么可能让马少军进入我们的视野？现场没有留下任何证据，那些高科技手段自然也用不上。"

"好了好了，我说不过你，行了吧。"林墨不服气地说道，"好男不跟女斗，老人留下的箴言，终身受用啊。"

此时是晚上八点半，"七月照相馆"刚关门不久，马少军正在吃面条，突然传来敲门声。他端着碗，推开窗户，看到冷彤和林墨，奇怪他们这么晚来干什么。

"老板，不好意思，能开一下门吗？我们有事找你。"冷彤大声说道,"放心,就一点小事,不会耽误你太多时间。"

马少军让他们等着,放下面碗,然后下楼打开了门。

"两位这么晚找我,什么事呀?"他笑着问,"一般如果不是照登记照,不会这么着急。"

林墨守在门口,双眼谨慎地盯着马少军。

冷彤也笑了笑,故作高深地问道:"马老板,以前从来没告诉过你我们是干什么的,你难道就不想知道吗?"

马少军眼神微微躲闪了一下,似乎有点糊涂,浅笑着说:"我从来不打听客人的职业,这是客人的隐私,当然也是我的职业道德。"

"我发现你这个人其实真的蛮有意思。"冷彤感慨道,"不过,我们也有自己的纪律要求,在工作时,必须得主动亮出身份。"

马少军得知二人居然是警察身份时,好像有些发蒙,但随即问道:"我没有做违法犯罪的事,你们这么晚找我是……"

"别紧张,只不过有个案子要请你跟我们回去配合调查。"林墨解释道,"做个证人,很快就能回来,应该不会耽误你睡觉。"

"必须现在去吗?"

"是的,案子很复杂,必须现在就去。"冷彤语气坚决,"请吧马老板,配合警察工作,可是每一个公民的责任和义务。"

"行,不过我得换件衣服。"他说。冷彤却拦住了他,说:"不用了,一会儿就让你回来。"

在去派出所的路上,冷彤借着昏黄的路灯,特别注意到马少军走路时候的样子,确实是轻微的内八字罗圈腿。

马少军被带到派出所后,才知道要他配合调查的,是关于田桂兰被杀害的案子。他很惊讶,直言自己根本就不认识田桂兰。

"当然,这个我们是知道的,但是当天有人在田桂兰失踪的现场看到了你。"冷彤简单直接地问,"你去那里干什么?"

马少军惊讶地问道:"是吗?那肯定是看花眼了,我已经很久没去过星斗山露营地了。"

冷彤和林墨对视了一眼,林墨拿出了侧写的画像,推到他面前,问:"这个人是你吗?"

他仔细看了看,摇头道:"不是我。"

"你确定?"

"那这个人是你吗?"林墨把在店子里拍的他的照片亮出来,他诧异地问道:"你手机里怎么会有我的照片?"

"我在你照相馆里拍的。"林墨说,"偷拍。"

"我又不是明星,你拍我干什么?"马少军还显得有点不好意思。

"刚刚那张画像,是公安局的画像师傅画的,再给你看一张照片。"林墨把他自己处理的照片打开,"这张是我在你的照片基础上处理后得来的,你觉得他们不是同一个人?"

马少军的目光像被定在了照片上,表情僵硬,陷入了短暂的沉默。

"说说吧,那天你去星斗山干什么?"冷彤的声音变得很严肃。

马少军眼珠子滴溜溜地转动着,好像恍然大悟,突然眉开眼笑道:"哎呀,瞧我这记性,真是越来越差了。你们先问我最近到底有没有去过山上,我一下子突然没想起来,因为感觉好像是很久以前的事情了。对,我是去了,但忘了具体到底是哪一天。那天下午,店里没有生意,我寻思着很久没出门拍照,所以就骑着自行车,一路上到处转,也没个目的地,不知怎么就去了山上,转了一圈,也没拍到好照片,然后就下山回去了。"

"我们现在找到了杀害田桂兰的嫌疑人,但还缺乏关键性的证据,最好是目击者。让你回来配合调查,就是因为嫌疑人声称在山上看到了你,所以我们想知道你当时在现场有没有发现什么异常,比如说可疑的人。"冷彤的话刚说完,马少军便笑了起来,爽快地说:"配合你们公安办案,这是应该的,但我真的就待了一小会儿,然后就下山了。当时那么多人,我又不是警察,不像你们火眼金睛,真没看出来什么人可疑。"

"你再好好想想!"林墨说。

"真没有,就算有,我当时也只顾着照相去了。"

"行吧,谢谢你了马老板,这么晚把你叫出来,耽误你休息了。"冷彤亲自把他送到门口。

马少军被放走后,憋了很久的林墨,这才问她为什么这么快就把人给放了。

"现在打草惊蛇了,要想再抓他,不是更难?"

"但他明显在撒谎,明明去了露营地,还装作没去过,他在隐瞒事实。"

"你觉得我们现在有证据认定他是凶手?"冷彤说,"马少军很狡猾,所以才非常爽快就承认自己确实去了星斗山。但是,我突然想到非常重要的一点,那天晚上把你引去垃圾处理场的人,如果真是马少军,他为什么要这样做,仅仅只是为了帮我们找到尸体?他完全可以正大光明来派出所报案。所以,我觉得他这样做,一定有他的目的。这个人不简单啊,避重就轻,谈吐自然,就连在圆自己的谎言时都不带打盹儿的,我觉得极有可能是条大鱼。"

"大鱼?"林墨眼前一亮,"你的意思,他很可能是……"

"是的,不然他为什么要这么做,肯定亲眼看到凶手杀害田桂兰的全过程了,帮我们找到尸体,目的就是让我们尽快破案,转移警方的视线,这跟'影子'的风格有点像。还有,你还记得李贵明在得知田桂兰失踪后说过什么吗?"

林墨摇了摇头。

"他怀疑是'影子'绑架了他老婆,而且还说自己早就知道'影子'的事,这说明李贵明处心积虑把他老婆带到风口老街,然后痛下杀手,目的就是栽赃给'影子'。而这个时候,'影子',也就是我们目前的怀疑对象马少军坐不住了,他晚上正好在山上寻找目标的时候,没想到亲眼撞见了李贵明的行凶过程,这才特意帮我们破案,引导你找到尸体,目的就是要转移视线。"冷彤一口气说了这么多,逻辑却如此清晰,林墨不禁竖起大拇指,赞叹道:"太厉害了,冷副队长,听你这么一说,感觉所有的事情都能解释清楚了。"

　　"所以,我放马少军回去,他一定以为自己达成了目的,以为我们上了当,就会放松警惕。接下来,我们的任务就是用证据将他们定罪。"冷彤继续说道,"这个人符合'影子'的特点,如果他真是'影子',那么,真正的较量就开始了。"

　　"在侧写中,李贵明并没提到那人有小胡子。"林墨说。冷彤不悦地反驳道:"这个问题你不是已经回答我了吗?胡须随时可以刮,也随时可以长出来,所以根本就不是重点。"

第十二章　人和动物的界限

当你凝视深渊时，深渊也在凝视你。

——尼采

柯建国上午十一点钟接到来自云阳警方的电话，对朱慧的审讯终于取得了突破性的进展。朱慧被警察从厂里带走的时候，当时有很多人都看见了，一时间议论纷纷，各种谣言漫天飞，但除了邹洪，基本无人知道究竟发生了何事。

审讯室里，朱慧知道瞒不过去，所以一股脑儿就把自己跟李贵明的关系全都抖了出来。不过，这不是警方需要了解的重点。毕竟是女人，又被审了一天一夜，朱慧终于还是没能熬住，把李贵明此次旅行的计划和盘托出。

"他说要跟田桂兰离婚然后娶我……要跟我过下半辈子，但又不想田桂兰分走一半的财产……"朱慧抽泣着说，"这个计划他谋划了很久，但一直没有想到合适的办法，我没想到会趁着这次旅游把他老婆给杀了……"

"他当真没有跟你说起过这次的杀人计划？"警方问。

她摇头道："我是真不知道，之前还一直劝他不要那样做……我真不想闹出人命的。"

"但你还是知道他打算杀害他老婆的事？"

"没有，我不知道……对，他跟我提过，那是在他们一次吵架之后。我知道杀人要偿命，不止一次地劝过他，他也答应了我，但没想到这一次，他还是那样做了。"朱慧抹着眼泪，"警官，你们一定要相信我，这件事真的与我无关。"

"你知道田桂兰有失眠的习惯吗？"

"失眠？我不知道呀，他很少跟我提他老婆的事。"她垂下眼皮，嘤嘤地哭道，"老李怎么那么傻呀？都怪我不好，怪我不好……"

柯建国拿着云阳警方的笔录，以及掌握的马少军的情况，再次对李贵明进行提审。李贵明以为警方根据自己提供的线索锁定了嫌疑人，眼里闪耀着激动的光芒，连连说着："太好了！实在是太好了！我终于可以洗脱嫌疑了！老婆，你看到没有，杀害你的凶手，很快就要归案了！"

"李贵明，别演了。"柯建国不苟言笑，冷冷地盯着他的眼睛，"我知道你在算计什么，以为成功转移了我们的视线，就可以逃脱法律的制裁，对吧？"

"柯、柯所，我不明白您的意思。"李贵明吞吞吐吐。

"不明白的话，那我现在就让你明白。"柯建国用眼神示意林墨，林墨点了点头，顺着他的话说道："云阳警方提审了朱慧，你猜她说了什么？"

李贵明眼里掠过一丝慌乱，但很快恢复镇定，满脸无辜地说道："这件事与她无关，她什么都不知道，该说的我都已经说清楚了，整件事情与我们无关。"

"你说得对，她确实说整件事与她无关，但却与你有关。"林墨提高了声音。

"什么？"李贵明瞪大了眼睛，"什么与我有关？"

"她交代说，你早就想离婚，但又不舍得分一半财产，所以开始策划杀妻的计划，不过她多次劝你不要这样做，而你也答应了她。"林墨缓缓说道，注意到他脸色先是变得苍白，继而变成血红，"她根本就没想到你会在旅行途中对你老婆痛下杀手，所以这件事她是完全不知情的。这是她的口供，你还有什么可说的？"

李贵明似乎瞬间崩溃，突然脸色发青，怒吼道："不可能！绝对不可能！她在撒谎！她不是这样说的！她绝对不会出卖我的！"

他急促地喘息着，身体在颤抖。

"说！是不是你杀了田桂兰？"柯建国的情绪已经超越了愤怒，厉声呵斥道，"对结发妻子痛下杀手，对一个为你生过孩子的女人痛下杀手，你还是人吗？禽兽不如的东西！你就不配活在这个世界上！"

"是，是我杀了她！她太烦了！我早就想杀了她！"李贵明眼里陡然流露出一股恶气，"她太狠了！凭着手里握着我的出轨证据就想要挟我，说什么要是离婚，就把证据交给法院，到时候我一分钱都得不到！她就是个没有文化，没有脑子，从农村出来的土包子！要不是遇到我，这辈子恐怕还不知道在哪个山沟里过着面朝黄土背朝天的穷日子！没办法，我早就跟那个黄脸婆过不下去了，必须得想办法永远甩掉这个包袱。

"我在知道风口老街有个三十几年未破的妇女失踪案后，就策划了这次旅行，我要让她无声无息地从这个世界上消失，要让全世界都以为她的失踪跟'影子'有关……但没想到，你们警察比我想象中要聪明得多，居然趁着尸体还没完全腐烂之前就找到了……"

他红着眼，像一头恶狼，喉咙里发出汩汩的声音。

"既然全都被你们识破了，算我倒霉！"李贵明的情绪慢慢平复，"女人啊女人，她们可真是这个世界上最可恨，最心狠的动物！以前我不相信，但是现在明白了。我的人生，全毁在两个女人手里！

一个已经死了,另一个,也别想好好活着!

"那个臭女人,是她勾引我在先。我爱她,想要跟她过一辈子,为了她,我可以选择离婚,为了她,我也可以拿自己的命去赌一把。"李贵明眼里噙满泪水,镜片蒙上了一层薄薄的雾气,"但是我赌输了,我认栽。不过,她别想撇掉关系,在整件事情中,她也是谋划者,是她让我利用田桂兰要吃安眠药才能睡觉的习惯,在水里加入了大剂量的安眠药,也是她跟我说起'影子'的事,让我杀了田桂兰后把责任全推给'影子'。哈哈,她是策划人,我是执行者,你们说,到底谁的责任更大,谁才是真正的幕后主使?"

所有人在听了他的供述后,脊背发凉。

"说说你杀害田桂兰的过程吧。"

"那天晚上,我给矿泉水里加入了安眠药,她喝了之后就睡着了,睡得像个死猪,然后我又用枕头捂死了她,把她和矿泉水瓶装进事先准备好的麻袋,背到半山腰,原本打算直接丢进垃圾堆,没想到居然来了一辆转运垃圾的车。"李贵明重重地咽了口唾沫,"于是,我就把垃圾袋从山腰上推了下去,正好落在车上……"

在此之后,他们带李贵明重返犯罪现场,核实了他的话。韩师傅在得知这个情况后,几乎被吓个半死,而且还很疑惑当晚怎么没听见有东西滚落到车上,只能猜测是转运车噪声太大,把其他的声音都掩盖了。

"在你们相处的过程中,朱慧有没有向你提出另外的交易?比如说在轴承厂改制过程中,涉及裁员等方面的事情,她有没有让你帮忙?"柯建国问。

李贵明摘下眼镜,惨笑道:"你不说这个我还差点忘了。轴承厂正处在改制改革的关键时期,有百分之二十的人员会被裁员或者分流,那个臭女人担心会轮到自己,想让我帮忙把她调到办公室。现在想来，她就是一个没有文化，除了年轻，有点姿色之外，跟田桂兰没有任何区别的文盲，还妄想摆脱自己车间工人的身份，可笑吗？唉，其实真正可笑的人应该是我，她没有错，是我太笨了，被她蒙住了眼睛。不过，我完蛋了，她也好不了多少。我死之前，怎么也要拉她垫背。"

所有人在知道真相后，都舒了口气，但每个人的心情却更为沉重。

"这个案子，揭示的人性太黑暗了，如果不是亲身经历，怎敢想象这会真实发生在我们现实生活中？"柯建国哀叹道，"活了大半辈子，算是开了眼界。"

"夫妻一场，他怎么下得了手！"林墨愤然道，"太可悲了，本以为杀了结发妻子就可以跟情人双宿双飞，没承想到头来情人也跟他反目成仇，真是竹篮打水一场空啊！"

"夫妻本是同林鸟，大难临头各自飞，何况他们还不是夫妻！"柯建国一脸的惆怅。

"不过李贵明帮我们挖出了马少军，也算是立了一功。"冷彤说，"接下来，我们的精力该放在马少军身上了。"

"柯所，现在可以跟我说句实话了吧，朱慧真的把李贵明供出来了？"林墨问。柯建国笑道："兵不厌诈。朱慧只交代了两人偷情的事。是他自己做贼心虚，一个心里有鬼的人，而且两人的关系是建立在相互利用的基础之上，你觉得会有多牢靠？"

"厉害啊，果然是兵不厌诈，李贵明要是知道了真相，会不会扇自己几耳光？"林墨哈哈大笑。

孙荣廷没有食言，在田桂兰遇害案告破之后，特意摆了一桌，请风口派出所的三人吃饭。

"哇，八大碗？孙副局长，您这也太有诚意了，怎么好意思呀。"林墨看见满满一桌子菜，口水都快流出来了。

孙荣廷笑呵呵地说:"你们答应过我的事做到了,我答应过你们的事,当然也要做到。八大碗,给你们庆功,足以表达我的诚意了吧?"

"够了老孙,很久没吃过这八大碗了,今儿可得好好喝几杯。"柯建国又跟冷彤介绍,"知道什么叫八大碗吗?开吃之前,我得先给你科普科普。民间相传,八大碗是唐崖土司王用于招待文臣武将和尊贵客人的美味佳肴,就餐时摆八仙桌、坐八个客、吃八大碗,习俗流传至今。如今这八大碗,已经不稀奇了,普通人想吃也就能吃到,可平时又很少有人经常吃,知道为什么吗?因为分量太重,一两个人根本吃不完,所以三五成群的亲朋好友相聚才会点这个菜。"

冷彤突然说:"我爸跟我提起过这八大碗。"

"你爸?"林墨愣道,"你爸也来过老街?"

她的表情变得无比凝重,眼神游离,似乎有难言之隐。孙荣廷和柯建国对视了一眼,也全都缄默不言了。林墨不知道是不是自己说错了话,狐疑地看着大家,最后目光停留在柯建国脸上,打算向他寻求答案。

"冷彤,你爸的事,我很抱歉。"孙荣廷突然凝重地说道,此言一出,林墨更是纳闷。

冷彤微微一笑:"都过去的事了……"

"我知道你为什么会申请来到老街,你爸他把自己的鲜血洒在了这里,所以你回来,是为了继续沿着他的足迹前行。"孙荣廷叹息道,"这么多年过去,每次想到你爸,我这心里都还在痛。"

"是啊,他是英雄,当初如果不是为了救下那么多百姓的命,也不会……"柯建国幽幽地说,"冷彤,我们跟你爸不仅是战友,也是好友。他牺牲后,每年的清明节我们都会去看望他。"

本来活跃的气氛,因为这个话题而变得凝重起来。

"我爸以前每次出差，回去后都会跟我讲风口老街的趣事儿，有什么好玩的，有什么好吃的，还说以后有机会带我来这里玩。"冷彤面色平静，"还记得最后一次见他，他说案子很快就要破了，等案子破了之后，就带我来老街看看的。可没想到，我等来的却是他牺牲的消息。"

林墨渐渐听明白了他们的谈话，看着冷彤，本来以为已经很了解她了，现在才知道，自己对她的了解根本还停留在表面上。

孙荣廷端起酒杯，说："我们一起来为英雄举杯。"

酒下肚，浓浓的酒香穿透肠胃，直达心底。

"兄弟，虽然你走了，但你的女儿继承了你的遗志，现在我们又成了并肩作战的战友。"柯建国满脸欣慰，"放心吧，我们会抓捕更多的罪犯，完成你未来得及完成的事业。你在泉下有知，也会替我们、替你女儿高兴的吧。"

他们其实都没喝多少，至少都没醉。散场之后，林墨和冷彤走在冷清的老街上，踏着清月，朝着心安的归处而去。

"我知道你满肚子的疑问，有什么想问的只管问吧，今晚我开心，全都告诉你。"冷彤抬头望着明月，"我爸就曾跟我说，老街的月亮比别处都要圆，都要亮，现在我才真的体会到了。"

林墨看了一眼皎洁的月亮，问："你爸也是警察？"

她点了点头，说："要不是我爸，我也许不会当警察。"

"可以告诉我，当年发生了什么事吗？"

"五年前，一次跨省缉毒任务，毒贩占领了一个小村子，在村里装了土制的炸弹，我爸他为了掩护村民撤退，最后没能出来……"冷彤在谈起这件事的时候，语气听上去似乎很轻松，"最后那伙毒贩都被剿灭了，但那也是我爸最后一次执行任务。他牺牲后，我来老街接他回去，当时就发誓，将来一定要照着我爸的足迹走下去，所以我就来了。"

林墨心底仿佛有一股热流在放纵奔流，忍不住赞叹道："怪不得你也那么厉害，果真是虎父无犬女啊。"

"我爸他这辈子挺值的。他破获的大案要案，得到的荣誉和奖章，都足够陈列一个小小的展览室了。"冷彤开心地说，"我希望自己也能向他看齐，虽然我知道自己比他差得太远，但我会努力的。"

二人的步伐很慢，短短的一段路，却感觉走了很久。

"接下来马少军的案子，你有什么想法？"冷彤问道。林墨说："我已经查阅了他的档案，马少军这个人的家庭背景挺简单的，今年四十七岁，从小在老街出生、长大，然后开了家照相馆养家糊口。他父母很早就过世了，二十五岁结婚，但没有孩子。"

"二十五岁结婚，现年四十七岁，为什么没有孩子？"冷彤问。

"这个还真不清楚。"林墨说，"你去照相馆的时候，从来没见过他老婆？"

她摇头道："我一直以为他是单身。"

"也对，这个人看起来比实际年龄要年轻很多，很难看出已经是四十多岁的人了。"林墨说，"我有个不成熟的想法，也许会是突破口。"

"干我们这一行的，就是要大胆怀疑，小心求证，没什么想法是成熟不成熟的，说出来听听。"

林墨点点头，继续说道："发生在老街最近的两起失踪案，一起是欧阳萱，一起是胡艳梅，这两人都是女孩，而且未婚，我觉得只要是女孩子，大凡都喜欢照相，对吧？"

冷彤没作声。

"也许你不喜欢，所以我才说我的想法可能不太成熟……"

"没关系，继续说吧。"

"她们来老街玩，会不会想要留下一张照片作为纪念？"林墨道，"如果是这样，老街上唯一的照相馆应该就是她们可能要去的地方。"

"你的意思是如果我们核实到失踪者生前都去过'七月照相馆'，那马少军的嫌疑就更大了？"冷彤若有所思，"欧阳萱之前有跟你提起过想要照相的事儿吗？"

林墨道："倒是没有。她是学美术的，我记得她跟我说过一句话，照片再美，也没有灵魂，所以她展现和留住美的方式，往往都是通过自己的画笔。"

"这样的话，你这个思路，只能放在胡艳梅身上试试了。"冷彤说，"明天吧，明天上班后先联系胡艳梅的家人。"

"好，这件事交给我。"林墨应道。

"有个问题我也一直想问你，为什么喜欢转笔，有那么好玩吗？"

林墨无奈地笑道："不是因为好玩，而是成为了一种习惯，就像喜欢抽烟喝酒一样，很难戒掉的。我上网查了，有人说是强迫症，要想戒掉，必须去看心理医生。"

"那为什么不去看医生？"

"我没觉得这个习惯有多大问题，至少不影响我的生活。"林墨笑着说，"虽然有时候会让你觉得碍眼。"

"既然是病，那就要治呀。"

林墨点了点头，又说道："哎，冷副队长，作为闲聊，有个问题我也一直想问你，但你得先跟我保证不发脾气，不揍人。"

"你就这么怕挨揍？我也不是什么人都揍的。"

"唉，我现在一看到你，就想起那天你暴打疤脸男的情景……"

冷彤笑了："知道就好，以后少招惹我，少挨揍。"

"那我可就问了。"林墨似乎鼓起很大勇气才说，"你今年都二十九岁了,为什么还单着?"

"真的想挨揍吧……你敢调查我?"冷彤果然露出生气的表情,他忙解释:"不是故意调查,是无意中看到了你的资料。"

"二十九怎么啦,很老吗?"

"也不是,就是觉得奇怪。"林墨笑嘻嘻地说,"二十九岁,虽然不是很老,但也不年轻了!"

冷彤做出要动手的样子,林墨立即被吓得小跑了几步,然后大声喊道:"冷副队长,马上就三十岁,你还不承认自己老了吗?赶紧找人嫁了吧。"

林墨几乎每天晚上都会给欧阳萱的手机打电话,但一直无法打通。今晚上他又睡不着了,翻出她的照片,一张一张地看,一张一张地回忆,然后在心里问她:"你有去过'七月照相馆'吗?"

就在这时,陈佳丽突然给他发了一条短信,问他睡了没有。

"正要睡觉,有什么事吗?"他回道。

"想请你帮个忙。"

"说吧。"

"明天有空吗?"

"明天可能很忙,有新的案子。"

"我保证只占用你一点点时间。"

林墨拿着手机,不知道她到底想干什么,她又发了新的信息:"明天下班后,我想见见你。"

"有什么事不能在电话里说吗?"

"明天下班的时候,你来医院门口接我,我再告诉你。好了,晚安。"

林墨把她发来的信息又看了一遍,无奈地叹息了一声。

林墨在上午十点左右打通了胡艳梅母亲的电话,老人在电话那头听见女儿的案子还在继续调查之中,说了很多感谢的话。

"我知道艳梅可能已经不在了。警察同志,求求你们帮我找到她,我不能让艳梅做个孤魂野鬼,想把她带回家来安葬。"

林墨听到这个哭泣沙哑的声音,再次想起欧阳萱的母亲,心碎了一地。他安慰了老母亲几句,才言归正传。

"您女儿平时喜欢照相吗?"

"喜欢呀,她从小就特别爱美,家里有许多去照相馆照的照片。长大后,手机里也全都是她自己的照片。"老母亲哽咽着说,"她出事之后,我想她的时候,就只能翻翻她的照片……"

林墨感同身受,他想念欧阳萱的时候,何尝不是只能翻翻她的照片。

"您记不记得您女儿到清江县之后,有跟您提过拍照和照相馆之类的话吗?"

对方沉默了几秒钟,回复道:"还真有,那时候她好像说在什么老街上玩,景色可好了,然后还说可惜老街上没有照相馆,想把拍的照片全都冲洗出来。"

林墨一阵兴奋,继续追问:"您确定她提过要冲洗照片的事?"

"是呀,她在电话里很开心,说拍了好多好看的照片,但在老街上一时半会儿没有找到可以冲洗照片的地方。"

林墨又惊又喜,没想到自己的猜想这么快便得到印证。

他激动地把这个结果告诉冷彤时,冷彤倒是显得十分平静,只说了一句话:"立即全力展开对马少军的调查。"

"目前还不清楚他老婆是否人在老街,我打算先摸摸这两口子的底细。"林墨说。冷彤道:"主要是为什么结婚这么多年一直没有孩子，不想要，还是不能要？"

"对，夫妻俩的感情状况，绝对可能导致非常极端的后果，比如李贵明。"

冷彤感慨道："你不是问我为什么还不结婚？我现在告诉你答案。一场不好的婚姻，足以毁掉两个人的一生，如果遇不到对的人，还不如一直单着。"

林墨笑道："感悟很深呀，看样子是有故事的人。"

冷彤眼前浮现出一个人，但那个人的面容已经在她心里变得非常模糊。那是她的初恋，也是她唯一爱过的人，但很早以前就分开了。

"聊什么呢？"柯建国早上一直没来，一进门，脸上就写满了喜气。

"柯所，您这一大早干什么去了？该不会是昨晚喝了点酒，这个点儿才醒吧？"林墨看了一眼时间，"都快中午了，您要是再不来，我打算去您家敲门了。"

"敲什么门，你什么时候看我醉过？"柯建国笑着说，"上午去局里开会，领导把我们所大力表扬了一番，今年全县的基层先进所，咱们所是稳了。"

"我还以为什么喜事呢。"林墨满不在乎，柯建国却说："你还记得去年年底开总结会的时候，咱们辖区因为案发率高、结案率低，不仅没能评上先进所，还被领导在会上点名批评。我当着领导的面说今年一定要摘帽。但现在还没到年底，已经得到肯定，我能不高兴吗？"

"恭喜您啊柯所。"冷彤笑着说道，"先进所的所长。"

"别开我的玩笑，那还得感谢你的支援，要是光靠我跟林墨，哪能在短短半年时间里就破了几起大案？"柯建国啧啧地说道，"你父亲也曾在咱们所里工作过一段时间，当时这里是作为前线指挥部，现在你追随父志,一来就帮我们连破大案,你们父女俩可真是咱们所的贵人。"

"可惜上面安排的两个案子,目前全都没有头绪,我这还在头痛,下周回去开会的时候,该怎么汇报呀。"冷彤苦笑道,"我跟领导请假,但领导不批,还说有省厅的领导要听取汇报,头都大了。"

"你回去跟领导说,饭要一口一口地吃,不然会肚子痛。要破案子,总不能想当然吧。"林墨给冷彤支招,"你还得要让领导放心,这两个案子一定会破,要是不破,你就待在咱们这儿不回去了。"

这话把柯建国惹笑了,说道:"你小子这馊主意好是好,冷彤要是想留下来,我立马去给领导申请批条子,但是案子是必须要破的,而且要快。对了,我刚才在门口好像听见你们在聊马少军,有新的发现?"

林墨把情况进行了简单汇报,然后问他是否知道马少军老婆的去向。

"这还不简单吗?我让居委会的查一查不就清楚了。"柯建国说着就打了个电话,果不其然,居委会的负责人对马少军的情况一清二楚,"他老婆叫吴玉莲,长期在外打工,每年春节的时候才回来。"

"一个四十多岁的男人,常年独居,无人打扰,符合作案的条件。"林墨说道,"没想到李贵明的随口一说还真帮了我们大忙。"

"你们接下来打算怎么办?"柯建国问,"继续监视,还是暗中调查?"

"当然得把他查个底朝天。"林墨说。

"怎么查?就这么跑到他面前说我要查你?"

"这个嘛,一时还没想到。"

沉默中的冷彤开口了:"马少军照相的技术确实不赖,他可以以此作为掩护接近目标,这样就没人会注意到他。他在给人照相的时候，无意中便拉近了关系，让被害者对他放松警惕……"

"还有一点，我们必须注意。"柯建国说，"根据以往我们掌握的情况，'影子'作案有他自己的规律，在第一次'严打'之后的半年到一年内，没有发生过妇女失踪案，也就是说，'影子'会在这段时间内暂停作案。那么，为什么第二次'严打'开始之后，又连续出现过两起妇女失踪案？"

"您的意思是，这两起失踪案，不是'影子'干的？"冷彤觉得仅凭作案的时间点，就作出这个判断是不科学的。

柯建国说："我也没说绝对，但是我们可以朝着这个方向去查一查。"

"我觉得柯所有道理。三十多年来，发生了这么多起未破的妇女失踪案，真不一定全是'影子'干的，之前在办郭庆海的案子的时候我们也说过，其中很可能存在模仿作案。"林墨说道，"谁能保证马少军不是其中一个？"

"行，反正马少军这个人是要查的，我们暂时不下结论，等查清楚就真相大白了。"冷彤站了起来，"柯所，我要一九九六年'严打'开始之后两起妇女失踪案的所有资料。"

周燕荣，女，失踪时二十一岁，陕西安康人，于一九九七年五月，在风口老街附近失踪。

李茉，女，失踪时二十六岁，湖北咸宁人，于一九九七年十二月，在风口老街附近失踪。

冷彤将二人的资料看了好多遍，发现她们和欧阳萱、胡艳梅的失踪情况有一个相似之处。

"四人全都是来老街旅游的外地人。"她说的这个情况其实并不新鲜，"马上联系她们的家人，重点询问有没有提起过与照相馆有关的情况。"

快下班时，林墨刚收拾好办公桌，打算出去吃点东西，突然又收到陈佳丽的短信，让他别忘了下午去医院门口接她。要不是这条短信，他还真忘了陈佳丽的约定。林墨在不清楚陈佳丽到底想干什么的情况下，实在不愿意前往，但又担心她真有事找他，这才极不情愿地骑上小摩托，踩着下班时间来到了医院门口。

陈佳丽也是刚从医院出来，老远就冲他挥手，他把摩托车停在她面前，她有些腼腆，但很开心地说："你来啦！"

"你这么急着叫我来，有事吗？"

她左右看了一眼，突然上来搂住他胳膊，然后上车："快走，我带你去个地方。"

林墨顺着她的目光，看到了一个熟悉的人，那是一直在追求陈佳丽的医生吴建云。吴建云在门口看到陈佳丽上了林墨的车，像被定住了一样，很久都挪不开脚步。

林墨骑车带着陈佳丽离开医院很远之后才停下来。陈佳丽途中一直看着他的后脑勺，脸上露出傻子一般的笑容。她在想一些甜蜜的事儿，差点没笑出声。

"怎么停下来了？"陈佳丽慌忙收敛了笑容。

"你不是要带我去个地方吗？"

"哦，对对，有个地方的饭可好吃了，上次跟同事们去过，所以今天想带你去。"她在说这话的时候，眼睛看向地上。

林墨却不是傻子，早就看穿了她的把戏，但为了不让她太过于难堪，所以才略微严肃地说："陈医生，其实我明白你叫我过来的意思，吴医生人挺好的，你为什么不给他机会？"

陈佳丽心里有鬼，又被人一眼看穿，脸颊有些烫，更加不敢看他的眼睛，但坦诚道："我让你过来，只是为了让你帮帮我。"

"就算你不喜欢他,也可以跟他明说,让他死心,拿我当挡箭牌是不是有点……"

"不不不,林警官,你别误会,其实我已经跟他说清楚了。我对他一点感觉都没有,让他别再白费力气,可他不听,这两天更离谱,下班的时候非要送我回家,我没有办法,才让你来接我,也好让他死心。"

林墨迟疑了一下,问道:"我今天可以接你,但以后怎么办?他照样可以每天都缠着你。"

"所以我、我才跟他说我有男朋友了!"陈佳丽支吾道,"我今天故意叫你来接我,就是为了让他看看……"

林墨这下算是彻底明白了,陈佳丽居然公然跟人说他是她男朋友,当即便有些恼火,但他强忍住,憋了一口气才说:"陈医生,你这样做,我觉得根本不是办法。首先,我有女朋友,其次,吴医生早晚会知道真相。"

"我不在乎他知不知道真相,也不管你有没有女朋友。我喜欢你,想让你做我的男朋友,想跟你永远在一起。"陈佳丽突然抬高了声音,"欧阳萱已经失踪了很久,她不会再回来了,你已经尽力了。"

"你……"林墨一听这话,顿时怒火中烧,差点没忍住给她一巴掌,但他极力控制了自己快要喷射而出的火焰,冷冷地说,"欧阳萱她只是暂时失踪,她还活着,我一定会找到她,她早晚会回来的。"

"那天,你在街上抱着我的时候,我以为你终于打算接纳我,但没想到你只是认错人,把我错认成了欧阳萱。那一刻,你知道我有多痛,多绝望吗?"陈佳丽红着眼睛,突然抓住了他的手,又问道,"我那么爱你,你为什么不能给我机会?我到底哪里比不上欧阳萱,你为什么就不能放下过往,重新开始新的生活?"

"没有她,我的生活早就一塌糊涂;没有她,我的生命也早就定格在了她失踪的那一刻。"林墨用力推开她,看着远方的山峦,夕阳正在山头下坠,像一个巨大的火球,"陈医生,其实我早就明白你的心意,但我的心太小,这辈子已经有了她,心里便再也装不下别人。"

陈佳丽扭过头去,嘤嘤地哭起来。林墨最看不得女孩子哭,一下子便心软了,想安慰她,却又不知该说什么才好。

过了许久,陈佳丽擦去泪水,转身看着他,脸上浮现出一丝凄厉的笑容,淡淡地说道:"林警官,我知道该怎么做了,以后再也不会见你。"

她转身欲走,林墨叫住了她:"陈医生,你很好,也很优秀,其实是我配不上你,应该有更好的人来爱你,来保护你。"他的话似乎让陈佳丽的心情稍微好转,她挤出一丝笑容说:"那你给我介绍适合我的呀。"

"你身边的男孩子那么优秀,就算你不喜欢吴建云,也可以考虑考虑别人。"林墨见她笑了,也终于松了口气,如释重负。

陈佳丽靠在他摩托车后座上,看到夕阳消失在群山背后,叹息道:"我知道吴医生不错,对我也是认真的,可我就是对他没感觉,你说要是和一个没感觉的人长时间相处,如果还要结婚,还要一起过往后半生,她能幸福吗?"

林墨不置可否地笑了起来,然后说道:"饿了吧?我请你吃饭。"

"不用了,你送我回去就成。"

林墨看到她脸上虽然流淌着灿烂的笑容,却感觉到了这个姑娘深藏在内心里的忧伤,好像这夕阳一般,就在他拒绝她的那一瞬间,已经缓缓跌入黑暗。

第十三章　贩卖色情光碟的男子

犯了罪的人，即使舌头僵住了，也会不打自招的。

——莎士比亚

晨风吹过，遍野苍凉。

一大早，居民刘晓英便来到老街附近的一亩三分地里锄草，准备种上黄瓜和四季豆。她扛着锄头，行走在狭窄的田坎上，迎着凉风，想起在外务工的丈夫下周就要回来，心情格外舒畅。

突然间，她好像看到一个人，那人躺在不远处的田地里，一动不动，好像睡着了。她走近去，才看清那人蒙着头。

"大清早的，怎么会有人睡在这儿？"她心想这人可能是喝了酒，但再一细看，却发现是个女人，顿时就感觉不对劲，有些心慌，于是撩开蒙在脸上的衣服，随即被吓得尖叫起来，双腿一软，瘫坐在地。

一具女尸，面色苍白，死不瞑目地望着灰暗的天空。

柯建国被报案的电话惊醒，还以为自己在做梦，但很快便意识到发生了什么，边往外冲边打电话给林墨和冷彤，然后又向县公安局作了汇报，这才风风火火地赶到现场。

死者仰卧在田间，全身的衣物被撕扯得七零八落，没有一处是完整的。在尸体边上，还躺着两只红色的高跟鞋。像血一样红，让人瘆得慌。

技术人员在现场做初步尸检的时候，林墨他们也在外围勘查现场。

"太惨了！"柯建国双手叉腰，仰望着远方即将升起来的太阳，"太残忍了，不逮住那个畜生，我誓不罢休。"

林墨看着尸体，心里也是沉甸甸的。他其实不敢再多看一眼尸体，因为不敢想象遇害者到底经历了怎样的恐惧。

附近的群众已经将现场围了个水泄不通，最早赶来看热闹的人把脚印踩得到处都是，导致技术人员完全没法提取完整的脚印。

"又是一起！"冷彤恨得咬牙切齿，眼神犀利地扫视着围观的群众。她突然有一种非常强烈的感觉，凶手很有可能就隐藏在人群之中，这会儿或许正骄傲地欣赏着自己的杰作。可是，她没发现可疑的人，每一张面孔都显示自己是无辜的。

经过现场尸检推测，死者三十岁左右。

"现场没有拖移的痕迹，说明这就是第一现场。根据死者颈部有环形表皮脱落，球睑结膜有出血点，舌骨大角折断，食道后壁及喉管也伴随出血情况，可以认定为他杀，系由他人勒住死者颈部，造成机械性窒息死亡。"柯建国带回来的尸检报告显示，死者生前曾与犯罪分子有过激烈搏斗，而且阴道有撕裂伤，可以认定被强奸过。

"死者身上没有任何可以证明身份的证件，也没有现金和金银首饰之类的东西，说明凶手非常狡猾，他以为这样可以拖延警方取证；选择在既能隐蔽又便于逃匿的风口老街，说明罪犯非常熟悉现场环境，不排除是当地人作案。"冷彤分析道，"当务之急，要尽快确定遇害人的身份信息，这是案件的突破口。"

县公安局通过报纸、电视、网络发布了寻人信息，公布了受害人的照片，没想到很快就收到宜昌市公安局的反馈。

"死者名叫何秋竹，现年二十九岁，宜昌市秭归县人。据她家人反映,何秋竹于两天前和丈夫吵架,然后离家出走,电话关机。"柯建国满脸阴沉,"秭归县公安局已经对她丈夫进行调查,其一直在家没有外出,可以排除作案嫌疑。"

"秭归县到老街,坐车至少需要八个小时,说远不远,说近也不近。何秋竹跟丈夫吵架后离家出走,只身一人来到风口老街,难道只是为了旅游散心?"冷彤眉头紧锁,像是在自言自语。

柯建国却说:"何秋竹的丈夫从来没听说过她有出门旅游的想法,以前夫妻俩也没有出过远门,去过最远的地方就是宜昌城区。"

"林墨,你那边联系的受害人有什么情况?"冷彤问道。

"我正要报告这件事。"林墨说,"两名死者生前没有跟家人提起过照相馆之类的事情。"

冷彤无言地摇了摇头,陷入沉思。

"我的想法是这样,冷彤继续盯着马少军那边,我和林墨把主要精力放在何秋竹的案子上。"柯建国吩咐道,"咱们两头并进,看看能否找到交叉点。"

林墨骑着摩托车来到四季旅社门口,还没进门,便听到屋里传来犬吠声,紧接着刘华安便迎了出来,笑哈哈地说:"我还以为有客人来住宿,没想到是林警官,今儿不忙吗?很久没见了,什么风把你吹来了?"

"看起来您这生意不错呀。"林墨打趣道,"喜形于色,您的开心劲儿全写在脸上了。"

"勉强过得去,有口热饭吃就行。"刘华安把他迎进屋里,泡好了茶,然后兴奋地说,"你来得正好,有好东西招待你。"

"又赶山去了?"

"没事的时候就进山去转转,运气好总会有收获的,主要是客人喜欢这些野味。"刘华安一脸笑意，"对了，上次那案子破了吗？"

"什么案子？"

"就是有人赶山时放枪的事儿。"

林墨摇头道："没信儿。"

"我这几次上山的时候，特意帮你看了看，也没什么发现。"刘华安道，"不说这个了，你跟我进来。"

被宰杀的野猪已经被大卸八块，血凝固了，应该死了好几天。

"这么大个家伙，您一个人怎么弄回来的。"林墨很惊讶，看起来怎么也得有两百来斤。

刘华安自豪地说："这个不算大的，以前还逮到过四百多斤的呢！"

"逮这家伙也要用下套的法子？"

"下套是一方面，最主要还是要用电网，把电网装在陷阱里，这家伙一掉进去，再怎么折腾也没用了。"

林墨说："那可得小心一点，别电着人。"风口老街附近的山上，近年来不知为何突然多了不少野猪，经常下山伤人，所以政府鼓励村民猎杀野猪。林墨是知道这个条令的，所以只是叮嘱他注意人身安全。

"对了，你来找我，是有正事儿吧？"刘华安问道。

"是，无事不登三宝殿。"林墨喝了口茶，"这两天住宿的客人中，有个叫何秋竹的女人吗？"

刘华安想了想，说："好像没这个人。"

"您不去翻翻登记册？"

"不用，每天就那么几个人住店，我还能忘记？"刘华安说完这话，突然神神秘秘地问道，"你是不是因为昨天早上的杀人案才来找我？这个何秋竹，是不是就是死者？"

林墨讪笑道:"看来什么都瞒不过您。"

"这老街都传遍了,我能不知道嘛。"刘华安说,"有人亲眼看到了死者,可惨啦。"

"是啊,又死了一个。"林墨心痛地说,"没有一点线索,我们整天只能像无头苍蝇到处乱窜。"

"别急呀,这破案子又不是吃饭那么简单,得慢慢来,我相信你能行的。"刘华安笑着安慰道,"你们警察破案,其实就跟我们赶山一样,一开始也不知道猎物什么时候来,所以得先找到足迹,然后再循着它的足迹布网,等你布好网,剩下的事情就要静得下心等待,只要有足够的耐性,猎物就一定会上钩。"

"还蛮有道理的。"林墨苦笑道,"每次过来跟您说说话,都感觉获益不少。"

"那以后就常来,叔平时一个人,也没人跟我说话。你有空就过来,叔这里虽然条件不怎么好,但有酒有肉。"

"哎呀,经常来蹭吃蹭喝,时间久了,您以后一看到我,就会很烦,唯恐避之不及。"

"你这是什么话,叔是那种人吗?咱们叔侄俩投缘,跟投缘的人在一块儿喝大酒,那可是叔最乐意的事。"刘华安说,"你先坐会儿,我去炒两个菜,待会儿咱们喝几盅。"

"不了,叔,今天是真的不成,案子太棘手了,下次吧,下次我过来前先给您打电话。"

"这样啊,那行吧,工作要紧,叔就不强留你了。下次过来,一定要提前打电话。"刘华安把他送到门口,他挥了挥手说:"走了!"

"慢点骑车!"刘华安目送着他骑车远去,大声叮嘱道。

冷彤原本打算去"七月照相馆",借照相的机会接近马少军,没想到突然接到县公安局电话，说沈亚军要见她。

她很惊讶，沈亚军为什么突然要见她？他被自己亲手抓到，按照时间推算，这个日子应该快要移送检察机关了。

沈亚军眼圈乌黑，看来日子并不好过。他见到冷彤后，显得非常客气。

"你的案子，事实已经很清楚，这个时候找我还能有什么事？"冷彤问道，"我了解了一下，你售卖淫秽色情光碟，数量多达五百张，按照相关法律规定，三年以上十年以下。"

沈亚军忙不迭地点头，哭丧着脸说："冷警官，我知道自己犯的罪，但我有非常重要的事情举报。"

"有情况举报，为什么非要找我来？"

"我跟他们说了，但他们不理我呀，还说我的犯罪事实已经很清楚，至于谁买了我的光碟，因为客户流动性大，很难追究。"沈亚军一脸沮丧，"你是不清楚，那个买家第一次从我手里就买走了十张光碟，之后又陆续买走了将近三十张。我见他是大客户，就把他引到了我住的地方，你猜他怎么说？"

冷彤听他这么一说，倒是真觉得事情不简单。

"他跟我打听拿光碟的渠道，还想跟我一起做。"沈亚军说，"我当时还挺开心，想着答应跟他合作，然后等有机会就把他的钱卷走，谁知他根本就不想出一分钱，尽想着空手套白狼。后来我问他之前买的光碟是不是拿去卖了，他说全都是自己看，还说有收藏色情光碟的爱好。我还以为他在跟我开玩笑，谁知有一次，他给我看了一张手机里面的照片，我才相信他的话，满屋子的墙上全都挂满了色情光碟，用绳子挨个儿串起来。你说，哪有人像他那样的，完全就是变态嘛。"

冷彤也觉得这件事太奇怪，问道："他是老街的人吗？"

"好像是，但又不确定，他没带我去过他住的地方。"

"他长什么样子总该记得吧？"

"当然，我们见过面的。"沈亚军说到这里，突然停了下来。

"怎么不说话了？"

"冷警官，我给你透露了这个情况，如果你们逮到那个变态，能不能帮我求情，少判我几年。"

冷彤早就明白他的意思，于是说道："只要你提供的情况对我们有用，或者说根据你提供的线索抓到人，当然可以给你求情。"

"那就好，那就好……"沈亚军眉开眼笑，"还是您够意思，之前我都没机会跟他们说这么多。我知道自己贩卖色情光碟很丢人，他们都认为我很龌龊，所以才不愿意给我机会，希望我多判几年。您放心，进了监狱我一定好好改造，出来争取做个好人。"

"行了，说吧，那人叫什么，长什么样子？"

"我们相互之间都不说真名，这是合作的大忌。"沈亚军深吸了一口气，"那人身高一米七零左右，看起来挺瘦的，我还跟他开玩笑，让他以后少看点色情光碟，别把身体给整垮了。"

"还有别的特征吗？"

"别的特征……哦，对了，他的穿着还挺讲究，有点不像是老街的人。还有，留着两撇小胡子。"

冷彤听到"小胡子"三个字时，一个人影瞬间窜入了她脑子，顿时像是吃了兴奋剂，激动地问道："他的脸是不是也很瘦，尤其是嘴角两边的线条很深？"

沈亚军瞪着眼睛，连连说道："对呀，就是这个样子，您见过他？"

"沈亚军，你帮了我大忙，你的案子，我会向法官求情的。"冷彤说话间，已经起身急急忙忙走向门口。在回所里的路上，她已经按捺不住内心的喜悦，给柯建国和林墨提前打了电话，让二人哪里都不要去，就在所里等她。

她做梦都没想到一个卖色情光碟的罪犯，居然提供了这么重要的线索，顿时脚下生风，像踩了风火轮一般，很快就回到了派出所。

"冷彤，看你满头大汗，什么事这么急呀？"柯建国正在慢条斯理地喝茶。

她没看到林墨，正要问他人在哪儿时，他突然就从背后闯了进来。

"有个好消息……"她急于把这个情况进行通报，说话像冲锋枪一样直突突。

柯建国闻言，猛拍桌子，大声说道："太好了，看来我们没搞错，这个马少军果然有问题。"

"是不是马上可以抓人？"林墨攒着一股劲，问道。

"等等，我们现在只能以买卖色情光碟为由带他回来，要不要再多一些证据？"柯建国拦住林墨，林墨却说道："把人先带回来，然后我们突击搜查他的照相馆，一定会有收获。"

"对，我也是这个意思。马少军非常狡猾，加上上次就找他谈过话，我担心他嗅到什么味道。"冷彤也赞同林墨的做法，柯建国沉吟了一下，说："行，就依你们说的，先把人带回来再说。"

柯建国亲自带队，拉着警笛，一路上风风火火，很快就到了"七月照相馆"。

马少军正在忙着，听见警笛声在门口停下，刚放下手头的活儿，就见柯建国带着林墨和冷彤闯了进来。他不慌不忙地审视着三人，问道："请问几位警官，照相吗？"

柯建国微微一笑，严肃地说："马少军，我们是风口老街派出所的，之前已经见过面，请跟我们走一趟。"

马少军满脸狐疑地问道："还是上次的案子？人不是已经抓了吗？"

"跟我们走就是了，具体有什么问题，回去再跟你好好解释。"柯建国打开车门，"上车吧。"

"那我先跟客人打声招呼。"马少军冲几位还没来得及照相的客人说，"不好意思各位，今天有点事要处理，不能做生意了，让你们白跑了一趟，明天再来吧，我给你们打折。"

三人在门外等着，他利利索索地关了门，然后上车。

警车呼啸着从老街穿过，迎来无数路人瞩目的眼光。

马少军很平静，从上车开始直到所里就没再说过一句话。

"这个地方既然你已经来过，不用我再多介绍了。"柯建国开门见山，"这次带你回来，还有个案子需要你配合调查。"

"我很好奇，为什么你们需要调查的案子，都会找我回来配合，难道都跟我有关系？"马少军仰着脸，眼睛像长在额头上，满脸笑容地仰视着面前的三人。

"说说你跟你老婆之间的事吧。"冷彤此言一出，马少军立马直起腰杆问道："我老婆她怎么了？你们找我来，是不是她出什么事了？"

"问你什么就回答什么。"柯建国敲着桌子，"回答刚才的问题。"

马少军也许明显感觉到这次的配合调查跟上次问话的态度完全不同，所以微微收敛了态度，缓缓地说："我老婆这些年一直在外务工，我们每年春节才能见上一面，平时也很少联系。"

"她知道你的事吗？"冷彤不想跟他绕弯子，所以决定直截了当，打算一击毙命。

马少军一时间没反应过来，疑惑地问："我的事，我的什么事？"

"别装了，你老婆常年不在家，所以你孤身一人，为了排解寂寞，私下里做了不少见不得光的事吧？"林墨适时地抛出了这个话题，马少军愣了愣，突然笑了起来，然后恍然大悟似的说："原来你们找我过来问话，是因为这件事呀。对，我因为老婆常年不在身边，所以无聊时买过一些色情光碟，这个顶多算是作风不良吧？"

"不久前，我们抓了一个兜售色情光碟的人，他叫沈亚军。沈亚军供述，有个男子曾经跟他买过很多色情光碟，而且还打算跟他长期合作。根据沈亚军的形容，这个人应该就是你。"冷彤在说这话的时候，发现马少军的面部微微抽搐了一下，但他又咧嘴笑了起来，然后抽了抽鼻子说道："对，我承认你们刚才说的那些事，但我们不是没能合作嘛，如果你们还想继续追究我购买色情光碟的事情，多少我都认罚。"

"不急，你先看看这个！"冷彤把从沈亚军手机里拷贝过来的照片亮了出来，马少军只匆匆瞟了一眼，便若无其事地转移了目光。

"这个是你拍给沈亚军的吧？"柯建国问。

马少军没有否认，但又觍着脸说道："我错了，以后再也不干那些龌龊事了。我认罚，罚多少都行。我保证回去就把所有的光碟都处理掉……"

"行啊，你认罚就行，但是处理光碟的事就不用你亲自动手了。"柯建国说，"你现在就带我们去你收藏光碟的地方，我们需要将那些光碟带回来留作证物。"

马少军一听这话，立即变得面如死灰，嘴唇颤抖着说道："不用，不用麻烦你们，我马上交罚款，回去就亲自处理。"

"马少军，你是真听不懂话吗？老实点，光碟在什么地方？"林墨厉声质问，"不过就算你不带我们去，我们也能找到！"

马少军站了起来，但差点没站稳，摇摇晃晃地上了警车。他耷拉着脑袋，面如死灰，此时的表情跟刚来时大不一样。

林墨看了他一眼，带着戏谑的口吻说："马老板，不就是处理几张光碟嘛，你是买家，又不是卖家，顶多罚点钱，再不济就是拘留十五日，到时候出来照常做生意，没什么大不了的，没必要把气氛搞得这么紧张吧？"

冷彤在前面听了这话，嫣然一笑。而马少军，脸色却更加难看。

很快就到了"七月照相馆"的门口，马少军在下车的时候，腿肚子还在颤抖，仰望着招牌，似乎再也挪不动腿。

"把门打开吧！"林墨提醒道，马少军这才颤抖着掏出钥匙，但尝试了好几次才插进锁孔。

"是你领我们去，还是我们自己去找？"柯建国严肃地问道，马少军的目光慢慢悠悠地转向楼上。林墨和冷彤会意，径直奔向楼梯，然后挨个儿打开门搜索起来，但没发现任何异常，直到搜到最后一扇门前，发现门上挂着一把崭新的铁锁。

马少军被叫到二楼，当他看到那扇上锁的门时，迟疑了好一会儿才极不情愿地交出钥匙。

房内很黑，没有窗户，伸手不见五指。

林墨在黑暗中寻到了开关，是那种老式的拉扯式的开关，但即使开了灯，微弱的红色灯光依然没能让屋子亮堂起来。不过，昏暗的灯光下，瞬间映入眼帘的是那些挂满了两面墙壁的色情光碟，还有贴满了另外一面墙壁的色情图画，全都不堪入目，让林墨和冷彤吃惊不小。

其中有一张非常醒目的光碟，名字就叫做"七月照相馆"。冷彤盯着那张光碟看了半天，陡然明白了"七月照相馆"这个名字的由来。

"要不你先出去吧，我来处理。"林墨提醒冷彤，冷彤却道："这是工作，你是不是想多了？"

林墨无奈地笑了笑，说："你没事就行。"

可就在这时候，外面突然传来一声怒吼，二人慌忙奔出门去，只见马少军趴在地上，正在使劲挣扎。柯建国则压在他身上，然后给他戴上了手铐，嘴里还说着："当我年纪大好欺负？看我不摔死你。"

林墨和冷彤将马少军抓起来，马少军像野兽一样冲着他们怒吼，却被林墨一把抓住他脸颊，冷冷地问道："现在知道害怕了吗？"

这间暗房，是马少军冲洗照片的地方，同时也是他观看色情电影的秘密场所。林墨和冷彤把所有照片都搜了出来，突然就发现好几张面熟的女人的照片。

"周燕荣、李茉！"冷彤脱口而出，"周雅芳、陈玉！"

对这几个名字，林墨早已烂熟于心，全都是这几年失踪的部分妇女。

但是，他很快就变得紧张起来，又将所有照片快速翻了一遍，却没找到欧阳萱。他双手撑在桌上，冷彤感觉他在颤抖，于是按住他的肩膀，低声安慰道："也许，并不是坏事！"

林墨却没忍住，疯了似的冲到马少军面前，死死地掐住他脖子，怒吼道："你这个混蛋，我要杀了你。"

马少军被掐得几乎窒息，吐着舌头，眼睛血红。

柯建国使了很大劲儿，才终于把他的手从马少军脖子上移走，然后看到了冷彤手里的死者照片。

"你冷静点。"柯建国明白他们在暗房里搜到了什么，拍了拍林墨的肩膀，林墨深吸一口气，打开手机上欧阳萱的照片，怒视着马少军，问道："有没有见过她？"

马少军重重地咽了口唾沫，盯着照片看了半天，才摇头说："没有！"

"你再仔细看看，到底有没有？"林墨的样子，恨不得把他给一口吞了。

马少军却依然摇头，突然嬉皮笑脸地说："我见过的姑娘，都会过目不忘。"

"你他妈再笑……"林墨差点没忍住动手，紧握着颤抖的拳头，恨不得冲那张脸狠狠地打过去。

"为什么你手里会有这四名死者的照片？"冷彤把照片举到马少军面前，马少军却好奇地反问道："什么死者？"

"这四名死者生前都在你这里拍过照,然后就失踪了。你以为装糊涂,就能掩盖你杀人的事实?"林墨脸上像涂了锅灰,"如果你非要见到棺材才落泪,那我到时候会让你想哭都哭不出来。"

"我没杀人,也不知道你在说什么,你们不能仅凭这些照片就诬陷我。"马少军说这话的时候,满眼挑衅,又挣扎起来。

"那就等着瞧!"林墨转身进入暗房继续搜查,柯建国给县公安局打电话汇报情况后,把马少军铐在了栏杆上。

林墨再次把暗房的每一个角落都搜了一遍,但仍未发现欧阳萱的照片。他失魂落魄地回到一楼,心情万分复杂,坐在最下面一级的楼梯上,双手抱头,在心里默默地呼喊着"欧阳萱"的名字:"我已经找了你很久,但没有一点线索。你能不能给我点提示?如果再找不到你,我也快要活不下去了。"

柯建国看着他悲伤落寞的背影,用眼神示意冷彤下去安慰安慰他,冷彤却说:"让他一个人待会儿吧。"

不多时,县公安局派来的技术人员到了,柯建国这才带着马少军先行回到派出所,然后一刻也没休息,立即进入审讯环节。

这是马少军第三次被带到派出所。这一次,他跟前两次的表现又不一样了,无论问他什么,他都闭着眼睛,一言不发。

这铁定是一条大鱼!

所有人都明白而且肯定,他越是这样,就越证明心里有鬼。

"马少军,你完全可以不说话,也可以继续耍无赖,但我们有的是时间跟你耗。"冷彤不屑地说,"我们的刑侦技术人员正在你的照相馆寻找证据,我相信只要你做过的事,就一定会留下痕迹,到时候,你就算想坦白那也没用了。"

马少军却只是冷冷地笑了笑,依然保持先前的坐姿,像个木头,一动不动。

三人相互交流了一下眼神，然后起身离开，把马少军一个人晾在审讯室。

"这小子，心理素质还挺好的，看来没有铁证，是无法让他轻易松口了。"柯建国满脸阴云，"咱们的侦查人员，如果在照相馆找不到确凿的证据，想要突破这个对手，可就太难了。"

"那可不一定。"林墨接过话道，"在星斗山上把我引到垃圾处理场的人，现在已经可以确定是马少军。"

"对呀，我怎么把这茬给忘了。"柯建国一拍脑袋，"就凭马少军把你引到垃圾处理场，找到田桂兰的尸体……不对呀，就算是他把你引到垃圾处理场去的，可他为什么要这么做？"

"是的，我就担心他会突然来一句'我绝对是好人，绝对没有杀人，因为偶然看到凶手在垃圾处理场杀人抛尸，然后我又不想曝光自己，所以才用这种方式帮你们警察破案'。"冷彤把自己置身于马少军的角度，她的话也正是林墨所担心的。

"有点棘手，确实有点棘手。"柯建国吁了口气，"但是根据我的经验，一般喜欢用'绝对''一定'之类来强调自己无辜或者推卸责任的话，我敢保证，这个人绝对开始心虚了。"

更坏的消息是，警方在彻底搜寻马少军的照相馆时，除了那些色情光碟和死者照片外，并没有找到可以证明马少军是杀人凶手的直接证据。

就在三人抓破脑袋想要攻破马少军时，很快，县公安局技术科传来消息，从何秋竹体内提取到的精液，已经有了DNA检测结果。

"但是，数据库里并没有与DNA匹配的记录。"孙荣廷面前摆放着犯罪嫌疑人的DNA检测结果。

柯建国和林墨、冷彤坐在他对面。

"你的意思是既然无法匹配，也就无法确定凶手身份？"柯建国问。孙荣廷说:"理论上是这样。"

"是否所有人的 DNA 都录入了数据库?没有录入数据库的人,如果犯罪,是不是就无法匹配?如果无法匹配,是否就有机会逃脱法律的制裁?"柯建国一连三问。孙荣廷叹息道:"你呀,早就让你们这些老前辈平时多加强学习,多了解了解新的刑侦技术和手段……现在终于明白知识要到用时方嫌少了吧。"

柯建国尴尬地笑了起来。

冷彤叹了口气,耸了耸肩,说:"这下完了,没有任何可以指证马少军的证据,那不就得放人了?"

"我们还有一点时间!"林墨说,"根据一九九五年颁布的《人民警察法》,对被盘问人的留置时间自带至公安机关之时起不超过二十四小时,在特殊情况下,经县级以上公安机关批准,可以延长至四十八小时。"

"记性倒是挺好,背得挺熟呀,不愧是警校出来的。"孙荣廷赞许地说,"你们还剩下多少时间?"

"不到二十四小时。"柯建国说。

"那就好好利用剩下的时间,我就不信如果他真的杀了人,还能不留下任何痕迹,这个世界上,根本就没有完美犯罪。"孙荣廷信心十足地说,"如果到时候还找不到证据,那就必须放人,你们看着办吧。"

"这人要是真放了,想再抓他恐怕难于登天。"柯建国重重地说,"孙副局长,如果我们需要局里的帮助,麻烦你打一声招呼。"

"在剩下的时间里,我会守在办公室,随时支援你们。"孙荣廷明确表态。

回到所里,已经是下午三点多。

"这也不行,那也行不通,看来马少军这个混蛋真的要从我们眼皮底下溜走了。"林墨趴在桌上，一边转动着笔，一边无精打采地嘀咕着。

冷彤靠在椅子上闭目养神，她的思维在高速运转，思考着下一步该怎么继续。

"这茶叶不错，要不要给你们二位都来一杯？"柯建国今天刚买了点新茶，正美滋滋地享受着。

但是无人搭理他。

"都别垂头丧气了，这可不像是你们的风格。"柯建国端着茶杯，围着办公室转来转去，"这样吧，我来给你们唱两曲儿解解闷。提篮小卖拾煤渣，担水劈柴也靠她。里里外外一把手，穷人的孩子早当家。栽什么树苗结什么果，撒什么种子开什么花……"

林墨和冷彤全被柯建国的唱腔逗乐，尤其是林墨，也跟着瞎唱了两句，惹得冷彤捧腹大笑。

"好好的《红灯记》，这一唱，全被你给毁了。"柯建国拉扯嗓门说道，"怎么样，这下有精神了吧？"

"柯所，您这曲儿虽然唱得好听，可我这脑子里还是一团乱麻，没主意。"林墨眯缝着眼，缓缓揉着太阳穴说道。

冷彤突然收敛笑容，像做梦一样呓语道："马少军引林墨去垃圾处理场，是为了帮我们找到杀害田桂兰的真凶，那么，他会是'影子'吗？"

"你说什么，谁是'影子'？"柯建国刚好在她身边，听到了她的话。

"我怀疑马少军很可能是'影子'。"冷彤说，"但是，又跟'影子'的作案风格不太像。"

"包括何秋竹的案子，行凶手法也不是'影子'的风格。"林墨顺着她的话说道。

柯建国突然想起今天在孙荣廷那里没有得到的答案，于是问林墨："你说是不是所有人的DNA都录入了数据库？"

"当然不是，必须先采集，才能录入进数据库。"林墨说，"中国的人口实在是太多了，想要全部录入，就目前来说很难，但是将来应该可以实现。"

"那么，我现在想知道马少军的DNA是否存在数据库里？"柯建国突然问起这个，林墨和冷彤当即便露出了诧异的表情。

"我怎么把这么重要的事给忘了？"林墨从椅子上弹了起来，"马少军也是多名失踪妇女的嫌疑人，而且很可能是'影子'，匹配他的DNA，兴许会有意外的惊喜。"

"先不管会不会有惊喜，即使他不是'影子'，但也不是什么好人，将来总有一天会用得上。"柯建国说，"我马上打电话，你们准备一下。"

孙荣廷果然一直待在办公室，一接到柯建国的电话，立马就安排人员出发了。

刑侦人员在采集马少军的DNA时，他虽然并不明白警方到底在对自己做什么，但眼里流露出的恐惧，又一次出卖了他的内心。

第十四章 "七月照相馆"的秘密

罪恶本身并没有生命力,是丧失天良的人给了它蔓延的机会。

——罗·赫里克

在对何秋竹作进一步尸检后,发现她身体上有不少旧伤,体内也有被殴打出血的痕迹,而最新的伤痕,则是遇害前两天被殴打时留下来的。这些证据,足以证明她在遇害前很长一段时间内,曾遭受过非人虐待。

秭归警方对何秋竹的丈夫进行突审,才得知她常年遭受家暴。而在她终于忍无可忍、离家出走的前两天,丈夫还因为喝醉酒把她给狠狠地揍了一顿。

"太可怜了,太可恨了!"柯建国简直是义愤填膺,"她身上的旧伤太多太多了,实在难以想象生前曾遭遇了怎样的折磨!"

"生前得不到丈夫的爱,活着其实比死亡更加痛苦。"冷彤无力地说,"对她而言,死亡也许是解脱。"

"身体发肤,受之父母,谁都没有选择死亡的权利。她自己没有这个权利,别人更不能剥夺她生存的权利。"林墨悲愤地说,"如果能好好活着,没人愿意去死。"

他们在等待马少军 DNA 检测结果的时间里,内心焦灼而又煎熬。

就在这个时候,林墨接到陈桂河的电话,得知陈佳丽从县人民医院辞职的事,突然觉得自己那天在拒绝她时太过直接,可能伤到了她,所以决定去诊所见她一面。

陈佳丽正在帮病人抓药,看到林墨出现,默默地放下了手里的事情,然后离开诊所,来到了外面一处僻静的地方。

"你怎么有空过来,找我有事?"她表情平淡地问,"听说又出了案子,你不应该很忙吗?"

林墨试图从她的眼神中揣测出她的真实心情,结果却证明自己失败了,因为她没有给他机会,一直面带笑容,像个天真无邪的小姑娘。

"为什么突然辞职?"他终于问道。

陈佳丽满脸无所谓地说:"不想干,想辞就辞了。"

林墨叹息道:"其实我那天的方式……真的,非常对不起……我……"

"我爸他年纪也大了,早就想我回去帮他。"陈佳丽笑着打断了他,"林警官,你别多想,我辞职与你没有半点关系。"

林墨望着她的眼睛,多想证明她说的这句话是真的,却又无从相信自己的判断。

"你赶紧回去处理案子吧,诊所也还忙着,我可能待不了多久。"她朝着诊所的方向看了一眼。

"你……其实我应该谢谢你。"

"谢我什么?"

"我的失眠症好多了。"

"婆婆妈妈的,你拒绝我的时候可是很干脆。"她再次露出了淡淡的笑容,然后转身,挥了挥手,一步步离开林墨的视线。

林墨望着她的背影,在那一瞬间,突然觉得自己就是个十足的混蛋,又在心里说了一万遍对不起之类的话。

冷彤突然打来电话,把他的思绪拉回到了现实中。她在电话里让他赶紧回去,说是马少军的DNA检测结果出来了。

林墨急匆匆赶回派出所,冷彤和柯建国正在讨论什么。

"怎么样?"他急于知道答案。

"给你个机会,猜猜!"柯建国手里拿的是DNA检测结果。

林墨看了冷彤一眼,冷彤冲他露出了怪异的表情。

"从'七月照相馆'搜出来的四名失踪者的照片,因为没有发现死亡现场,所以在档案中仍然标注为'失踪'。既然没有现场,也就不可能采集到凶手的DNA,如此说来,不应该能匹配呀。"林墨正在长篇大论地分析,柯建国把结果丢在了他面前。

"怎么会这样?"林墨看到结果后大吃一惊,"居然跟留在何秋竹体内的精液DNA检测结果一样。柯所,这到底是怎么回事?"

"事实不已经很清楚了吗?"冷彤说,"马少军就是强奸杀害何秋竹的凶手。"

林墨脑子有点混乱,在此之前,他们怎么也没有把马少军跟何秋竹的死亡联系起来。

"想知道为什么,去会会马少军不就知道了?"柯建国说,"就等你回来。走,一块儿去会会他,这回看他还怎么狡辩。"

马少军好像刚睡醒的样子,睡眼惺忪地打量着面前的三人,伸着懒腰,嬉皮笑脸地说:"有两天没见各位,还以为你们把我丢在这儿给忘了。这是打算要放我回去了吗?"

"马老板,我想起一个非常恰当的词语来形容你。"林墨说道,"过于自信。像你这么自信的人还真是少见,也不知道哪里来的优越感?难道是在对那些手无寸铁的姑娘下毒手时,从她们身上找寻到的?"

马少军收敛了笑容,一脸冷峻地问道:"什么姑娘,什么下毒手?警官,你到底在说什么?药可以乱吃,话可不许乱说。"

"马少军,看来你还真是不见棺材不掉泪,像你这种人,我这辈子可见得多了。"柯建国冷冷地呵斥道,"再给你最后一次机会。我问你,六月十五日晚上,你在什么地方?"

马少军皱了皱眉头,但随即说:"我在家看电影。"

"什么电影?"

"什么电影你们还不知道吗?"马少军说这话的时候,眼睛故意看着冷彤。

"有证人吗?"

"我在家看完电影就睡觉了,难道睡觉也还得找人给证明?"

"行,不跟你废话了,你已经浪费了最后的机会。"柯建国把DNA检测结果丢在他面前,"你确实很狡猾,之前的几名失踪妇女,你作案时都没有留下任何证据,虽然至今为止仍未找到她们的尸体,但我猜想应该已经被你杀害了。只可惜天网恢恢,你在何秋竹体内留下的精液,终于让你露出了狐狸尾巴。"

"什么精液?你到底在说什么?"马少军虽然百般抵赖,但在DNA证据面前,终于垂下了高傲的脑袋,无力地说,"我听说过那玩意儿,不是说如果我的DNA没在数据库里,就无法匹配到吗?"

"你知道的还真不少,看来作案前没少做功课。话说回来,我们要是不检测你的DNA,恐怕就真的让你得逞了。"柯建国讥讽道,"为什么在明知我们已经盯上你的时候,还敢出来作案,是不是以为我们拿你没辙,太得意忘形了?"

马少军沉默了片刻,突然哀叹道:"我有病,医生说我有病……不信的话,你们可以去县医院调查。"

三人面面相觑。

原来，马少军说的有病，其实叫"性瘾症"，是一种心理疾病，如果不加控制，就会成为性犯罪者，比如实施强奸。

接下来，马少军没再继续抵赖，而是很快就交代了强奸杀害包括何秋竹和胡艳梅在内的六名妇女的罪行，但都强调自己是在发病时犯下的错误，不能构成犯罪。

柯建国电话汇报了马少军交代的藏尸地点，孙荣廷在他们继续审问的同时，已经派人去了现场。

"那天晚上，我看了色情电影，又喝了点酒，加上你们把我带到所里，虽说是配合调查，但我明白，你们可能已经开始怀疑我了，我心里很烦，总想找个地方发泄，于是就借着酒胆出门寻找目标，正好就遇到了你们说的那个叫何秋竹的女人，该她倒霉。"马少军在说这话的时候，眼睛闪着邪恶的光，似乎还沉浸在当夜的情景里，但很快又黯然强调自己有病，所有的行为都是不受意识支配的，"我很后悔，侥幸心理害死人啊！当时太冲动，应该像以前那样，杀了她，然后找个没人的地方一埋，也许我现在就不会坐在这儿了。"

"你害死了那么多无辜的人，就因为她们倒霉？"林墨拍案而起，"你有没有想过，那些被你害死的姑娘，她们跟你一样都有家人，你怎么能忍心对她们下手？"

"家人？嘿嘿，我也有家人吗？你指的是我那个不要脸的婆娘吧？"马少军冷笑道，"你们知道我老婆这些年在外面打工，到底做的是什么工作？还以为我是傻瓜，不知道她在外面陪男人睡觉赚钱，她就是一只鸡，一只下贱的野鸡。其实，最该死的人是她！"

"这就是你们结婚这么多年来，一直没要孩子的原因？"

"这只是一方面。"马少军说，"其实这么多年来，我知道自己犯下的事，每一件都足以判我死罪，所以为什么要生孩子？我不配当一个爸爸，孩子更不能一辈子生活在有个杀人犯、强奸犯爸爸的阴影中。"

他们没想到马少军的生活居然如此不堪，更没想到他也会为下一代考虑这么多。

"本来我早就想把那个臭婆娘给杀了，但她能赚钱呀。我那个照相馆，要不是她每年给我寄钱回来，应该早就关门了。当然，如果我杀了她，你们肯定会第一时间怀疑我，我可没那么蠢。"马少军惨笑道，"所以我一直把她给留着。不过，以后应该没机会了，就当给我这辈子留下点遗憾吧。"

"你没能报复你老婆，居然还把这个叫做遗憾？"冷彤被震惊到了，几乎说不出话来。

"放心，不管你有什么病，我们都会查得清清楚楚，不过劝你一句，别痴心妄想用这个办法来逃罪。"林墨愤怒不已，"接下来，说说你为什么要把我引去垃圾处理场。"

"对呀，我帮你们破了杀人案，可以算我立功吗？"马少军突然想起这茬，更加无法抑制内心的喜悦，"也活该那小子倒霉，居然落到了我手里。那天晚上，我也看了电影，本来是去寻找目标的，但亲眼撞见了那小子杀人，并抛尸垃圾处理场。我原本是不打算告发他的，可后来一想，要是将来你们把我给抓了，那条人命也诬陷在我头上，那该多亏呀，我没做过的事，为什么要替人顶罪？这可不是我的风格，所以才决定把他交给你们处理。"

"既然你都交代了，那么我接下来还要问你个问题，你到底是不是'影子'？"柯建国的话似乎让马少军很惊讶，但他沉默了一会儿，惨笑着反问："你们觉得我是'影子'吗？"

"现在我是在问你，老实回答我的问题。"

"我说我是，你们信吗？我说我不是，你们信吗？"马少军不屑地笑道，"'影子'在我心里一直是个传说，也是一个传奇。我想他在你们心里的地位也不低吧？如果我记得没错，三十多年了，这个人应该是插在很多公安心里的一根刺，一直想要拔掉，却根本不知该如何下手。"

"这么说，你不是'影子'？"冷彤问道。

"如果我有'影子'一半的忍耐力，那天晚上就不会干傻事，也不会被你们找到证据。"他的话，已经明确否认自己是"影子"。

可是，林墨却继续问道："假设你是'影子'，你会怎么处理那些姑娘？"

"对我而言，杀了她们，然后找个无人知道的地方埋了，这是最简单，最可靠的办法。"马少军高深莫测地说，"但要是换做'影子'，可能会有更好的办法对付那些被他抓走的姑娘……"

"什么办法？"林墨太急于知道答案，以至于声音都在颤抖。

"这我可就不清楚了，如果我也能想到，那不就成了另一个'影子'？"马少军轻蔑地说，"没人愿意跟别人一样，就算杀人，也各有各的方法。"

他的话，令人不寒而栗。

可是，如此一来，"影子"还是看不见、摸不着。

他们都有点心灰意冷了。

冷彤回龙口市汇报工作，请了三天的假。

这时候，林墨接到欧阳萱父亲的电话，称她的学校即将在半个月后举行毕业作品巡回展览，欧阳萱的作品也在展览之列，问他有没有时间去学校一趟。他自然是要去的，那些作品全都是欧阳萱的心血，也可能是她留在这个世界上最后的画作，所以他必须去见证它们展出的那一刻。

李贵明的案子结束后，星斗山露营地又重新开业，游客逐渐多了起来。

　　林墨趁着周五下午没什么事的时候，来到老街后面的一个高点，独自坐在田坎上，俯视着整个老街的风景，任凭身体沐浴在耀眼的夕阳下。这里是他以前和欧阳萱来过的地方，两人并排坐在田坎上，吃着小零食，说着情话，规划着未来。可是，自从她失踪之后，一切都改变了。他很多次都想回到这里，重温和她在一起的美好，却无法鼓起勇气，怕自己忍受不了如此惨烈的痛苦。

　　这一刻，一群麻雀从夕阳下飞过，那些密密麻麻的身影，就像一个个可爱的小精灵。林墨沉浸在忧伤的回忆里不可自拔，也不知过了多久，当他被电话惊醒时，仿佛做了一个很长的梦。电话是柯建国打来的，郭庆海点名要见他们，说是要提供"影子"的线索。林墨简直不敢相信自己的耳朵，还以为自己听错，但随即第一时间赶到了县公安局。

　　郭庆海胖了，变回男儿身的他，很难让人把他跟过去那个叫于美的女人联系起来。

　　"看来看守所的生活不错，你挺适合待在这里的。"柯建国挖苦道。

　　郭庆海苦笑道："也过不了多久的好日子了。"

　　"是，听说很快就要移送检察机关。"柯建国说，"你在这个时间点见我们，还说要提供关于'影子'的线索，倒是挺聪明呀。"

　　"反正早晚都要吃枪子儿的，有件事，想来想去，还是不能带进坟墓。"郭庆海伤感地说，"我犯了杀头的罪，确实该死，但在死之前，我要举报一个人，因为我怀疑他就是'影子'。"

　　紧接着，他说出了一个名字——王铮。

　　"王铮是'聚友'麻将馆的老板，为人非常刻薄，手脚不干净，经常调戏去他那儿打麻将的妇女。"郭庆海说，"有一次，我在那儿玩牌,亲眼看到他在调戏一个叫杨艳华的女人时,还被当众抽了一耳光。"

"那你怎么就认定他是'影子'?"林墨问道。

"也是偶然,我有一次发现姓王的居然跟踪杨艳华,后来又多次发现他尾随杨艳华……"郭庆海说,"所以我怀疑他很可能是'影子'。"

"就凭这个,你就怀疑他是'影子'?"柯建国眯缝着眼睛问,"你有看到他杀人?"

郭庆海缓缓摇头道:"那倒没有,但姓王的非常可疑,他那么好色,绝对有嫌疑,你要不信,去查一查就知道了。"

"郭庆海,我想问你个问题,你在杀害那些手无寸铁的女人时,到底怎么想的?"柯建国问道。

郭庆海眼睛落在地上,许久之后才抬起头说:"什么都没想,就想她们死,如果她们不死,我的身份就会曝光。"

"一个身份就那么重要吗?"

"你以为就刀子可以杀人?"郭庆海冷笑道,"世俗的眼光和流言,比刀子刺在身上还要痛。我从小就受尽了白眼,那种眼神,我这辈子、下辈子、下下辈子都忘不了。"

"你觉得人真有下辈子?"

郭庆海面色如铁。

在回去的路上,林墨问:"郭庆海提供的线索,查不查?"

"查,当然要查。还是那句话,只要是与'影子'有关的,都要一查到底。"柯建国毫不犹豫地说。

沉默了许久,林墨才又说道:"其实我非常能理解郭庆海的心情。"

"理解他什么,为了掩盖身份而杀人?"

"杀人当然有罪,但那些伤害他的流言,杀伤力真的挺强的。"

林墨感慨地说,"我听过一个故事,曾经有个死了丈夫的漂亮女人,因为多年未再嫁,流言蜚语于是慢慢传开,说她不守妇道,勾引有妇之夫。一开始,她还能坦然面对,但日子一长就慢慢吃不消了。她发现那些流言蜚语胜过千刀万剐,甚至比死亡更加恐怖,终于在一个冬天的夜里悬梁自尽……"

柯建国叹息了一声,说道:"对了,那个叫杨艳华的女人,也要查一查。"

这两天,被马少军杀害的死者家属陆陆续续来到老街认领尸体,他们挺过了失去亲人的漫长阶段,终于等来了亲人的消息,虽然很多人已经做好心理准备,但真的接到噩耗时,还是悲痛欲绝。

她们,有的是女儿,有的则是年迈的母亲。

林墨没敢去尸体认领现场,他害怕看到那些死去的,以及还活着的人,担心自己会忍不住放声大哭。他不知道还要煎熬多久,更不敢去想象更加可怕的后果。他问自己,如果某天也像今天这样面对已经没有了呼吸的欧阳萱,除了悲伤,还能做什么?

"我相信你一定会在某个冰冷的地方等我来救你……"每当想起这个情景,他浑身就充满了力量,感觉真相似乎就在不远的地方冲他招手。

短短的两天时间,却显得如此漫长。

周日,刘华安突然打电话来让林墨过去一趟。林墨在电话里问他有什么事,他又不说。

"林警官,今儿不是周末吗,专门把你叫过来,有好东西招待你。"刘华安听到摩托车声,赶紧迎了出来。

林墨还没进门,老远就闻到了浓浓的香味儿,一下子就勾起了他的食欲,忍不住问道:"叔,您这又准备了什么好吃的?太香了。"

刘华安笑着说:"怎么样,没后悔来吧?"

"您让我来,就是吃饭呀?"

"吃饭可是大事。"刘华安说,"最近街上都在传你们逮住了一个杀人犯,好像那些被害者的家属都过来认领尸体了。叔知道你这段日子肯定得忙坏,一定又没工夫好好吃饭,这才大半夜亲自下河去,忙活了一晚上,才抓到这些小东西。"

林墨看到锅里的美味,这才知道是牛蛙。

"牛蛙烧鸡,那可是绝顶的美味,你今儿有口福呀。"刘华安美滋滋地说,"这小东西可不容易抓,一般都躲在阴暗的河沟里,要是没点儿技术,还真不一定能逮住它们。"

林墨尝了一口,感觉鲜香味儿直达心底,忙赞叹道:"好吃!味道是真不错。"

"来,叔敬你一杯,感谢你抓了照相馆的那个杀人犯,保老街一方平安。你说他怎么就藏得那么深,这么多年了,就没人发现他做的坏事?"刘华安冠冕堂皇的话逗乐了林墨,林墨说道:"瞧您这话说的,那抓罪犯不是我们警察的天职嘛,没什么好感谢的。您说的照相馆的那个老板姓马,叫马少军,看着挺正常的一个人,其实这么多年来犯下了多宗强奸杀人罪。"

"真是知人知面不知心。你们抓了人,那祸害百姓的流氓就少了一个,我们这些小老百姓也才心安啊。"刘华安感慨道,"你那天跟我提到的姓何的姑娘,是不是也是被那个叫马少军的害死的?"

林墨点了点头,又敬了他一下:"真是可怜,被丈夫家暴离家出走,本来打算出来散散心,没想到就再也回不去了。今天见了她家人,老父老母哭得都晕了过去……"

刘华安伤感地说道:"你们干这一行的,虽说也见得多了,但我非常能理解你的心情。谁家无父无母,谁家又无儿无女?唉,遇到这种倒霉的事,一辈子算是寝食难安了。"

林墨缓缓点头道:"萱萱的母亲已经因为女儿失踪,大病了一场后撒手人寰,但萱萱至今杳无音讯,我都不敢面对老人家。"

"马少军没交代萱萱的下落吗?"

他摇了摇头,说:"不说这些了,来,我再敬您,感谢您亲手给我烹饪了这么好吃的美食。"

"谈不上烹饪,就是乡下人的家常手艺。"刘华安自谦地说,"食材难寻,好吃就多吃点。"

冷彤是在第二天中午赶到派出所的,比预计回来的时间要提前了半天。

"冷副队长,你不是晚上才到吗?"林墨有些惊讶地看着她,柯建国也很诧异地说:"你这突然杀回来,打破了我们的工作计划,好不容易回趟家,怎么也不多住一晚上,其实明儿早上赶回来上班就行了。"

"你们这是在嫌弃我早回来了吗?"冷彤跟他们开起了玩笑,她的性子比起刚来的时候已经没那么冷,"工作汇报完了,领导说要派专车送我过来,我这一寻思送来送去的多麻烦呀。从局里出来,也没回家,径直就上了中巴,这不就提前到了。"

"我看你心里是装着事儿,所以才在家里待不住了吧?"柯建国笑道,"其实你不用着急,我们已经在准备前期的摸排工作,真的要行动,肯定等你回来。"

"现在不用等了,随时可以行动。"冷彤把办公桌稍稍整理了一下,"有什么发现吗?"

林墨说:"柯所,早让您先不跟她说,我就知道她一知道这事儿,八成就坐不住了,现在信了吧?"

"看来还是你了解她。"柯建国无奈地笑道,"既然人已经回来,那就把摸排情况简单说说吧。"

"王铮,今年四十九岁,八年前离婚,有个女儿,跟着老婆。老家是湖南省龙口市介莫村,来风口老街开麻将馆已有多年,大部分人给他的评价都是好色,喜欢对女人动手动脚。四年前有过一次打架斗殴的记录,但只拘留了十五天,除此之外没有别的犯罪记录。"林墨介绍完情况,冷彤立即说道:"这个人不像是'影子'。"

"对,我们也这样认为。"柯建国说,"'影子'这个人,在公安局肯定不会有犯罪记录,而且就算好色,也不会像王铮这样高调。"

"是呀,如果他真是'影子',就不会这么难抓了。"林墨接过话,"不过,这个人我觉得也可以查查。柯所您不是说过,只要怀疑跟'影子'有关的线索,都要一查到底吗?"

"对,我是说过这样的话,不管王铮有没有问题,查了再说。"柯建国赞同地说,"还是那句话,我们有时候破案,就是瞎猫撞上死耗子。"

"对了,还有件事我要汇报。"冷彤说,"这次回去,跟领导汇报了刘青和的情况,刘青和的同伙提供了一条非常重要的线索,他之所以要逃往清江县,是因为他在这边有个女朋友。"

"是吗?那有他女朋友的线索吗?"柯建国问。

她摇头说:"没人见过那女的,更没人知道她姓什么,叫什么名字……"

"这不还是大海捞针嘛!"林墨挠着头皮感慨。

"我话不是还没说完吗?"冷彤瞪了他一眼,"以前叫大海捞针,现在有了他女友这条线,范围就缩小很多了。虽然都不知道那女的姓什么叫什么,但有人曾听见他打电话时,在电话里说了一个字。"

"什么字?"

"芳！"冷彤继续说道，"这个芳字，应该就是他女友名字中的其中一个字，而且最有可能是名字里的最后那个字。"

"有道理，这条线索确实很重要，我马上联系局里，让他们协助调查，把名字里带芳字的女人全都查一遍。"柯建国有点小激动。

"王铮那边接下来怎么处理？"林墨问，他还想着下午去麻将馆转转，可自己又不会打麻将，一个人过去肯定立马露馅。

"什么怎么处理？咱们两条线齐头并进。"柯建国说，"我下午去一趟局里，你先跟冷彤去麻将馆了解了解情况，不过千万不能打草惊蛇。"

"我不会打麻将，就这样进去，肯定会被怀疑。"林墨表达了自己的担心。

"你不会的事情，难道别人也不会？"冷彤插话道，林墨明白了她的意思，却不可思议地说："看不出来呀，冷副队长很能干嘛。"

"这种小事不算什么，以前咱也在赌窝里查过案，要是连麻将都不会玩，还怎么混进去？"她得意地说，"玩麻将的技术，还是执行任务前，局里专门找麻将高手给培训的。"

"你们局里还培训怎么玩麻将？有意思。"林墨打趣道，"啥时候有空，冷副队长也专门给我培训培训。"

"想学玩麻将？我教你呀！"柯建国打完电话，听他们突然聊起了麻将，于是插了一嘴，"其实并没有诀窍，很简单，像你这么聪明的年轻人，分分钟学会。"

"柯所，局里怎么说？"冷彤言归正传。

"马上安排人手排查，然后我下午过去亲自盯着，把可疑的人都滤出来。"柯建国说，"你们俩，随时可以行动。对了，林墨，我让你查的那个叫杨艳华的女人，有消息了吗？"

"暂时还没有，杨艳华独居，没结婚，父母早就不在人世。"林墨逐一汇报,"我去了她在老街登记的地址,房子是她租的,不过老板说连续几个月没见她人回来,电话也打不通,所以已经另外租给别人了。"

"连续几个月没见人?"冷彤皱着眉头,"会不会又是一起妇女失踪案?"

"聚友"麻将馆隐藏在一栋吊脚楼的二楼,被一群楼给围着。从楼下狭窄的通道进去,然后左拐十多米,再右拐十多米就到了。

"藏得很深呀,我都从来不知道这里还有个麻将馆。"林墨在来之前,也是私下打听了许久才找到这个地方。

麻将子儿碰撞的声音已经入耳,哗啦哗啦的,像在炒豆子。

"待会儿你就坐我旁边看,然后注意观察,不到万不得已,千万别乱来。"冷彤在快到达门口时再次叮嘱道。

"有人出来了。"林墨说话间,两名男子从屋里摇摇晃晃地出来,还特意瞅了二人一眼。

冷彤和林墨都身着便装,而且放下了警察的身段,一进门就大声吆喝起来:"老板,有位子吗?"

这时候,过来一个二十来岁的小年轻,把他们引到里面的屋子,其中一张桌上的女人起身给他们让了座位。

冷彤坐下,熟练地推翻麻将,然后开始洗牌。

林墨在一边看着,低声说:"熟练工呀!"

冷彤没理会他,反而催促同桌的人速度快点儿。

"妹子,第一次见你上这儿来玩,动作还挺麻利。"对面抽烟的男子吐着烟圈说,"还带了个小跟班,是弟弟吧?"

"关你什么事,打你的牌吧。"冷彤横了他一眼,没好气地骂道。

"脾气挺大,还是个冷美人,我喜欢。"男子继续调侃,"就是不知道你的火气跟你的脾气比,哪个好点。"

"肯定比你好!"冷彤呛道,"好好打你的牌,小心输死你。"

"那可不一定,我这个人没别的本事,但在麻将桌上,绝对是专杀美女的杀手。"

林墨盯着男子看了半天,此时一听这话,差点就没忍住,但见冷彤无动于衷的样子,只好把脾气压了回去。

他见过王铮的照片,四周打量了一番,但没看到这个人。

突然,一个熟悉的人影出现在门口,林墨看清那张脸时,差点没被噎死。

"小林,没想到真的是你。你进门的时候,我先在外面桌上打牌,还以为看花眼了。要是早知道你平时也玩牌,叔就该叫你一起。"刘华安说话间已经朝着他这边走来。

林墨内心万分纠结,但他定了定神,起身笑脸迎了过去,热情地说道:"我不会玩,今儿主要是陪我姐过来玩玩。"

刘华安朝着冷彤看了一眼,又见林墨朝他挤眉弄眼,立即心领神会,笑哈哈地说:"有时间去叔那边坐坐,叔教你几招,保证你十分钟之内就能掌握麻将技术的精髓。"

"有那么简单吗?那我什么时候一定得抽空过来。"

"好嘞,你先玩着,我那边在催了!"刘华安跟他打过招呼后,便急匆匆回到了座位上。

林墨重新回到冷彤身边坐下,刚好她和了把牌,对面男子便开始口无遮拦:"妹子,看来火气不错嘛,哥先让你几把,让你小赢一点。打完牌,要不要跟哥一块儿出去吃东西?"

"行啊!"冷彤笑着回道,"你请我吗?是不是想吃什么都可以?"

"那是当然,这清江县凡是能买到的东西,随你选。"男子当了真，脸上笑开了花，还咧开满嘴的大黄牙。

林墨冷冷地瞪了他一眼，然后冲冷彤说："姐，你先玩着，我出去转转。"

冷彤点了点头，叮嘱道："去吧，别跑远了，姐待会儿赢钱了分你。"

林墨笑了笑，起身溜出屋子，然后来到刘华安背后假装看他打牌，其实两只眼睛在到处寻找王铮。

"要不要玩两把？"刘华安问他，他说："我不会。"

"没事儿，我教你不就会了？"

"你们这玩的什么呀？"

"四川麻将，血流成河！"刘华安笑着说，"要死就死一片。"

"有意思，听起来挺过瘾的。不过还是算了，您玩吧，我就到处看看。"林墨一只手按在他肩上。他看了林墨一眼，随即笑着说："行吧，你到处转转，这儿的老板姓王，都是熟人，要是有什么需要，进里边儿那屋里找他。"

林墨没想到刘华安反应如此敏捷，不仅没说破他的身份，而且好像还知道他们来麻将馆干什么，竟然连王铮在什么地方都暗中告诉他了。

他朝着刘华安所指的方向看去，只见门虚掩着，于是眉头一皱，计上心来，说道："我还真有点事要去见见老板，您多赢点。"

刘华安面不改色地看着林墨慢慢悠悠地走向那扇门，然后大声叫嚷道："这把牌可不是吹的，待会儿倒下来吓死你们。"

"能有多好的牌啊刘老板，打这么小的码子，还能把命给输没了？"

"那倒不会，不过一定让你们血流成河。"刘华安说话间，两眼还是装作不经意地瞄向林墨。

此时,林墨已经走到门口。他推开门,看到屋里有两人,一张不大的桌子后面,坐着的赫然便是王铮,而另一侧破破烂烂的沙发上,则面部朝里躺着另外一个男子。

王铮看到有人进来,而且还是不认识的,立马起身,虎着脸问道:"喂,这里不许随便进来,你找谁呢?"

"不好意思,我陪我姐来玩牌的。"林墨装作诚惶诚恐的样子,"您是老板吧,刚刚在外面听人说,有事可以找您。"

王铮的脸色这才稍稍舒缓,问他有什么事。

"我要找个人。"

"什么人?"

林墨举起手机,手机屏幕上显示的是王铮的照片。

王铮随即抡着眼睛,厉声呵斥道:"小子,你谁呀,敢来这儿捣乱,没吃过亏吧?"

"我是干这个的。"林墨刚出示了警员证,王铮立即惊恐地大叫起来:"有警察,快跑呀!"

外面顿时乱作一团,冷彤对面满口黄牙的男子正要逃跑,却被她一把抓住衣领,沉声呵斥道:"还想跑?"

男子挥拳打了过去,却被冷彤把脸死死地按在桌上,然后掏出手铐说道:"现在知道我是干什么的了吧?你不是胃口挺好的吗,还想请我吃饭不?"

"不、不了!"

"再敢胡说八道,看我怎么收拾你。"冷彤松开手,男子被吓得屁滚尿流,落荒而逃。

林墨刚把王铮按在墙上控制住,正要掏手铐,却突然被人用椅子从背后砸了下来。他只感觉一阵眩晕,便不由自主地松开了手。

第十五章　诈骗犯与通缉犯

天理昭彰，暂时包庇起来的罪恶，总有一天会揭露出来的。

——莎士比亚

冷彤奔到门口，正好跟屋里冲出来的两个人影迎面撞在一起，随即被一股巨大的力量推开。她倒退了好几步，差点摔倒，但随即一个扫堂腿，将近前的王铮扫翻在地，然后反身把他按在地上，戴上了手铐。

"快抓住他！"林墨看到袭击他的男子正往楼梯口跑去，立即飞奔起来。眼看着男子要逃走，就在这时，刘华安突然不知从哪里窜了出来，死死地抱住男子，然后沿着楼梯滚了下去。

林墨三步并作两步冲到楼梯口，又一个箭步跳下楼梯，将手铐稳稳地戴在男子手上，还拍了他后脑勺一巴掌，骂道："我让你跑，还敢偷袭我，待会儿让你好看……"

刘华安躺在地上，捂着腰肢，哼哼唧唧地说："哎哟，我这老腰是不是摔断了，快拉我一把。"

"不好意思，不好意思。"林墨慌忙把刘华安拉起来，"多谢您出手相助，要不然这小子刚刚就从咱眼皮底下逃走了。"

冷彤把王铮铐在吊脚楼的栏杆上，然后过来查看林墨的情况，见他有点迷糊,又见刘华安捂着腰肢,便忍不住责怪他:"我们要抓的人是王铮,你追一个玩牌的人干什么?"

"那小子刚才从后面偷袭我,想救王铮,说明这两人是一伙的。"林墨一把从地上把男子提起来,谁知冷彤顿时就傻了眼,惊恐地叫道:"刘青和!"

林墨慌忙看向那张脸,瞬间也瞪大了眼睛,又惊又喜地说:"我说什么来着,咱们瞎猫撞见死老鼠,这可真是意外之喜呀!"

"这、这个人是干什么的?"刘华安见他们如此惊喜,便忍不住疑惑地问。

"一个通缉犯。叔,您这次可是立了大功。"林墨欣喜不已,"我们找了这小子很多天,没想到居然躲在麻将馆里,我回去得跟领导汇报给您请功。"

"请什么功,我又不知道他是罪犯,看你在追他,也就顺手那么一扒拉,结果就跟他一起滚到楼梯下去了。"刘华安笑了起来,不好意思地说,"没想到会帮了你们。好了,你们忙着,我得回去了,有空过来坐。"

"好嘞,那您慢走。"林墨送走刘华安时,冷彤已经给柯建国打电话汇报了这边的情况。柯建国在电话那边连连称奇,还感慨道:"这就叫踏破铁鞋无觅处,得来全不费工夫。你们俩这是撞了什么大运呀!"

王铮和刘青和被双双铐在栏杆上,无精打采地耷拉着脑袋,像斗败了的公鸡。

"你们怎么认识的?"冷彤现场开始简单问话。

王铮看了刘青和一眼,没有吱声。

"不想说话是吧?没关系,那就回去再好好说。"冷彤说,"你们到底干了什么,心里比谁都清楚,给机会的时候最好把握住,等失

251

去机会的时候,后悔就晚了。"

"好,我交代,我老实交代。"王铮忙不迭地说,"我本来不认识刘青和,但他跟我妹妹谈恋爱,我这才认识了他。"

"你妹妹?"冷彤问,"叫什么名字?"

"王芳!"王铮脱口而出,又不耐烦地指责刘青和,"早让你出去躲躲,你非不听,现在把我也牵连了吧。"

冷彤和林墨不由得相视而笑,没想到刘青和果然有个名字中带"芳"字的女友。

"王铮,知道我们为什么找你?"冷彤又问。

"我、我开麻将馆,聚赌!"

"这只是一方面。"冷彤说,"你还有事没老实交代,好好想想。"

王铮眯缝着眼睛做思索状,想了半天才说:"我这也没干别的坏事……"

"行,那我就提醒提醒你。"冷彤说出了杨艳华的名字,王铮果然露出了惊讶的表情,但随即慌忙解释起来:"她已经很久没来我这儿玩牌,我猜她会不会已经没在老街了?"

"这句话应该我问你。"她说,"有人举报,你多次对杨艳华性骚扰,而且还跟踪尾随她,现在人突然不见了,你认为跟你没关系?"

王铮傻了眼,惶恐地问道:"她怎么了,是……死了吗?"

"你觉得呢?"

"不,你听我解释,我确实骚扰过她,也跟踪过她,但我真没杀人,你们好好查查,一定是出了别的事。"王铮极力想要撇清关系,没想到刘青和突然开口挖苦道:"本以为你是个胆小鬼,没想到还有胆杀人。"

"我、你……你血口喷人!"王铮气愤至极,怒喝道,"我看在王芳的分上收留你,你居然还……"

"你到底有没有杀人，我们一定会查清楚。我们不会冤枉好人，也绝不会放过任何一个坏人。"冷彤又转向刘青和，"接下来，说说你的事情吧。"

"我的事你们不都已经清楚了吗？"刘青和一副死猪不怕开水烫的样子，"想怎么着就怎么着吧，既然栽在你们手里，我没话可说。"

"我说你小子油盐不进是吧，知道网络诈骗，最高怎么量刑吗？"

"我知道，无期！"

"看来你做足了功课！"林墨说，"行吧，既然现在不想说，那就等回去后再慢慢说。"

他想起不久前无意中看到的一句话："无罪的人不断自责，有罪的人心安理得。"刘青和害得那么多人家破人亡，此时却全然没有负罪之心，也毫无悔罪之意，那张脸上，还写着"心安理得"几个字。他在想，老天爷为什么会让这种人来到这个世界上？

很快，柯建国便带着县公安局的人赶来，刘青和直接被带走，打算明天一早就移送龙口市公安局。

当天下午，柯建国带着冷彤和林墨对王铮展开突审。王铮的供词还是简单一句话，既不知道杨艳华在何处，也没杀过人。

"看来这个话题再聊下去也没什么意思，那么我们不如换一种方式吧。"柯建国说，"有个叫郭庆海的人你认得吧？"

王铮给了否定的答案，还说从来没听过那个名字。

"应该是于美。"林墨提醒道，"于美你总该认识吧？"

"认识，是街上理发的。"王铮说。

"说说你们之间的事。"

王铮眼神闪烁，过了会儿才说："她以前偶尔去我那儿玩牌，我看她长得好看，就……就骚扰了她几次。但她已经很久没去玩过。有一天我路过她理发店，发现居然关了门。她是不是也出事了？"

"问你什么就回答什么，不该你关心的事不要多问。"林墨呵斥道，"具体说说，你怎么骚扰她的？"

"也没怎么骚扰，就是占占小便宜。"他轻描淡写地说，"不过，她也没吃多大亏，还上升不到你死我亡的地步。"

"王铮，你以为占点便宜没多大事儿，但现在杨艳华不知所终，加上郭庆海，不对，应该是于美的供词，你有很大嫌疑。"冷彤说。

"郭庆海到底是谁？你们为什么老提这个人的名字？我根本就不认识他。"王铮摆出一副无辜的面孔。

林墨提醒道："你还是老实交代杨艳华的事情吧，最好想清楚再说。"

"我已经想得很清楚，我没有杀人，没有杀人……"王铮抬高了嗓门，"如果她被杀，一定是别人干的。你们是不是抓不到真凶，打算拿我回来顶罪？"

"你当我们这儿是菜园子，想抓谁就抓谁？"柯建国呵斥道，"我们现在是在针对杨艳华的失踪案展开调查，人命关天，每条线索都会一查到底。王铮，你可要好好想清楚，妄想用耍赖的方式逃脱法律制裁，我劝你还是趁早死心。"

"可我真没杀人。"王铮哭丧着脸，"我也就敢占占女人的便宜，我连杀鸡都不敢，要说杀人，就算给我一万个胆，我也不敢。"

"我还真看不出来你是连鸡都不敢杀的人。对了，既然你对我们为什么老是问郭庆海的事感到好奇，干脆给你一个惊喜。"柯建国说，"实话告诉你吧，于美是郭庆海的化名，郭庆海也不是女人，而是男人。"

"什么？"王铮瞪着眼睛，露出绝望的表情，"天哪，我竟然对一个男人……"

"自己好好回味吧！"林墨的笑意写在脸上。

走到门外，冷彤冲林墨说道："缺德！"

"我怎么就缺德了？"他嬉皮笑脸地说，"这不是他自找的嘛。"

对王铮的审讯虽然没有突破，但冷彤却感觉王铮并没有说谎。

"我也这么认为，王铮不是凶手。"柯建国也赞同地说道，"虽然暂时还没有证据，但我觉得就像他自己说的那样，他就是一个爱占女人便宜的流氓，如果说他敢杀人……我也不信。"

"那问题应该就出在郭庆海身上。"林墨说，"也许郭庆海指认王铮，只是为了帮自己减刑。"

"问题的关键是，杨艳华现在人在什么地方？"冷彤说，"没人报案，没有失踪记录，什么都没有，一个大活人无端消失，你们不觉得奇怪吗？"

"我知道你在想什么，你怀疑杨艳华的失踪，也跟'影子'有关？"柯建国这话，让办公室陷入了短暂的沉默。

"今天帮我们抓到刘青和的那人是叫刘华安吧？"冷彤突然问起这个，打破了静默，"挺勇敢呀，要不是他出手，刘青和很可能就从我们眼皮底下逃走了。"

林墨笑道："是啊，幸亏刘老板危急时刻给了他那么一下，也算是见义勇为，咱们是不是得给他颁个奖？"

"要的，我找机会跟局领导汇报一下这个情况。"柯建国说。

"我听见你叫他叔，你们关系什么时候这么近了？"冷彤又问。

"刘老板比我年长很多，对人也非常不错，我跟他打过几次交道，是个值得交往的人。"林墨说，"而且一直以来都非常配合我们的工作。你是没看到，他明知道我们的身份，但一眼就看穿我们正在执行任务，所以看到我时没叫我林警官，而是直接叫小林，是不是反应非常快？这种模范人物，我尊称他一声叔怎么了。"

"对呀，我听到了，确实很聪明，要是直接叫你一声林警官，刘青和估计早就溜走了。"冷彤赞许不已。

下班后，林墨还想着去四季旅社当面跟刘华安说一声感谢，但走到途中，突然接到陈佳丽的电话，得知陈桂河晕倒，不得不马上改道赶了过去。

陈桂河饭后正在喝茶，突然就倒地不起晕了过去。陈佳丽把他扶到床上躺下，稍做检查，幸无大碍，可能是因为太累才晕倒。十来分钟后，陈桂河醒来，但身体很虚弱，而且突然说想见林墨，她这才不得已给他打电话。林墨急急忙忙赶到诊所，问明情况后，建议把老人送去医院。

"不用去医院，我自己的身体我自己知道，躺会儿就没事儿了！"陈桂河有气无力地说，"年纪大了，身体也就不如以前了，稍微累一点，这身体就不争气。"

"我看您气色挺好的，今天是不是病人太多了？您平时可得多注意休息。"林墨提醒道。

"佳丽，你先出去，我有话跟林警官说。"陈桂河看着陈佳丽说，还让她出去时把门给关上。

林墨和陈佳丽一样，都不明白陈桂河葫芦里到底卖的什么药。

陈桂河咳嗽了两声，难受得喘息了片刻，这才接着说："小林啊，我家佳丽喜欢你，你是知道的吧？"

林墨愣住，没想到陈桂河竟会突然提起这件事。

"唉，佳丽她妈妈走得早，我们父女俩相依为命，好不容易才把她拉扯成人。她从小就性子强，争强好胜，凡事都想争第一，都想尽力做到最好。我是看着她一步步走到今天的，这孩子不容易啊。"陈桂河缓缓说道，"自从你救了她，我就看她成天走神儿，这孩子心里是有了你……"

"我跟她……"林墨话没说完,就被陈桂河打断:"每次你过来的时候,我就看她那张脸啊,笑得像花儿似的。可自从她从医院辞职回来,我就发现她变了,变得郁郁寡欢,经常一整天一句话也不说,就知道埋头干活。有一次,我让她打电话叫你过来吃饭,她说你出差了,工作很忙。从那时候起,我就知道你们之间一定是出了什么问题。小林啊,我就这么一个女儿,从小就没有安全感,她需要一个好男人陪她过以后的日子。你的事她也跟我说了,我明白你重情重义,但人已经失踪了这么久,你为什么就不能开始新的生活呢?"

林墨终于明白了陈桂河的意思,他沉默了半晌,理清了思绪,然后才说道:"叔,我知道您想说什么,佳丽是个好女孩,可我……我的情况您也清楚,我女朋友是在老街失踪的,我一直在找她。是的,您说得对,都这么久了,我为什么还不能释怀,为什么不能开始新的生活?因为我爱她,我心里这辈子就只能装下她一个人。她也是个好女孩,美丽、善良、懂事,所有的优点都可以集中在她身上。我相信她还活着,老天爷也不会忍心让这么一个好的女孩从我生命里消失。我会等她,一直等她回来,就算要花一辈子的时间去等待,我依然相信,她总有一天会突然出现在我面前。"

陈桂河似乎是睡着了,闭着眼睛,很久都没说话。

"叔,我很高兴当初救了佳丽,也很开心她会喜欢我,但我还是要跟您说实话,我暂时无法接受一段新的感情,我们不能在一起,她会找到更适合自己的人,那个人会比我更好地保护她。"林墨在说这话的时候,躲在门外偷听的陈佳丽,眼里早已翻滚出泪泉。

"好了,不用再说了。你能跟我说心里话,我感谢你。现在我知道你的心意了,那以后不许你再出现在佳丽面前,也不要再打扰她的生活。"陈桂河委婉地下了逐客令,林墨默默地站了起来,冲着陈桂河深深地鞠躬,说道:"叔,感谢您对我这么好,我这就走了，您保重身体。我跟陈医生还是朋友，以后有用得着我的地方，您只管开口！"

林墨出门的时候，没看到陈佳丽，本来还想跟她打过招呼再离开，但又害怕两个人见面后没话说，于是临时又改变了主意。

当他离开的时候，躲在暗处的陈佳丽出来了，看着他的背影逐渐消失在街头，泪水又夺眶而出。

林墨明白自己今晚的话，肯定会伤害陈家父女的心，但他又觉得自己没错，实话实说，只会压缩痛苦的长度，有些事情拖得越久，可能会变得越复杂。他心情复杂地回到宿舍，躺在床上，心里对陈佳丽说了一万遍对不起。

"林警官、林警官……"林墨什么时候睡着的，自己完全没有一点印象，但突然间仿佛听见有人在叫他的名字，而且那个声音离自己越来越近，越来越清晰。

萱萱！他猛然间睁开眼，环顾四周，才发现天还未亮，身处黑暗之中，耳边却依然回荡着那个呼喊他的声音。他确定那个声音来自欧阳萱，虽然是在梦里，却如此真实。

"对不起，亲爱的，再没有你的消息，我可能快要坚持不下去了。"他坐在床头，再也无法入睡，打开灯，随手拿起那本已经快被他翻烂的《清江壮歌》，又随意地打开一页，目光在那些像蚂蚁一样的文字上溜达来又溜达去，却没心思看进去一个字，最终只能将书合上，闭眼靠在床头，陷入无尽的回忆。

突然，手机屏幕上推送了一篇文章，内文中有句话吸引了他的眼球："一个人为了钱犯罪，这个人有罪；一个人为了面包犯罪，这个社会有罪；如果一个人为了尊严犯罪，那么世人都有罪。"那么，"影子"又是为了什么而去犯罪呢？他的内心如此伤感，却又无处安放。

突如其来的电话铃声惊扰了宁静的夜晚，也把林墨的思绪从回忆里迅速拉了回来。本以为是骚扰电话,可当他的目光落在来电的名字上时,整个人瞬间就像被雷电击中了一般,一阵颤抖,猛地从床上弹了起来,然后迅速接通电话。

"喂、喂,萱萱,是你吗?萱萱,喂喂,是你吗?我是林墨呀,你在听吗?"他又惊又喜,疯了似的对着电话大喊大叫,对方却没有回话。他以为信号弱,于是又在屋里不停地转来转去,然后想要开门出去的时候,电话突然就断了,传来嘟嘟的声音。

"不要挂!不要挂电话!萱萱,你为什么不说话呀?"林墨冲出门,将号码回拨过去,却显示已经关机。

"萱萱还活着,一定还活着,不然怎么会给我打电话?"他又拨打了两次,然后兴奋地大叫着,打算将这个消息告诉冷彤,正要敲门,门却开了。

"大半夜的,你叫什么……"冷彤话还没说完,突然就被林墨紧紧地搂在了怀里。她顿时也傻了,张开双臂,瞪着眼睛,无所适从。

林墨眼里噙着泪水,在她耳边激动地连连说道:"萱萱刚刚给我打电话了。真的,她还活着,一定还活着。"

冷彤这才明白他为何会如此激动,过了好一会儿,然后轻轻推开他,说道:"你冷静一点,告诉我,到底发生了什么事?"

"萱萱刚才给我打电话,你看,这是她的号码。"林墨把手机拿给她看,她确实看到了欧阳萱的名字,然后试着拨打回去,却依然显示关机。

"她一定是被人绑架了,偶然拿回了自己的手机,然后在给我打电话的时候,又被人发现,所以才被迫关了机。"林墨在极力发挥想象,希望可以解释欧阳萱会突然打电话来,却又突然关机的原因。

此时是凌晨一点半,夜色正酣。

"进屋说吧,别吵着人睡觉。"冷彤把林墨劝进屋里,拿起手机上的号码端详了半天,"我理解你的心情,可有些话我还是要说。你刚才说的那些,其实可能性极低,绑架者不可能这么久还留着受害人的手机,受害人也不可能被绑架了这么久还有机会重新拿回手机,更别说给你打这个求救电话。"

"你什么意思?这明明就是她的电话号码,难道我还会骗你?"林墨从她手里抢过手机,"你看看,再仔细看看。"

冷彤怔了会儿,叹息道:"小时候,我不小心摔了一跤,膝盖受伤。结痂后,我有事没事的喜欢用手去摸,一次又一次去撕掉新结的痂,就这样,过了很久,伤口也没完全好。我爸就跟我说,有些东西,比如受过伤害的地方,不要有事没事就去碰触,因为你碰一次,也许就会再感染一次,就会再痛一次。"

林墨听懂了她的话,但是指着自己心脏的位置说道:"你说的伤是皮肤表面的伤,而我的伤在心里,如果我不去碰触,时间一长,我怕我会真的忘了痛,忘了有个人还在等我救她回来。"

"但有些事发生了就是发生了,你不断去想,去提起,结果只会让你更加痛苦。你是一名警察,能不能理智一点?"

"正因为我是警察,所以我不能装作什么都没发生,连自己女朋友都保护不了的人算什么男人?!他也不配做一名警察!"林墨依然很激动,"没有经历过的人,哪能体会这种钻心的痛楚?"

"你怎么知道我没经历过?"冷彤沉重地说,"当年我父亲在执行任务中受重伤,我在急救室外面等了三天三夜,你能体会我那时的痛苦吗?我一刻也没合眼,担心他挺不过来,担心以后再也见不到他……可惜,父亲最终还是没能醒过来。在父亲去世后很久,我都接受不了他已经离开我的事实,希望他还活着,希望某天早上醒来,他会突然出现在我面前!"

林墨放下了手机,却用力攥着拳头,愤怒的目光中像有一把火在燃烧。

"我听你的，冷静，不激动了。但你能告诉我，为什么会有人拿她的手机给我打电话？"林墨张开双手，慢慢放松了紧绷的神经，试图让自己的情绪稍微收敛一些。

冷彤刚刚也一直在思考这个问题，此时见他平静下来，这才说道："也许是有人在她失踪之前捡了她的手机，或者在她失踪之前偷了她的手机。"

林墨微微愣了愣，继而问道："但还是难以解释为什么之前一直关机，过了这么久突然又开机？"

"这个问题，可能要等找到打电话的人才能知道答案。"

清江县城东路，是网吧、桌球室集中的地方，自然也是三教九流汇聚之地。尤其是到了晚上，更是鱼龙混杂，整个一不夜城。

林墨和冷彤进进出出好几个场所都没找到李华林，加上室内嘈杂，到处都是震耳欲聋的音乐声，两人最后实在受不了，不得不逃到大街上透口气。

"你说这小子今晚会来这儿吗？"林墨问道。

"柯所说的，应该没错。"冷彤说道，"别急，现在才十点多，这个不夜城，估计要到凌晨之后，夜生活才会开始。"

原来，柯建国在得知林墨昨晚接到的电话之后，也怀疑是有人偷了欧阳萱的手机，而要找到这个人，通过李华林绝对没错，兴许就是他的手下干的好事。

"要不找个地方，我请你喝点东西？"林墨提议，"在这儿干等着也不是办法。"

二人走进附近的酒吧，点了两瓶啤酒。

"很久没来这种地方了。"林墨喝着啤酒，眼神犀利地扫视着黑暗中的每一个角落。突然，他感觉双眼好像被什么东西给刺了一下，仿佛见鬼了似的，自言自语道："我是不是眼花了？"

冷彤顺着他的目光，居然真的看到了李华林，那小子正和一群大男人喝得起劲儿，中间还围坐着几个浓妆艳抹的姑娘。

"运气好的话，真是门板都挡不住。"林墨乐道，提着酒瓶站了起来，"走，会会去。"

李华林正喝得兴起，左拥右抱的好不开心，突然一抬头看到这两人，瞬间就像霜打了的茄子，愁眉苦脸地说："真是冤家路窄。两位警官，我在合法经营场所喝酒不算犯法吧。"

"别紧张，我们就是顺路，看到你在这儿喝酒，过来跟你打个招呼。"林墨一屁股在他身边坐下，那些姑娘一听二人是警察，早就纷纷起身，一窝蜂溜走了。

"你们还不走？"林墨问道，"要我请你们喝酒？"

他揽着李华林的肩膀，李华林身边的那几个狐朋狗友见状，顿时走也不是，不走也不是。

"李华林，让你那些好兄弟都出去等着，我们过来就是问你件事儿。"林墨跟他碰了碰杯，"来，先喝一个。"

"还不走，要不跟我回去接着喝？"冷彤一声呵斥，现场很快就只剩下李华林一个人了。

李华林战战兢兢，不敢正眼看冷彤，想必对她还心有余悸。

"别怕，冷警官今天没打算动手。"林墨微微笑道，"但前提是你必须老老实实回答我们的问题。"

李华林鸡啄米似的连连点头。

"最近有没有干老本行？"林墨问。

"没、没了，自从上次进去后出来，就已经金盆洗手了。"

"金盆洗手？"林墨不屑地笑道，"我不管你是洗手还是洗脚，马上帮我办件事儿。"

"好好,什么事儿,您说。"

"一部手机,你帮我尽快找到,不值钱,但里面的东西对我很重要。"林墨把写有手机型号和电话号码的纸条递到他手里,"我的时间很紧,只给你一天时间,明天之内给我打电话。放心吧,主动交出手机的人,我不追究责任。"

李华林得知警察原来是找他帮忙,这才松了口气,脸上堆满了笑容,拍着胸脯说:"我还以为什么天大的事儿呢,不就找部手机吗?不用等明天,我马上搞定。"

林墨和冷彤诧异地盯着他,还以为他吹牛,他却得意地说:"等着,我打个电话就 OK 了。"

不多久,门外急匆匆跑进来一个头发全黄的小年轻,老远就咋咋呼呼地叫了起来:"林哥,你叫我呀?"

李华林把纸条递给他,下命令似的说道:"黄毛,给你一个小时,把这部手机给我找到。"

黄毛拿着纸条,又朝林墨和冷彤看了几眼。

"除了手机,我还要见见拿走手机的人。"冷彤的话让李华林陷入为难,支吾着说:"不是不追究责任吗?"

"我有说过要追究责任吗?有些事只想当面亲口问问,把人带来吧,我说话算数。"冷彤说道,"这件事关乎人命,你最好配合一点。"

"唉,你们每次找我,都是大案子。"李华林啧啧地说,"上次那个案子,听说你们已经抓了人,那我能不能算你们的线人?"

"消息还挺灵通。"林墨举起酒瓶,又跟他碰了一下,"如果你真想当线人,我们可以慎重考虑你的请求。"

"有线人费吗?我可不白干活儿。"

"当然,就看你的线索值不值钱。"林墨说,"有时间去所里找我，我们坐下来好好聊聊。"

大约半个小时，黄毛便带人回来了，是个三十来岁，一头卷发盖住耳根的年轻男子。

"两位警官，你们要的人我带回来了，有什么事赶紧问吧。"李华林点了一支烟，又冲卷毛说，"别害怕，两位警官找你有点儿小事，你跟他们走一趟，配合一下警察的工作。"

卷毛可能早就听黄毛简单说了情况，所以见到林墨和冷彤时，也并不怎么慌张，只是低头哈腰地说："是、是，知道了，林哥，一定合作，一定配合。"

回到所里，已是深夜，但二人毫无睡意。

卷毛自我介绍叫李讳，清江县三河村人。他很爽快就交代了手机的来源，但是手机很久以前就以一百元钱给卖掉了。

林墨和冷彤对视了一眼，又问道："买手机的人不是本地人？"

"肯定不是，我们林哥定了一条不成文的规矩，叫'兔子不吃窝边草'，所以不打扰本地人，也不卖给本地人。"

"具体说说那天的情况吧。"

"我具体忘了是哪一天，但那天天气很好。我在街上瞎逛，看到个姑娘在画画。那姑娘长得挺好看的，从穿着打扮来看，我猜她是外地人，而且应该身上有点钱的那种，于是就一路跟了很久。"李讳努力回忆，因为时间隔得太久，过了许久才回想起来，"她去过好几个地方，从街头一直逛到街尾，最后在菜市场，趁着人多的时候，我拿走了她的钱包。可钱包里没多少钱，几百块吧，我不甘心，又跟上去拿走了她的手机。"

林墨可以想象当时的情景，真恨不得一巴掌扇过去。

"当时是几点？"冷彤问。李讳想了想说："好像是下午五点左右。"

"钱包呢？"

"现金拿走就扔了。"李讳说，"对了，里面还有一些证件，全丢了，那玩意儿留着没用。"

"你这不是欺人太甚吗？偷一次不满意，还敢回去偷第二次，这也是你们道上的规矩？"林墨在极力克制自己的情绪。李讳说："不是，这是我的规矩，一般情况下我只要现金，可如果现金太少，我才会折回去再次下手。"

"你跟了那姑娘一路，有没有发现可疑的人？"冷彤问，"比如说有没有其他不怀好意的人尾随她，或者有陌生人跟她说过话？"

李讳顿了顿，反问道："你们问了我这么多，那姑娘到底怎么了？"

冷彤看了林墨一眼，林墨无力地说："失踪了，应该是你拿走她手机的第二天，就再也联系不上。"

"失踪？"李讳慌忙解释，"我保证，我只拿了手机，绝对没碰那姑娘半根手指……"

"所以我们找你来，希望你能提供一些线索，有可能你是她失踪前最后见过她的人。"冷彤说，"这件事不是儿戏，你好好想想，看看还有没有漏掉的地方。"

"主要是时间过得太久，有些事情确实快忘记了，但我可以保证的是，那姑娘全程都没跟人说话，一直是一个人。"李讳认真地说，"反正在我离开之前是这样。我走之后，她跟谁说过话，又发生了什么事，我真的不清楚。"

林墨很失望，本以为这是条重要线索，殊不知最后还是竹篮打水一场空。

"她一直沿着大街走的吗？有没有进过小巷子、胡同之类的地方？"林墨继续追问。李讳摇头道："没有，我是在西兰卡普民宿产品专卖店遇到那姑娘的，然后就一直跟着她。她走走看看，还买了不少路边摊上的东西。她在画画的时候,我还偷偷地凑上去看过一眼,画得可真好。当时还想啊,谁要是跟这姑娘谈恋爱,那可得多幸福。"

这明明是夸奖之词,但林墨的心却碎了一地。

"喝水吗?"冷彤问道。

李讳点了点头,她于是起身倒了杯水放在他面前的桌上。

"昨天晚上一点多,有人用那姑娘的手机给林警官打了个电话,但没人说话,很快就挂断了,再打回去的时候显示关机。你认为为什么会出现这种情况?"冷彤重新坐了回去。

李讳喝了口水,突然想起了什么,不解地问道:"林警官跟那姑娘认识?"

冷彤点了点头。

"我女朋友!"林墨没有隐瞒,"她叫欧阳萱,大学还没毕业,趁着假期来老街看我的时候,突然失踪了,一直到昨天晚上,终于接到她手机打来的电话,但很快又关机。"

"不好意思,我不知道她是你……女朋友。"李讳怯怯地说道,露出惊异的表情,不敢直视林墨的目光,为之前说的那些话而后悔。

林墨深沉地叹息了一声,又自言自语道:"为什么打通了我的电话,但又不说话,而且再次关机?"

"我猜应该是这样的。那人从我这儿买了手机后一直放那儿没用,昨晚上突然想了起来,然后开机,试着拨打了林警官的电话。"李讳说,"在你女朋友手机里,最后的电话应该是打给你的,所以那人才会拨通了你的电话。"

这句话又让林墨心里隐隐作痛。两个人在一起久了,生活里应该全都是对方的影子。欧阳萱也一样,虽然还未结婚,但早已把林墨视为未来的丈夫,她说过,这辈子除非不嫁人,否则就一定要嫁给林墨。

林墨记得她当时看着他的眼睛,然后亲吻了他的嘴唇。

"你会不会喜欢上别的女孩?"她依偎在他怀里。

"有了你,就算给我全世界,我都不会多看一眼。"林墨想起那天的情景,笑着笑着,突然眼睛又红了。

当晚,失眠再一次袭击了他!

第十六章　关键时间线索

世间重大的罪恶往往不是起因于饥寒而是产生于放肆。

——亚里士多德

毕业美术作品巡展的当天，林墨独自来到欧阳萱的学校。他对校园的一切都如此熟悉，因为几乎每个角落都留下了他们的身影，还有爱情的味道，但此时却又感觉如此陌生，因为这里已经没有了心爱的姑娘。

巡展特别热闹，除了即将毕业的学生，还有不少被邀请的家长和朋友，现场熙熙攘攘，散发着浓厚的艺术气息。那些类型各异的作品，凝聚着所有学生的心血，也见证了他们最美好的大学时光。

林墨在二楼的墙上看到了欧阳萱的名字，然后紧随其后的是她的毕业写生作品，一共六幅画作，全都是在风口老街采风创作而成的。

他看着那些熟悉的地方，想象着欧阳萱当时在现场孤独创作的情景，突然鼻尖一酸，憋了许久，才强忍住没让泪水掉落。

"你好！"有个声音在后面跟他打招呼。他慌忙稳住情绪，回过头去，只见一位漂亮的姑娘正安静地看着他。

"你好，请问你是在跟我说话吗？"林墨对这个女孩没印象，不记得是否见过。她露出甜美的笑容，说道："请问你是萱萱的朋友？"

他有点诧异，但点了点头。

"我叫张丽丽，是萱萱的室友，也是本次巡展的志愿者。"姑娘自我介绍后，又再次确认他的身份，"我见过你的照片，你是萱萱的男友吧？"

林墨这才记得欧阳萱好像曾跟他提起过这个名字，忙说道："你好，我是林墨，萱萱跟我提起过你。"

"其实我一直在等你。"张丽丽说。

"等我？你怎么知道我会来？"他很惊讶。

"我跟萱萱的爸爸联系过，叔叔说你会来。"张丽丽解释，"本来也邀请了叔叔，可他不忍心看到萱萱的作品，怕睹物思人，所以才拒绝了邀请。"

林墨来之前已经跟欧阳萱的父亲通过电话，老人也是这样跟他说的。

"萱萱的事，大家都很难过，本来还希望她可以回来跟我们一起参加毕业典礼……"张丽丽眼里静静地流淌着悲伤，"有她的消息了吗？"

林墨不知该怎么回答她，只能无言地摇了摇头。

"得知她失踪之后，我经常做梦梦见她。有时候睁开眼睛，多希望她会突然就出现在我面前。"她紧咬着嘴唇，似乎在极力压抑自己的情绪，但终于还是没忍住，捂着嘴轻声哽咽起来。

"对不起，都怪我，是我……是我没能保护好她。"他想安慰她，却发现自己快要词穷，拼了命才调整好自己的情绪，"但你放心，只要一天没有萱萱的消息，我就永远不会放弃寻找。"

她手忙脚乱地拭去泪水，舒心地笑了笑，紧接着指着那些画作说道："这里都是萱萱的毕业作品，我带你看看吧。"

林墨在张丽丽的带领下，从第一张画作开始欣赏，突然间发现每一幅画作的右下角，都用很细的笔留下了创作的时间，不仅有几月几日，更有详细的几点几分。

他心里某个地方似乎被触动了一下，再次将那些时间挨个儿看了又看，然后用手机拍下照片，又在本子上记录下来。

"这些作品都是她寄回来的原作？"林墨问。

"不是原作，是电子版本，然后我们打印出来的。"张丽丽说，"怎么了，有什么问题吗？"

"在打印的时候，有没有对作品进行修改？比如说这些时间，是原本就有的，还是你们后期打印的时候加上去的？"

"原本就有的，老师特别强调，在打印时不能改动作品上的任何元素。"

"好，我明白了。"林墨的脑子在飞速旋转，他留下了张丽丽的手机号码，"我得马上赶回去，有急事需要马上处理。如果有萱萱的消息，我会第一时间告诉你。"

"萱萱一定会没事的，我等你的好消息！"张丽丽朝他缓缓挥手，又在心里默念："萱萱，我会一直等你，直到你回来。"

林墨没继续逗留，径直回到了风口老街，到达时已经是下午三点。

他没有去所里，而是按照欧阳萱画作中留下的时间，一个地点一个地点地去重走了一遍。

第一幅画作是在老街街头创作的，时间显示为三月十三日上午九点，老街上散发着浓郁的生活气息，早起上街赶集的人从容不迫，挑着担子沿街叫卖的货郎，给画作增添了无限魅力。

第二幅画作是在一家包子铺门前创作的，吃早餐的人正享受着一天中最美好的时光，买卖双方脸上全都洋溢着幸福的笑容，"一日之计在于晨"的概念，在画作中被表达得淋漓尽致。

林墨按照时间线索，来到第三幅画作创作的地点，画作中的老人正在吹制糖人，几个小朋友围在边上翘首企盼着。他站在老人面前，想象着欧阳萱当时在这里画画时的情景，她画完之后肯定也馋了，说不定还买了个小糖人。"小馋猫！"他仿佛看到她在快乐地品尝着小糖人，忍不住呢喃道。

第三幅画作的创作时间是三月十四日的十二点，接下来第四幅画作的时间就是晚上七点，颜色偏暗，地点位于老街的台阶处，从下往上看去，两边房屋的翘檐正好将台阶夹住似的，露出了中间的一线天际，月亮正从缝隙中透射到老街的青石板上。

第五幅画作的时间是三月十五日的上午十一点，一个女孩正在街边洗头发，阳光洒在女孩身上，形成了一道无与伦比的风景线。

第六幅画作的创作时间是三月十五日的下午六点三十分，夕阳将整条老街染成了金色。

林墨对这个角度的老街太熟悉了，正好就是他跟欧阳萱去过的最高点，他们曾依偎在那里看风景，畅想未来。

三月十五日，正好是她手机关机，林墨和她失联的第一天。他想起李讳说过偷走手机的时间是下午五点左右，那么在此之后，她应该就直接去了最后一处创作点。

林墨连夜回到所里，再次把所有的时间点对照了一遍，突然想到个问题，于是打开欧阳萱的邮箱，发现她是三月十五日晚上十点将画作发送至学校邮箱的。也就是说，她的失踪时间至少是在三月十五日晚上十点之后，这个时间点，她不应该在四季旅社吗？可是，他突然想起刘华安曾告诉他，欧阳萱是在三月十五日早上退房离开的。

难道，刘华安在撒谎？林墨想到这一点时顿觉不妙，脑子里一片空白。刘华安为什么要说谎，难道欧阳萱的失踪与他有关？他会不会是……"影子"？

这个大胆的假设，把他自己都吓到了，心脏猛地紧缩起来，感觉像是有一条冰凉的蛇爬上了脊背，猛一抬头，才发现是自己想得太过深入，不经意间失神了。

可他又觉得刘华安不大可能是"影子"。刘华安表面看起来是那么好的一个人，待人热情、憨厚朴实，满脸一副人畜无害的样子，完全与十恶不赦不搭界，怎么可能会是"影子"？

对于欧阳萱的失踪，林墨之前压根儿就没往刘华安身上联想，现在想来，好像有点太过草率了。他想把这个情况跟柯建国和冷彤沟通，但一看时间，竟然已是晚上十一点，这才不得不按捺住焦躁不安的心，决定等明天再说。

他离开派出所，脚步沉重地走在回去的路上。此时，陷入黑暗的老街，仿佛只属于他一个人。可是，他突然收住脚步，缓缓转过身去，凝视着背后深不见底的夜色，脸色比这夜晚还要阴沉。

他心底再次涌出不好的感觉，感觉身后好像响起一阵稀疏的脚步声，但当他转身望去时，脚步声又消失了。他不确定是真有人在跟踪自己，还是自己的感觉出了问题，但心底的各种焦躁和不安，已经让他变得魂不守舍。

好不容易熬过今晚，林墨几乎一夜没怎么合眼，一大清早起来，便直奔四季旅社而去。他昨晚想了很多，还是觉得刘华安不大可能是"影子"，心想着只要刘华安能给出合理的解释，比如说记错了时间，就能解除嫌疑。

他到达四季旅社时，在门外叫了两声，但无人应答。他正要敲门，却奇怪地发现门没锁，然而更为奇怪的则是刘华安也不在屋里。

"这么早，人不在，狗也不在，难道昨晚又赶山去了？"林墨在屋子里转了一圈，也没见到猎狗，然后拨打刘华安的手机，刺耳的电话铃声却在屋里响起。他循着声音，找到了抽屉里的手机，碎掉的屏幕还在闪烁。他挂断电话，然后拿起手机，手机并没有上锁，但也没什么秘密，短信是空的，联系人也没几个。看来刘华安平日里很少与人交往，几乎没什么朋友。

四季旅社昨晚没有接待客人，院子里空荡荡的。

林墨在屋里等了会儿，仍没等到刘华安回来，两只眼睛在屋子里扫来扫去，脑子里突然冒出个主意。如果刘华安真是"影子"，就算他再怎么狡猾，再怎么会隐藏身份，也不可能完全没有破绽。他于是打算趁着刘华安不在的时候，把屋子里里外外搜一遍。

卧室的门没上锁，轻轻一推便开了。

他进入卧室，一眼便看完了整个房间，只有简单的床、桌子和椅子。他甚至掀起被子，将床上都仔细检查了一遍，也没发现可疑之处。

最有可能露出破绽的地方应该是卧室，可林墨把卧室里翻了个底朝天，也没有任何发现，只能败兴退了出去。

一定是什么地方出了问题！林墨这样想着，回忆起跟刘华安的几次见面，每次他都会亲自下厨，说明厨房对他而言是很重要的地方。

他进入厨房，四下里打量了一番，目光突然落到靠近右侧那扇漆黑的门上。门上也没有上锁，一推便开，拿出手机照亮，才看到门边的电灯开关。灯光非常微弱，呈淡黄色，勉强能看清屋里的情景。

这里像是个储物室，只有一张不大的桌子，头顶悬挂着好些烘干的野物，墙壁上全是打猎用的工具，有刀、绳子、袋子，以及几个奇形怪状的他叫不出名儿的物件。

他走近桌子，发现桌上有一种黑色的颗粒，用手蘸了点，凑近鼻子闻了闻，眉头突然就皱了起来。

火药？

他使劲吸了吸鼻子，确定闻到的就是火药味。

"叔，您这兔子是怎么抓来的？用土铳打吗？"

"不都已经禁枪了吗？现在不比以前了，哪还敢用枪，枪一响，你们派出所还不马上抓人？"

林墨想起曾经跟刘华安之间的一段对话，刘华安的话，已经非常明确他不再用土铳打猎，可为什么家里还有使用火药的痕迹？

林墨盯着那些火药陷入沉思，刘华安的一举一动再次清晰地浮现眼前。莫非我真看走眼了？这个人难道真是表里不一，嘴上一套，心里一套？

如此说来，他也太会伪装了吧！

林墨怅然若失，在这个地方站立了很久，当他回到现实中时，感觉像是过了漫长的一个世纪。

他走出储物室，刘华安依然没有现身。此时，时间已经指向上午十点。

林墨回到所里时，柯建国和冷彤都在，见他魂不守舍、满脸愁容，还以为他可能刚参加完欧阳萱的毕业巡礼展览，心里又遇到无法过去的坎了。

"回来啦？"柯建国跟他打招呼，"什么时候回来的，不是跟你说了，不急着回来，多待两天没事儿。"

林墨一屁股坐下，无力地说："我可能犯了错误。"

"你这是怎么了，犯了什么错误？"

冷彤也把目光转了过来，不解地看着他。

林墨憋了很久才说："我需要你们帮我查刘华安的底，包括他的家人，他的老家在什么地方。"

"刘华安？为什么要查他？"冷彤腾地站了起来。

"对呀，刘华安他怎么了？"柯建国也问道。

林墨缓缓摇头道："失踪了。求求你们，先别问这么多，快帮我查查他的底细。"

"失踪？行，你别急，我这马上就好。"柯建国似乎意识到了什么,迅速动了起来。

"是不是发现了什么?"冷彤盯着他的眼睛,"刘华安他到底怎么了?不对,刘华安他……"

她屏住呼吸,脑瓜子转得飞快,突然也想到了什么,压低声音问道:"你是不是怀疑欧阳萱的失踪,与刘华安有关系?"

林墨点了点头道:"是的,我找到一些线索,但还需要核实。"

"什么线索?"

"很复杂,一句两句说不清楚。我刚从四季旅社回来,刘华安人不在,我怀疑他去了一个地方。"林墨指的是刘华安的老家。因为刘华安曾告诉他自己在老家有老屋,还有个残疾老婆。

"你怀疑他去了乡下的老屋?"冷彤话音刚落,柯建国那边已经有了结果,大声说道:"查到了,老屋基村。"

林墨知道那个地方,属于清江县另外一个镇子的管辖范围,相当偏僻,离风口老街大约三十里路程,只有一条毛路通往村子,路不好走,路面又窄且烂,开车至少也要四十来分钟。

"不管了,马上出发!"林墨催促道。

警车在毛路上颠簸,左右摇晃,好像要把人甩出去似的。

"我一直在想个问题,就算刘华安是'影子',可他为什么偏偏选择在这个时候消失?"柯建国问,"难道他知道你已经怀疑到他?"

林墨被他这一提醒,倒真是想起了早上去四季旅社看到的情景,这才觉得有些不对劲,念叨道:"早上我很早就去了四季旅社,发现门没锁,手机也没带,这很不正常,说明他走的时候很匆忙。"

"看来嗅觉很灵敏,是只老狐狸,符合'影子'的特征。"冷彤说。

林墨双手紧握方向盘,恨不得把油门踩到底。警车穿过一道两侧峭如刀锋的峡谷,再绕过盘山公路,终于接近了目的地。

柯建国让林墨停车,然后指着山崖下,掩映在丛林中隐隐约约的房子说:"就是那里。"

"如果刘华安真是'影子',他一定不会坐以待毙,但我们必须留活口。"柯建国叮嘱道,"'影子'涉案太多,涉案时间跨度三十多年,只有他活着,才能揭开那些尘封了太久的案子的秘密,所以,不到万不得已,不能开枪。"

林墨感觉柯建国的手按在自己肩上,他理解这个举动的含义。

"待会儿千万不要冲动,时刻记住你的身份。"柯建国重重地提醒道,林墨默默地点了点头。

老屋很破烂,墙上布满宽窄不一的裂缝,墙头长满了杂草,在密林的包裹下,阳光都不怎么能透射进来,感觉阴森森的。

门前的椅子上坐着一个人,准确地说是一个女人,头发胡乱地披在脸上,看不清长相,也看不透年龄。

这个人难道就是刘华安的老婆?

林墨试图看到女人的样子,对方突然微微抬头,露出了寒光闪闪的眼睛。这让他感觉像是被刺了一下,但他没有躲闪,正要上前,却又被柯建国拦住。

柯建国四下打量了一番,低声说:"注意安全!"然后自个儿慢慢走到女人面前,问道:"我们是来找刘华安的,他人呢?"

过了许久,女人仍未说话,这让他们以为她是聋子或者哑巴。

"能听见我说话吗?我们找刘华安,他最近有没有回来?"柯建国再次问道。终于,女人摇了摇头。

"我们可以进屋去看看吗?"

女人又变得没有任何反应。

"别害怕,我们是警察,不会伤害你的。"柯建国说着,冲林墨和冷彤使了个眼色,二人拔枪闯进了屋里。

一股夹杂着各种味道的恶臭扑面而来,差点没让他们窒息。他们紧紧地捂着鼻孔,想看清屋里的状况,但光线昏暗,四周黑洞洞的,什么都看不清楚。林墨打开手机,借着微弱的光,目光所及之处一片狼藉,落满了厚厚的尘埃。外屋不大,只有土灶和一张脏兮兮的小桌子;里屋有一张床,床上的被子仿佛被水泡过似的,各种难闻的味道交织在一起,五味杂陈,让他们胃里如同翻江倒海般。他们在屋里转了一圈儿,很快就退了出去。

　　柯建国看到二人失望的表情,便明白了结果。

　　"你是刘华安的老婆?"柯建国盯着面前的女人,但没问出答案。

　　林墨没忍住,厉声质问道:"刘华安到底在哪儿?"

　　但是,女子仍不吱声,眼神之间流露出胆怯的表情。

　　冷彤觉得这样下去不是办法,突然掀开女子披在脸上的头发,这才勉强看清那张脸,其实并不老,也不丑。

　　女人的眼珠终于转动起来,但面对三个陌生的闯入者,表情显得十分慌乱。

　　"我问你,你叫什么名字?"柯建国问道,女子突然双手捂着脸,嘴里发出嗷嗷的叫声。

　　"怎么办,看样子是个哑巴。"柯建国回头冲二人说道,林墨却突然一把抓住女子的手,盯着她的眼睛怒吼道:"少给我装聋作哑,我问你刘华安在什么地方,你到底是不是他老婆?"

　　林墨的怒吼在山中回旋,仿佛被禁锢,怎么也冲不出这密密麻麻的丛林。也许是被他突然的举动吓到,女子瞪着怯怯的眼睛,眼里流淌着极大的不安和恐慌,傻子似的看着他。

　　"带我去找到刘华安……"林墨用力抓起女子的胳膊,试图把她从椅子上拽起来,谁知她刚起身,整个人就软绵绵地滑倒在地。

　　林墨却没放手,依然拖着她,在地上拖行了一米多远。

　　柯建国见状不妙,想要阻止他,他却突然拿枪指着女子的脑袋,颤抖着，激动地咆哮道："刘华安到底在哪里，不说我打死你！"

冷彤和柯建国都被他此举惊呆了，纷纷想劝阻，却在林墨的目光中呆立在原地，不敢轻举妄动。

"我知道刘华安就在这里，他一定来找过你，你要是不说，我现在就打死你，然后再打死他。"林墨瞪着血红的眼睛，附在她身后冷笑着，像一匹发怒的野兽。

可是，女子依然脸色冰冷，就像个木头。

"林墨，你到底知不知道自己正在干什么？快放了她！我们现在不正在解决问题吗？"柯建国试图说服林墨放下枪，可林墨沙哑地说："对不起，萱萱在刘华安手里，我实在控制不住了。"

"你是警察，忘了我在路上跟你说过什么？"

"我没忘，但是为了萱萱，我……"林墨话没说完，冷彤突然盯着女子的脸，抢过话说："等等，这个女人，你们是不是有点印象，好像在什么地方见过？"

林墨迟疑了一下，还以为冷彤在转移他的注意力，无力地摇头道："你不用浪费时间，我只想找到刘华安。"

"不对，林墨，你再好好看看这个女人，是不是档案中的失踪人口之一？"柯建国经过冷彤这么一提醒，突然也对眼前这个女人有了些许印象，疑惑地说道："对，就是她，我想想，我想想她叫什么……"

"张玲！"冷彤想起了这个名字，脱口而出。

当她说出这个名字的时候，被林墨挟持的女子突然瞳孔放大，然后逐渐扩散开去。

"对，张玲，就叫张玲，陕西安康人，失踪的时候十九岁。"柯建国肯定地说道，又疑惑地盯着她的眼睛问，"可你、你怎么会是刘华安的老婆？"

林墨听到这里，也慢慢放开了手，然后端详着那张面孔看了许久许久，档案中失踪者张玲的样子清晰地浮现眼前。他也确定了眼前这个女人的身份，不禁陷入困惑之中。

突然，不知从何处传来一阵疯疯癫癫的笑声，紧接着笑声变成哭声，听上去无比凄厉，让人心里瘆得发慌。

三人惶惶然循着声音找去，才辨出那个声音来自老屋右侧方位。

"冷彤，你看着她……"柯建国说道，跟林墨一起慢慢绕了过去。

他们面前出现一道栅栏，栅栏全是用竹子和木桩做的。

那个声音越来越大，越来越清晰，好像就在栅栏后面。

林墨一脚踢开栅栏，眼前的一切让他倒抽了一口凉气。他简直不敢相信自己的眼睛，一瞬间还以为蜷缩在角落里的并非是人，而是被圈养在猪圈的动物，四周蚊虫飞舞，臭气熏天。

又是一个女人，被绳子捆绑着四肢，然后绳子的另外一端拴在木桩上。当她看到突然闯入的陌生人时，一开始也露出了怯怯的眼神，但只出现短暂的安静，立即又颤抖着叫了起来："不要过来、不要过来……呜呜，不要过来……"

"畜生，看来这次没错了！"柯建国义愤填膺，他和林墨走到女子面前，女子却一个劲地往后退缩。

"姑娘，别怕，我们是警察，是来救你的。"柯建国试图让她放松，但效果不大，只能让林墨先帮忙解开绳索，女子似乎突然间明白了什么，哭闹了几声，然后眼睛一闭晕了过去。

他们把女子搀扶出来，平放在地上，女子仰面朝天，眼角还残留着几滴泪水。林墨不忍，也不敢再多看一眼，慌忙别过脸去。

冷彤把女子脸上的头发抹开，然后在脑子里与失踪者进行对比。

"孙美凤，失踪时二十三岁，重庆万州人。"柯建国也很快就认出了女子，但已经不那么惊讶。

"看来这里是刘华安的老窝，那些失踪的姑娘都被他带到这儿了。"冷彤心痛地说道，"还有那么多姑娘……"

"一定在这里，一定都在这里！"林墨突然转身，怒视着这个万恶之地，"刘华安，你个畜生不如的东西，我非把你给剁成肉泥。"

突然，那个叫张玲的女子疯了似的，目光痴呆，一阵一阵地笑着，笑得人毛骨悚然。

"姑娘、姑娘，你能说话吗？告诉我们，刘华安人在什么地方？"柯建国抓着张玲的胳膊，"帮我们找到他，然后你就可以回家了。"

谁知，张玲突然收敛了笑声，瓮声瓮气地说："我是他老婆，我是他老婆，我是他老婆，我是他老婆……"

她不停地念叨着这句话，最后双眼也变得无比迷离，好像要睡着了一样。

"姑娘，你快告诉我，刘华安到底在什么地方？"柯建国再次摇晃着她，追问道。

"他不会不要我的，还说过去任何地方都会带上我……"张玲微闭上眼睛，梦呓般喃喃自语，"他不会不要我的，不会不要我的……"

柯建国朝冷彤和林墨缓缓摇了摇头，叹息道："看来这姑娘已经被刘华安给洗脑了。"

"接下来怎么办？"冷彤请示。

柯建国沉吟了片刻，说："先等这个姑娘醒来，看能不能问出点什么。"

"我再去屋里看看。"冷彤说道。

林墨坐在地上，双手紧紧地抱着头，虽然才找到两名失踪者，但他实在不敢想象这几个月来，欧阳萱究竟会遭遇怎样的非人折磨。

"别多想了，现在已经锁定了目标，有了方向，应该很快就能找到别的女孩。"柯建国不知什么时候来到他面前，"刘华安腿有残疾，跑不了多远。"

泪水在林墨心里流淌，他红着眼睛，颤抖着自责道："都怪我没早点看穿那个畜生，没想到'影子'一直在我身边，我被他骗了……"

"不怪你，要怪就怪刘华安太狡猾，太会伪装自己，我们都被他给骗了。三十多年了，他一直在我们身边，骗了太多的人。"柯建国感慨不已，又安慰他，"放心吧，他跑不了的，萱萱也很快就会被找到，然后你就可以带她回家去了。"

冷彤捂着鼻子，在房子里转悠了一圈，找到一口水缸，水缸里还剩点残水。她用倒在水缸边上脏兮兮的瓷杯将水舀出来，然后把张玲和孙美凤的脸稍微清洗了一下，孙美凤突然睁开眼睛，但只安静了两秒钟，就嗡嗡地大哭起来。一直哭了很久，才终于止住哭声，哀求道："我要回家，带我回家！"

众人松了口气。

"姑娘，你是叫孙美凤吗？"柯建国问，她却没有任何反应，只是不停地重复着那句话："我要回家、我要回家……"

"姑娘，你别担心，现在你已经安全了，没人可以再伤害你。"冷彤把她抱在怀里，心里也是一阵抽搐，"没事儿了，没事儿了，很快就能回家了。"

她眼里滚落几行热泪。

"你知道刘华安把其他姑娘关在什么地方吗？"林墨尽量让自己保持平静，虽然他内心焦灼不已。

可是，孙美凤好像根本没听见他在说什么，仍然一个劲地念叨着"我要回家"。

林墨颓然地别过脸去，心里恨不得把这世界击得粉碎。

"好了，我马上给局里打电话，让局里派人过来把这里翻个底朝天，我就不信找不到刘华安。"柯建国准备打电话时，才发现没信号，无奈之下，只好先把两个姑娘移进车里，打算先回局里当面汇报情况，再采取下一步行动。

警车缓缓驶离老屋，将苍茫的大山远远地抛在身后。

清江县公安局发布了对刘华安的通缉令。

"影子"终于现身，全城陷入疯狂的状态，几乎人人都在谈论这件事，全国各大新闻媒体也迅速跟进，一时间沸沸扬扬，刘华安的照片也在同一时间出现在大街小巷的各个角落。

"清江县及周边的龙口地区，各个交通要道都设置了卡口，刘华安插翅难逃。"柯建国在办公室说，"现在我们要做的，就是耐心等待。他腿上有残疾，这个特点非常鲜明，现在几乎所有人都见过那张脸，只要现身，就肯定跑不了。"

林墨不停地转动着笔，那支笔像被黏在手上，如幻影一般地旋转着。

柯建国理解他急迫的心情，所以又说道："局里已经组织大量刑侦和技术人员前往老屋基村，将对老屋进行全面搜查，这次就算把房子给掀了，掘地三尺，也会把刘华安查个水落石出，救出那些姑娘。"

"通缉令已经发出两天，但仍然没有任何消息，我担心刘华安会不会在通缉令发出之前就已经逃离了清江县。"冷彤深思熟虑道，"这个人不仅狡猾，而且身上很可能带着自制的土铳，我担心他会狗急跳墙，再次伤及无辜。"

"这些情况局里已经知道，也加强了警戒。"柯建国说，"如果遭遇反抗，就地击毙。"

"他不能死，绝不能死！"林墨终于停了下来，却已然死死地握着笔，"他死了，被他抓走的姑娘怎么办，只有他才知道那些姑娘被关在什么地方……"

"我说的是万不得已的情况,否则一定会抓活的。"柯建国看了一眼时间,"时候不早了,都累了几天,回去眯会儿吧。"

"我就在所里等。"林墨拒绝了他。

"你们俩回去,我留下来值班,这是命令!"柯建国说,"现在是关键时期,刘华安很可能跟我们打持久战,所以必须养足精神,才能有精力跟他耗下去。"

"行,柯所,那我跟林墨先回去,有什么事及时联系。"冷彤起身说道,可林墨固执地说:"我不累,你们回去吧,我留下来值班。"

"我说你怎么油盐不进,一句话都听不进去吗?"柯建国有些恼火,"都在这儿耗着,纯属浪费时间。你回去睡一觉,睡醒了再过来接替我。把车开回去,有事情打电话,你们马上就可以赶过来。"

"柯所说得对,我们不能都在这儿耗着,没有任何意义。"冷彤说,"先养足精神,一旦有刘华安的消息,我们就可以马上行动。"

林墨拗不过柯建国和冷彤的双管齐下,不得不听取建议,可他怎么能够入眠?躺下时脑子比站着更清醒。他和衣而卧,为的就是有消息时能够随时迅速出击。

天空开始下起小雨,清江县各个卡口处全是警察,他们正冒雨盘查过往的行人和车辆,那些雨中的身影,像一把把牢固的大锁,将进出清江县的大门紧锁住了。

林墨脑子里全是欧阳萱的身影,而且无限放大,终归还是太累,虽然脑子是清醒的,但意识却开始变得模糊。他仿佛又听见了欧阳萱的声音,那个声音一直在他耳边呢喃,搅得他心神不宁。

他是被一阵急促的敲门声惊醒的,刹那间还以为在做梦,可很快就从床上一跃而起,冲到门口,只见冷彤身着雨衣,拿着手电,急促地说道:"刚接到柯所的电话,马坡村赶山的猎人打电话,称在附近

283

山上发现疑似通缉令上刘华安的人,让我们马上过去看看。"

林墨瞬间就清醒了,转身抓起雨衣披在身上,急匆匆下楼上车,直奔马坡村而去。

雨不算大,但密密麻麻的,像牛毛般尖细,落在脸上,还有些微寒。

"什么情况?"林墨边开车边问。

"具体情况不清楚,马坡村赶山的猎户打的电话,称有可能发现了刘华安。"冷彤说,"但是天太黑,又下着雨,所以还不能完全确定。柯所让我俩先过去看看,如果有什么发现,立即打电话汇报情况请求增援。"

"什么方位?"

"东南方向三至五公里处!"冷彤说,"和我们上次找到爷孙俩山洞的位置,正好方向相反。"

林墨此时精神抖擞,觉得这个消息可信度很高。

"刘华安经常赶山,而且手里有土铳,在山里应该有非常隐蔽的落脚点。"他说,"之前有人举报在山里听见枪声,现在想来,我估计就是他,但他还死不承认。"

"你一直没发现他有自制土铳?"

"就是因为他给我说自己赶山从不用枪,都是用下套、陷阱等最原始的办法,加上有好几次正好遇到他赶山回来,也都没见他拿着土铳,所以才信了他的话。"林墨自责不已,"还有,我在他家里发现的火药,说明他绝对私藏了自制土铳,而且平时就把土铳藏在山上某个非常隐蔽的地方。我太傻了,居然跟他坐一块儿喝酒吃肉,还跟他透露之前的案件情况。现在看来,其实他一直都在故意接近我,然后套我的话,随时掌握动向,以便于逃跑。"

"答应我,如果咱们待会儿在山里真的遇到刘华安,千万不能冲动,尤其不要轻举妄动,安全第一。"冷彤叮嘱道,"一旦发生任何不可预测的后果，我们都无法承担。"

林墨明白她在指责自己之前拿枪指着张玲的事，于是解释道："我拿枪指着张玲，只是为了吓唬吓唬她，枪里根本没装子弹。"

冷彤一愣，随即问他枪里现在是否有装子弹。

他点了点头，但又说道："放心吧，我不会打死他，这次一定要抓活的。"

二人将警车停在山脚，然后按照举报人指引的方向，迎着细雨悄然往山上摸去。为了不打草惊蛇，两人还关了手电。

武陵山在夜色的笼罩下，加上阴雨天阻挡了光线，周围黑黝黝的。

他们小心翼翼地闯进了一条羊肠小道，路边荆棘丛生，刺在皮肤上，生疼生疼的。山上被雨水冲洗过后，又湿又滑，踩在腐烂的树叶上，一不小心就会摔倒。

第十七章　那些女孩的尸体

通向犯罪的道路不仅是下坡路，而且坡度还很陡。

——塞内加

二人在山上艰难地爬行了很久，雨水才渐渐停下来，虽然都穿着雨衣，但身上也早已湿透。

"好像就是这儿！"冷彤停下脚步，环视着四周，低声说道。

林墨朝着密林看去，到处都是黑洞洞的，根本不见半个人影。

"山太大了，我们分开寻找吧。"冷彤提议，"注意安全，有什么事立即呼叫。"

"你也一样！"林墨关切道，然后和冷彤朝着两个相反的方向而去。

他们放低身姿，双眼在丛林里慢慢悠悠地摸索着，只要哪个方位稍有风吹草动，都会惊扰他们。

在这种情况下，他们都处于明处，而持有土铳的刘华安则躲在暗处，如果被袭击，后果不堪设想，所以彼此心里都高悬着，加上还惦记着对方的处境，每一步都十分小心，生怕把后背露给刘华安。

不知不觉间，二人已经相去甚远。

冷彤不小心踩断了树枝，发出一声脆响。她慌忙收住脚步，弯下腰，谨慎地观察着四周，突然感觉背后一凉，仿佛有一双眼睛正躲在某个阴暗的角落里偷窥着自己，一种不祥的感觉迅速袭遍全身。她屏住呼吸，心脏怦怦乱跳，甚至连大气都不敢出，生怕一张嘴，已提到嗓子眼的心就会掉出来。

一段时间的沉寂过后，她再次起身往前搜索，却不料脚下一滑，失去重心，然后整个人便顺着土坎滚了下去。她没敢叫出声，手在空中胡乱挥舞，才终于抓住了一根树干，然后使出全身力气爬上土坎，躺在湿漉漉的地上喘息起来。

直指苍天的大树，仿佛把天空罩了起来，从树丫间透射下来的点点光亮，正好落在她眼睛上。

她在地上躺了不到一分钟，正想起身时，突然眼前不知什么时候闪现出一张脸。情急之下，她想要拔枪，但已经来不及，头上挨了重重的一击，然后就晕了过去。

一个一瘸一拐的身影，把从她身上搜到的手枪丢进了密林中，然后拖着她的身体在树林里缓慢前行。被拖在地上的冷彤似乎毫无知觉，此刻已经变成了任人宰割的羔羊。

另外一边的林墨，枪里的子弹已经上膛，一只手始终放在扳机上。他看了一眼时间，发现两人已经分开差不多十五分钟，站在半山腰，往身后望去，只见一片黑暗，甚至有些阴森。

他沉重地叹了口气，收回目光，打算继续往山上搜索，但不知为何心脏突然狂跳，好像要从身体里蹦出来。

他捂着胸口，再次望向黝黑的丛林深处……

此时，猎人身体里的每一个细胞都是愉悦的，他背上挎着土铳，眼里闪耀着阴冷的笑容，再一次享受着猎取的快感。

也不知过了多久，昏迷中的冷彤，隐隐约约被扎进身体里的树枝扎醒。她睁开眼睛，看到了正在拖行着她的背影，以及背上的那把土铳，于是顺手抓起一根不怎么粗壮的树干，然后找准机会，使出浑身力气，让整个身体前倾，半坐起来，大叫一声："去死吧你！"

这个背影瞬间转身，露出了刘华安那张看似老实巴交、人畜无害的脸。树干插进了刘华安的大腿，沉浸在快感中的刘华安没想到猎物居然醒了，还袭击了自己，顿时痛得惨叫了一声，同时松开了手。

冷彤趁此机会逃脱，然后站了起来，但没想到刘华安随着一声咆哮，便拔出了插在大腿上的树干，然后从肩上取下土铳，朝着她扣动了扳机。

沉闷的枪声，将暗夜里的世界完全惊醒，无数沉睡中的鸟儿纷纷离巢，惊恐地扑闪着翅膀飞向天空，发出声声嘶哑的哀鸣。

林墨此时正朝这边赶来，当枪声穿过密林钻进耳中时，心里不禁大骇。他从枪声判断出子弹正是从自制土铳中射出来的，刘华安那张诡异的笑脸在他眼前开始不断闪现。

林墨两眼发直，又惊又怕，双腿也不听使唤，像筛糠似的乱颤起来，差点没站稳脚跟，但很快意识到冷彤可能遇到了危险，于是拔腿狂奔起来。

冷彤反应极快，在枪口瞄向自己时，就已经躲到了一棵碗口粗的树干背后。

刘华安一枪未中，紧接着又举起枪口瞄准冷彤的方向，忍着疼痛、喘着粗气，像头被激怒的野兽，不顾受伤的位置鲜血直流，仍一瘸一拐地向着目标逼近。

冷彤紧贴在树干背后，紧咬着牙关，脑子里充满了各种各样的幻想，算计着刘华安开出下一枪的时间，以及自己能否再幸运地躲过去。

刘华安果然狡猾，在已经锁定目标的前提下，担心自己移动脚步会暴露方向，于是干脆就站在原地，拿枪对着前方，希望以静制动。

两人此刻都抱着一样的心理，所以谁也没敢轻举妄动，这倒给了林墨充足的时间。

林墨在狂奔过来的途中,已经摔了好几个跟斗,被磕得头破血流,但他明白自己时间不多,哪怕是一秒钟的耽搁,都有可能让冷彤受到无法估量的伤害。

空气沉闷得快要窒息,时间随着心跳流淌,刘华安握枪的手开始颤抖。长期赶山,让他的听觉在黑暗中变得异常灵敏,此时的他就像是正在耐心等待猎物现身的猎人,但突然感觉不妙,意识到还有猎物正从另一个方向快速接近自己时,害怕受到袭击,决定先下手为强。

砰——

又是一声沉闷的枪响,子弹射中了冷彤背靠的树干,冷彤仿佛感觉子弹穿透树干,钻进了自己身体。她来不及多想,拔腿便跑,但枪又响了,子弹钻进她右手胳膊,强大的冲击力将她掀翻在地,然后转了个圈,身体撞在树上,不由自主地倒在了地上。

刘华安开完这一枪,清楚看到猎物被击中,心里一阵狂喜,但喜悦还未过去,身后突然翻滚起一阵冷风,还没来得及回头,便被一个黑影扑翻在地,手里的土铳也脱手飞出去很远。

林墨像一座山似的站立在两棵大树之间,冷冷地盯着躺在地上的刘华安。

刘华安看清了林墨的脸,先是愣了愣,但随即疯笑着说:"咱们叔侄俩终于还是以这种最不体面的方式见面了!"

"我也没想到,你居然会是'影子'。"林墨眼里闪着怒火,拿枪指着刘华安,"其他人在什么地方,欧阳萱被你关在什么地方?"

冷彤只是胳膊受伤,疼痛中突然听到林墨的声音,大喜过望,忙挣扎着爬了起来。

刘华安狂笑道:"对,我就是你们三十几年来一直想要抓住的'影子',现在你可以带着我领功受奖去了,但另外的女人,就算死，我也不会告诉你她们在什么地方。"

林墨一步步逼近刘华安，然后把枪收了起来，那些过往的画面一一浮现在眼前。眼前这个人怎么会是杀人凶手？他看似那么善良，那么忠厚老实。林墨还是不敢相信刘华安是个十恶不赦的杀人凶手，想起他们曾在一张桌子上喝酒的情景，顿觉心凉，冷不防抓住他的衣领，厉声质问道："快告诉我，你把人关在什么地方？"

刘华安把头仰了起来，看着黑暗中的丛林，闭上嘴，像死人一般，干脆再也不吱声了。

林墨举起愤怒的拳头，冲着那张脸狠狠地揍下去，一拳、两拳、三拳……

刘华安的脸被揍成了猪头，布满了冰凉的血，但他依然咧开嘴，疯了似的傻笑着。

林墨颤抖着，已经用尽了全身之力，再也无法举起拳头，但他又不甘心就这样放过找到欧阳萱的机会，最终只能无力地垂下手臂，双手捧着刘华安鲜血淋漓的脸，带着哀求的口吻说："求求你，求求你告诉我，她在什么地方。"

"如果我告诉你她在什么地方，你能放过我吗？"刘华安眯缝着眼，有气无力，"别傻了，我自己干了什么，心里清楚得很，怎么也活不了的。唉，这一天终于还是来了，只不过，比我预想的时间晚了很多年，老天爷对我算是仁至义尽了。"

怒火已经快要把林墨烧成灰烬，恨不得一把掐死他，可似乎又从刘华安这话里听出了另外的含义：欧阳萱可能还活着！

所以，他拔出了枪，顶着刘华安的脖子，然后缓缓移动到他大腿根部，咬牙切齿地说道："这是你最后的机会了。"

"开枪吧，开枪呀，反正早晚都得死，能死在你手里，我也认了。"刘华安又嘿嘿地笑起来，"你知道吗，当我搂着你女朋友亲热时，她不停地叫着你的名字，求我放过她，可是不行呀，我得手的姑娘，从来就没有放过的道理……"

林墨哀号着，再一次被激怒，握枪的手在不住地颤抖，就在他无法忍受，似乎要扣动扳机的时候，冷彤在他身后说道："他现在一心求死，还想拉你垫背，如果你开枪，就达成了他所愿。"

"你女朋友的皮肤好光滑，有文化，人又长得好看，你跟她睡过吗？嘿嘿，实话告诉你吧，在我带走的那些姑娘中，你女朋友是最让我不舍得杀死的！"刘华安继续不停地说着，林墨瞪着血红的眼睛，突然就朝天开了几枪，把他所有的愤怒都发泄到了这天地之间，枪声穿透夜色，换来了一丝微光。

夜色飘远，天终于亮了！

因为山中信号不好，柯建国一整夜都在打电话，但始终无法接通，直到天微亮时，外面大街上传来尖锐的警笛声。警笛声由远及近而来，让这清冷的清晨瞬间变得热闹起来。

柯建国站在门口，看到林墨和冷彤把刘华安从警车上押下来时，悬了一晚上的心才终于落地。他走过去亲手把刘华安接了过来，然后冲两人说道："辛苦了！"

冷彤中弹，被送去了医院，所以临时突审刘华安的活儿，就落到了柯建国和林墨身上。但刘华安受伤的地方流了很多血，必须先行包扎。按照流程，本来要送刘华安去医院，但时间太紧迫，救人要紧，而且必须尽快审讯，撬开他的嘴解救其他姑娘，所以林墨想到了陈佳丽。

他本想直接打电话，但最后还是决定亲自开车去接她。

陈佳丽接到林墨的电话时，正在诊所忙碌。她没想到他会给自己打电话，看着屏幕上那个闪动的熟悉的名字，心里掀起一阵涟漪。

"不好意思陈医生，打扰一下，刚才忙吗？"林墨的声音很急促，陈佳丽听出他有急事，于是收回心思说："还好，不怎么忙。"

"我在诊所外面，你可以出来吗？"

陈佳丽有些惊讶他为什么会突然来诊所，而且听上去那么着急。

林墨看到她时，急忙把她拉到一边儿，离开了陈桂河的视线之后才说："有件急事需要你帮忙。我们刚刚抓到一名犯罪嫌疑人，他受了点皮肉伤，需要你去所里帮忙包扎……"

陈佳丽怔了怔，问道："什么人？"

"很重要的嫌疑人，但他的身份，暂时还不能说。"

"那我不去。"陈佳丽想要转身离去，林墨无奈，只能实言相告。

她很惊讶，不信任地问道："你是说逃了三十多年的'影子'落网了？那我更不能去了，给那种畜牲包扎伤口，我怕脏了自个儿的手。"

林墨理解她的心情，叹息道："我们已经找到了他囚禁失踪妇女的窝点，应该错不了，他就是警方追了多年的'影子'，为了找到更多失踪者，尽快解救其他姑娘，必须保证他活下来。"

"那……欧阳萱呢？"她犹豫了一下才问出这个问题，林墨摇头道："嫌疑人拒不交代，目前还只找到两名失踪者，所以必须先给他包扎伤口，然后才能继续审讯。"

陈佳丽迟疑了一下，说："你等我一会儿。"

林墨看着她转身回到诊所，不禁长叹了一声。

陈佳丽突然一阵反胃，她自然而然就想起了那个雨夜，自己差点被强奸、被杀害的情景，虽然最后什么事都没发生，可那件事已经成了她心里过不去的一道坎。她对着镜子，看着镜子里的自己，越想便越是气愤，所有的愤怒都写在了脸上，最后整张脸都微微有些变形了。

林墨等她提着药箱上车后便直奔所里而去。一路上，两人都没有说话。他在认真开车，她则望着窗外，目光冰冷如霜。

陈佳丽见到刘华安时，死死地盯着那张脸看了许久，然后开始处理伤口。这个过程很快，完事后林墨要送她回去，但被她拒绝了。

审讯开始后，刘华安始终以伤口疼作为借口，要么不说话，要么就答非所问。

"刘华安，你给我听好了，就算你不开口，我们也可以零口供结案，而且我们有两个人证，他们完全可以证明你的罪行。"柯建国的话似乎丝毫不起作用，刘华安不以为然地说："那就结案吧，反正就是绑架，没什么大不了的，进去几年，出来又是一条好汉。"

林墨被气得站了起来，怒视着刘华安，颤抖着，一时间也不知该如何继续下去。

"好啊，既然你想就此结案，那就成全你。"柯建国冷冷地说，"不要以为你手里还有很多我们想要知道的事情就可以跟我们谈条件，那就大错特错了。你在老屋基的房子，以及附近几里路的范围，目前警方正在全力侦查和搜索，你觉得我们会白忙活？"

刘华安听到这里，眼神微微变了变，但很快就恢复了正常，面带挑衅的笑容，说道："你们以为我刘华安就这点能耐？要是你们找到证据，要杀要剐，随便。"

柯建国笑了笑，说道："你说得对，我们现在确实没有证据可以证明你就是'影子'。"

"'影子'，什么'影子'？我听不懂你在说什么。"

"听不懂没关系，那继续说说孙美凤和张玲的事儿吧。"

"这两人呀，其实没什么可说的，是我见色起意，就直接把人给带回去了。"刘华安轻描淡写地说，"我没有对她们做任何事，也许你们不清楚我的喜好，我对女人的兴趣其实并不大，带她们回来，也只是为了看看她们，一个人无聊的时候，有人陪着，可不比一个人强嘛。"

"行啊，挺能掰的。"柯建国回击道，"那我们就等她们能开口说话的时候再聊吧。"

"没用的，法律我懂。"刘华安趾高气扬地说，"你们是不能仅凭她们的一面之词就定我的罪，得有证据才行呀。"

"看来这些年没白活，早就在为这一天的到来做准备吧？"柯建国也站了起来，"今天的谈话到此为止，你知道我们的政策……"

"当然知道，坦白从宽，牢底坐穿，抗拒从严，回家过年。"刘华安这个时候居然还有心情开玩笑，"劝你们别在我身上浪费时间，去找点正事干吧。"

"刘华安，你……"林墨再一次差点没忍住要动手，"别让我找到证据，否则一定让你好看。"

"林警官，别置气，想抓我的话，那就赶紧找证据去吧。"刘华安闭上了眼睛。

他们遇到了这辈子最难缠的对手，一个比泥鳅还要滑头，比恶狼更要凶狠的家伙。

警方在老屋基已经连续搜寻了好几天，将刘华安的老屋也拆了，但仍然没发现有地窖之类可以藏人的地方。

张玲和孙美凤被送到医院以后，恢复得很快，但就是神志不太清，一个沉默不言，另一个不停地说着胡话。

警方也已经通知她们的家人，现在已经都在赶来的路上。

林墨和柯建国到达医院后，先去探视了冷彤。冷彤得知对刘华安的审讯基本没什么进展时，便要急着出院，但被阻止。

"你现在就算已经完全康复，出院也帮不上忙。目前大家都在寻找证据，那小子嘴硬得很，只有铁板铮铮的证据，才能让他开口。"柯建国的话，让冷彤不得不暂时放弃了出院的想法。

接下来，二人分别去见了孙美凤和张玲。

孙美凤一直不停地念叨着"我要回家",当她看到柯建国时,突然紧紧抓住他的手,哭闹着,依然不停地说着"我要回家"。

"好了,没事了,你已经安全回家了。"柯建国感觉到她在颤抖,"我们已经通知你的家人,他们很快就会来接你回家。"

孙美凤突然傻笑起来,咬着手指,含糊不清地说道:"回家,回家找爸爸妈妈……"

柯建国看着她无光的眼睛,明白暂时是什么都问不到了,只得默默地退了出去。

另一间病房,张玲目光痴呆地看着天花板,自从入院以来就一个字都没说过。林墨看着她的眼睛,过了许久才说:"我明白你经历过什么,也明白刘华安对你做过什么,但现在没事了,你已经安全了,很快你的家人就会接你回去。"

他亮出了欧阳萱的照片,问她有没有见过这个人。

张玲却双目痴呆,好像什么都没看见,也什么都没听见。

"我们现在需要证据证明刘华安对你们做的恶,所以需要你配合……"林墨带着近乎哀求的口吻,"刘华安是魔鬼,除了你,他还抓走了很多姑娘。告诉我,他把她们都藏在哪儿了?"

"刘华安是好人,是最好最好的好人。我饿的时候他给我吃饭,我怕的时候他陪我睡觉。求求你们,求你们帮我找到他,他说要带我走,还说要永远跟我在一起的。"张玲之前很久都没说话,一开口,突然之间就说了这么多话,但说着说着就哭了起来,双眼看着门口的方向,好像看到了什么,又不停地挥舞着手,面目狰狞地大声吼叫起来,"不要跟我抢,他是我的男人,是我一个人的,谁敢碰他,我就杀了她。"

林墨实在无法理解刘华安到底给张玲灌了什么迷魂汤,居然可以让一个姑娘如此神魂颠倒地维护他。

但是，他必须要尽快找到证据才能救回另外的失踪者，所以在沉默了一会儿之后，突然就想到一个办法，觉得应该让张玲跟刘华安见一面。柯建国也觉得这个办法不错，于是跟上面申请之后，带着张玲来到了老街派出所。

刘华安闭着眼睛，似乎在睡觉，但睁开眼睛看到张玲时，瞬间瞳孔放大，脸色变得特别难看，其间还夹杂着一丝不安。

"啊，你终于来了，你说要带我走的，我们这就走……"张玲无法正常走路，在见到刘华安后，却露出了笑容，匍匐在地，一个劲地往他身边靠近，然后紧紧地抓住他，乞求道，"你说过不会骗我的，你说过这辈子只会有我一个女人，我再也不敢逃跑了。要是我再跑，你就挖了我的眼睛，砍了我的手，不给我饭吃……"

刘华安面对张玲，开始不断地往后退缩。

"你放心，我不会逃跑了，我会一直陪着你，帮你看住那些女人，她们要是敢跑，我就替你惩罚她们。求求你，不要打我，只要你对我好，我什么都听你的。"

刘华安似乎终于忍无可忍，一把推开了她，还怒吼道："滚，离我远点儿，我不认识你！"

"对不起，对不起，我错了，不该惹你生气，你打我吧。"张玲不仅不松手，还把他抓得更紧。

在外面观察的林墨和柯建国，看到这一幕时，内心受到了一万次重击。这一刻，他们见到了这辈子最阴暗、最低劣的人性。

她把脸枕在刘华安大腿上，像个孩子，闭着眼睛，露出享受的表情。刘华安突然发疯，抓着她的头发猛地往墙上撞去，可她却依然死死地抱着他不松手。林墨和柯建国冲进去，将刘华安控制住，却无法将张玲的手从他身上移开，她的额头在流血，却似乎没有一点知觉。

"你们看到没有，不是我不放她走，是她不舍得离开我，我能有什么办法？"刘华安咧开嘴，大言不惭地狂笑，"这个女人，对我死心塌地，还非要永远跟我在一起，我是想甩都甩不掉。"

刘华安一直不承认自己就是"影子"，警方也没能找到更多证据，暂时只能以绑架和非法监禁张玲、孙美凤，袭警，非法持枪的罪名拘捕他。

林墨已经快要疯掉，虽然自己是个男人，也是一名警察，虽然已经抓到了凶手，但此时却一筹莫展。他独自一人在所里坐了很久，不停地转动着笔，越想越气，最后将笔狠狠地插入桌子上，却也伤了自己，血染红了手掌。

这时候，冷彤进来看到这一幕，非要拽着他去医院包扎，他却只是用冷水冲了冲，眼神绝望，无力地说："我们做了那么多事，却还是无法给他定罪……"

"这只是暂时的，大家都还在努力寻找证据。我做了这么多年警察，最信的一句话就是恶人有恶报。"冷彤安慰他，"再等等吧，让他再疯狂几天，有句话说得好，若要让他灭亡，必先让他猖狂，他的末日就要到了。"

柯建国给林墨打电话时，得知冷彤也出院了，于是让二人尽快赶到看守所，说是马少军非要见他们，还说可能是关于刘华安的事情。

林墨一听与刘华安有关系，立即满血复活，把车开得像飞机，片刻工夫就到了目的地。

柯建国正在看守所等他们，一看时间，忍不住问道："你们怎么过来的，飞的吗？"

冷彤看了林墨一眼，林墨却毫不理会，径直问道："马少军关在哪个房间？"

马少军的胡子又长长了，脸颊也显得更为瘦削，颧骨都突兀出来了。

没有寒暄，直奔主题。

"听说你们抓了'影子'？"马少军的话让三人面面相觑，他们根本还没有证据证明这个叫刘华安的便是"影子"。

"你怎么知道的？"柯建国没有否认。

"这地方虽然不大，但鱼龙混杂，什么人都有，而且像这种劲爆的消息要想不传开，难。"马少军咧嘴笑道，"叫你们来，是有关'影子'的事。我知道你们还在找证据想要证明他就是'影子'，可一直还没有找到，对吧？"

"看来你消息挺灵通。"柯建国说，"听你的口气好像知道点什么，那就说说吧，怎么才能证明刘华安就是'影子'？"

"别急，我叫你们来，就自然会有证据，而且只要靠这一条证据，就能彻底证死他。"

"快说！"林墨忍不住呵斥道，但马少军却不急不慢地说："我都说了，不要着急，就几分钟的时间，咱们先做个交易。"

"什么交易？"

"你们如果能保住我的命，或者无期都行，我就告诉你们关于刘华安的事。"

"你手上有那么多条人命，还想赖活着，可能吗？"冷彤冷冷地说，"我们是警察，从不与罪犯做交易。就算你不说，我们一样会找到证据。"

"冷副队长说得对，我们没必要跟你做交易，也绝不会跟罪犯做交易。刘华安迟早都会伏法，像你一样，只要犯了罪，就别想逃过法律的制裁。不过，要是你合作，兴许我们可以再去找你老婆做做工作，说服她来见你。"柯建国的话让马少军陷入沉默，他被抓之后，就一直想跟老婆见上一面，但她却根本没打算回来。

"好好想想吧，这是你可以跟你老婆最后见面的机会了。"柯建国说完这话，作出要走的样子，马少军稍微分神后，忙叫住他，问道："你真的可以说服我老婆来见我？"

"如果打电话不行，我可以亲自跑一趟，言出必行。"柯建国的话，让马少军的眼神变得明亮，但随即又哀怨地说："我知道自己犯的事儿，无论怎么样都没法保命，但是临走之前，还是希望能见她最后一面，有些话我想当面跟她说……这些年，我很想找机会跟她说清楚，其实不管她在外面干了多少对不起我的事儿，我都可以原谅她，但每次一见她，这些话又都说不出口了。好吧，现在终于可以放下一切了。"他的这番话，让面前的三名警察也有所动容。

"我变成现在这样，也要怪刘华安。其实，你们抓的刘华安，我在几年前就亲眼见过他绑走了一个女人。"马少军接下来的话，让他们全都大惊失色，"那天晚上，我偶然撞见刘华安对一个女人行凶，然后把她扛在肩上带走。案发后，一直没见你们警察有任何动静，好像什么事都没发生一样。那时候，我老婆刚好出门打工，我一个人在家，孤独、寂寞、无聊，有一天看完黄片儿后，就没忍住，决定学刘华安，出门后随机找了个女人，把她抓走，强奸后再找地方给埋了。"

"那你怎么确定刘华安就是'影子'？"柯建国冷声问道。

"因为在那之后，我给他写过匿名信，在信里我叫他'影子'，威胁他如果不给我钱，我就去公安局举报他。果然，每一次他都会给我钱，而且从不敢讨价还价。你们说，如果他不是'影子'，会害怕被我勒索吗？"马少军得意地笑了起来，"那小子，还以为自己做的事没人知道……"

这条线索对警方至关重要，马少军在口供上按了指印后，又叮嘱柯建国别忘了答应他的事情。

"放心吧，等处理完刘华安的案子，我马上兑现承诺。"柯建国说，"到时候，你可能还要上庭指认刘华安，没什么问题吧？"

299

"没问题！要不是那个混蛋，也许我也不会变成如今这样！"马少军再次狠狠地骂道，"就算是下地狱，我也要拉他一起！"

同样被关在看守所的郭庆海，此时也听说了刘华安被抓的事情。他想起自己曾经被袭击的情景，不由得又一阵后怕。

"刘华安真的是'影子'吗？"郭庆海表情木讷，在他被袭击之后的那段时间里，刘华安曾多次去理发店溜达，而且每次去都会搭讪半天。现在想来，刘华安应该是探究虚实去了。

"如果他当时认为我认出了他，会不会连我也杀了？"郭庆海虽然也是个杀人凶手，但想起自己曾经被"影子"盯上过，也不禁头皮发麻。

老屋基村，警方在刘华安的老屋里不分白天黑夜地忙活了两天，但仍没找到其他失踪的姑娘。

这天傍晚，离老屋两百多米的方向，突然传来一阵犬吠声，现场的警员看到一只狗，一开始还以为是野狗，但当他们赶过去时，那狗却不逃跑，还匍匐在地，前爪一个劲儿地在土里刨着什么。

所有人都觉得奇怪，可是有机警的民警发现了端倪，立即让人在狗刨土的地方开始挖掘。果然，当一层层土壤被挖开时，一具具尸体也浮现在了眼前。那幅场景，是在场所有警察都未曾见过的。尸体一层一层地堆积起来，一直挖到天黑，才终于清理干净。所有的尸体依次摆开，平放在空旷的地上，足足有十一具之多，而且尸体的腐烂程度不一，可以据此推断死亡的时间也不相同。

"该来的终归还是来了！"柯建国收到消息时，内心不住地颤抖起来，立即带着林墨和冷彤赶往现场。一路上，所有人的心情都沉到了谷底。尤其是林墨，他从上车开始就一直在颤抖，脸色无光，嘴唇乌黑，好像很冷的样子。

今天是冷彤开车，林墨独自坐在后排。

她从后视镜里注意到了林墨的表情，于是跟柯建国对视了一眼。柯建国冲她摇了摇头，示意她此时什么都别说。

同样的路程，同样的行驶速度，林墨却感觉哪怕是一秒钟都难以等待。他的目光痴痴地望着车窗外，从眼前掠过的风景，全都在眼球上变成了幻影。

终于到了目的地，车还没停稳，林墨便一个箭步跨了下去，摇摇晃晃地小跑到摆放尸体的地方，还没到达近前，便趔趄着，像要摔倒似的。他感觉自己浑身乏力，每走一步，都使出了吃奶的力气。当他终于鼓起勇气面对那些尸体时，一眼就看到了日思夜想的她。

欧阳萱躺在最右边第二个位置，脸色发黑，双眼紧闭。

林墨捂着嘴，鼻孔里发出抽泣的声音，终于站立不稳，双膝一软跪在了地上。他颤抖着，凝视着她的眼睛，抚摸着她冰冷的脸庞，本来有千言万语想说的，可此时却一个字也说不出来。

冷彤在不远处看着这一幕，眼圈也陡然变红了，转过身去，不忍再继续看下去。可是，泪水还是不争气地流了出来。

"这到底是造的什么孽啊！"柯建国仰望着苍天，在心底沉痛地叹息起来。

林墨把欧阳萱冰冷的身体抱在怀里，紧贴着她的脸，红着眼睛说："萱萱，你冷吗？我抱着你就不冷了。别害怕，没事儿了，终于找到你了，这就带你回家。叔叔和阿姨都在等你呢，你能睁开眼睛，再好好看看这个世界吗？"

他说着说着，就不住地抽泣起来，泪水也终于顺着脸颊缓缓流出，一滴一滴地落在欧阳萱额头上。

忙碌的警员在他身边来来回回，一阵冷风吹过，枝叶簌簌作响，像极了泪水滑落的声音。

　　林墨流了很多泪水，每一滴泪水都化成了相思和悔恨，破碎的内心已经出离愤怒。他抱着她冰冷的身体，感觉周围的一切似乎都与他们无关，仿佛这个世界只剩下二人。

　　大山的夜晚来得比较早，夜幕降临的时候，风还在继续吹着，吹落了树叶，吹干了眼泪，也吹醒了那颗疲惫、悲伤的心。

　　此时，林墨多想自己化作一柄无形的锋刃，刺碎这黑暗的夜空，刺碎险恶的人心。

　　在老屋发现的尸体中，除了有这些年来警方掌握到身份信息的失踪妇女，还有几具尸体暂时未能辨别身份。在确凿的证据面前，刘华安垂下了高昂的脑袋，当得知是自己养的狗出卖了他时，他愣了很久，然后才咧嘴骂道："没想到是黑虎，真是养不熟的狗东西！"

　　原来，林墨参加完欧阳萱的毕业画作巡展之后回来，按照画作在老街寻找线索时，被刘华安无意之间给撞见了。机警的刘华安感觉林墨好像知道了什么，于是一直跟踪他回到派出所，然后又尾随他从派出所回了宿舍。当天晚上，刘华安意识到自己快要曝光的时候，回到旅社，仅仅带着黑虎，便急匆匆回到了老屋基。他感觉自己这一次在劫难逃，于是想把跟随他多年的猎犬放生。

　　"我赶走了它，没想到它又回来了，还要了我的老命！"刘华安仰天长笑，"这狗通人性啊，所以才没舍得杀了它，真是后悔呀！"

　　"正因为它通人性，所以才把你做的恶事看在眼里。"柯建国怒喝道，"你对一条狗都如此仁义，怎么忍心对那么多条无辜的人命下手？"

　　"人命？人命值钱吗？"刘华安冷笑道，"人命是这个世界上最不值钱的东西，人心比狗更要低贱。尤其是女人，她们的心最恶毒，毒过一切万物。"

"这是因为你自己内心恶毒，所以看什么都是恶毒的！"柯建国骂道。

"我有个问题一直想不明白，为什么你杀了那么多人，却唯独留下了张玲和孙美凤？"冷彤问道。

刘华安眼前闪过一道阴云，继而说道："因为我平时都没在老屋，总得有人帮我看着她们吧？张玲一开始是个不听话的姑娘，之前逃跑过一次，在我砍断她的双腿后，她就变成最听话的姑娘了，对我百依百顺，还想让我娶她……"

"在档案中显示，你曾结过婚，还有个女儿，她们现在在什么地方？"柯建国问道。

"少跟我提那个女人，当年要不是她带着女儿跟人私奔，我也不会变成现在这样。我朝她跪下，哀求过她不要走，可她嫌我穷，还用最难听的话骂我，所以我恨女人，尤其是恨那些想要背叛我的女人，我要让她们全都死光光。"刘华安在咬牙切齿地说出这番话时，眼里充满了杀气。

"你丧心病狂，畜生不如。"柯建国破口大骂，"你不要把所有的责任都推到无辜的女人身上，这些都不应该成为你滥杀无辜的理由。如果这个世界上所有遭遇挫折的人，遭遇感情不顺和欺骗的人，都选择用你这样的极端方式去报复、去杀人，那么这个社会会变成什么样子？"

"我不管，那是你们警察该考虑的事，但我要用自己的方式去解决问题，而且这种方式非常有效。"刘华安狂笑道，"我发现所有的女人都一样，如果她们不听话，那就让她们闭嘴，永远地闭嘴，然后她们就会变成最听话的人。"

这些话，再一次令冷彤感觉到了彻骨的寒意。

柯建国审视着那双凶残的眼睛，他从警一生，还从未见过像刘华安这样的罪犯，穷凶极恶，不知悔改，把杀人当成乐趣，当成发泄私欲的手段。

"杨艳华也是你随机杀害的对象？"

"我那是为了帮她。"刘华安不屑地笑道，"王铮经常骚扰她，我看得出来她很痛苦，所以我干脆就帮帮她，让她永远地摆脱痛苦。"

"你……"

"对了，你们不是说我不应该用自己的方式去解决问题吗？那我现在可以告诉你们，除了我，还有张玲，她是一个非常称职的搭档。"刘华安眼里流淌着邪恶，"如果没有她，很可能你们找到的，就不会是那么多具尸体。"

第十八章　下毒的人

损害和罪行，不管是出自戴王冕的人或微贱的人之手，都是一样的。

——洛克

张玲自从见过刘华安一面之后，整个人就变了，变得喜欢笑，有时候好像还在自娱自乐地哼着歌儿。医院在对她进行检查后，确定她的精神已经受到严重创伤，后续必须送去精神病院进行治疗。

张玲躺在床上，双手捂着脸，眼里洋溢着浅浅的笑容，嘴里不断重复着："他来接我了，他来接我了，他来接我了……"

冷彤和柯建国站在床前，想起刘华安最后的供词，实在不愿意相信眼前这个女人居然会是帮凶，不仅帮他看守那些被绑架的女人，还亲手杀了其中的两人。

"她为了防止我喜欢上别的女人，变得越来越喜欢吃醋。除了欧阳萱，还有另外一个女人也是被她亲手解决的，如果你们没有及时找到孙美凤，恐怕下一个就是她。"刘华安在说这话时，满脸得意，"女人还真是这个世界上最好玩的动物，我原以为她们会恨我毁了她们，但到头来，居然还有人想跟我过一辈子，还打算给我生孩子，哈哈……"

刘华安坦言自己跟张玲有过一个孩子，但在孩子出生后，他便把孩子带到山里丢了。

"我不喜欢孩子,他们很讨厌。他们眼里只有妈妈,一旦遇上什么事,都会站在妈妈一边,所以我绝不能忍受。"刘华安在说这话的时候,想起了女儿,当年跟着他老婆跑了的亲生女儿,眼里却闪烁着残忍的笑容,"我想,这孩子大概已经被野兽给吃了吧!"

冷彤看着这个可怜的女人,想起她遭遇的种种非人折磨,不禁心如刀绞,又怜又恨。

"如果孩子没被刘华安扔掉,现在应该已经长大了吧。"柯建国叹息道,"因为一段失败的婚姻,从而痛恨仇视这个社会,太可怕了!"

"虎毒不食子,孩子是最无辜的,刘华安怎么忍心对自己的骨肉下手?"冷彤内心一阵抽搐。

柯建国又叹息道:"她要是明白自己的孩子被刘华安丢在了山上,还会像现在这样对刘华安服服帖帖吗?"

林墨陪同欧阳萱苍老的父亲,把她送回了家,然后安葬在她母亲的坟墓边上。

两个男人,一老一少,站在夕阳下,神情悲伤而肃穆。

"孩子,睡吧,好好睡一觉,等你醒来的时候,一定不会再遇到那些可恶的坏人。别害怕,我跟你妈妈都会陪着你的,以后再也没人可以伤害你。"老人眼里噙着泪水,"你如果遇到妈妈,告诉她,走慢点,等着爸爸,爸爸很快就会来见你们母女。"

林墨凝望着墓碑上欧阳萱的笑脸,他们曾经拥有那么多快乐的过往,那些悲欢离合,全都像放电影似的——浮现眼前。

"对不起,这一次,我食言了。我没用,没能保护好你。如果时间可以倒退,我一定会陪着你去任何地方,绝不会让你受到任何伤害。"

云卷云舒,风云变幻。

一阵冷风吹来，模糊了他的视线。

养老院外面的草坪上，小石头正和爷爷开心地玩耍，天真无邪的笑容布满了脸上，眼睛如水一样清澈。

冷彤和林墨刚拿到孩子的 DNA 检测结果，此时站在门口，看着爷孙俩，表情却如此凝重。

"没想到真是这种结果。"冷彤从刚开始的大胆猜测，到最后结果变成现实，她的心理承受力已经达到了极致。

"孩子还小，他是无辜的，不用知道这些，就让他带着这个秘密过完一生吧。"林墨叹息道，"虽然我很想刘华安接受世间最痛苦的惩罚，可他做的恶，没必要让孩子去替他接受惩罚。"

夜幕下的看守所，民警巡逻的身影在暗夜里来回走动。

凌晨三点，刘华安正抱着双臂，蜷缩着双腿在床上睡觉，突然感觉全身发冷。紧接着，他浑身剧烈抽搐起来，心脏处猛然传来一阵剧痛，血液仿佛在倒流，片刻之后，便七孔流血，双目圆睁，渐渐没了动静。

林墨接到电话的时候刚入睡不久，冲出门，差点跟冷彤撞在一起。

"听说刘华安在看守所死了！"冷彤面色冰冷。

"怎么会突然就死了？"林墨下楼时，一脚踩空，差点摔倒。

两人急匆匆赶到看守所时，刘华安已经断气。

"从他死亡的表象来看，好像是毒发身亡。"冷彤简单尸检后说。

"为什么会这样？"林墨不敢相信自己的眼睛，一个作恶多端、视人命为草芥的杀人凶手，居然就这么死了，"他不应该这么死，应该受到法律的制裁！"

"还是等法医的检查结果吧。"冷彤说道。

天亮时，法医的检测结果出来了，结果证实了冷彤的猜测。

林墨一晚上想了很多，如果刘华安真是毒发身亡，他人被关在看守所，究竟什么人才有机会接近他并下毒？

他查看过看守所的监控，刘华安毒发身亡之前，一切都是正常的，除了看守，并未与其他人有过任何接触。

他眯缝着眼睛，把刘华安从被抓到关进看守所的全过程回忆了一遍，突然意识到，刘华安在进看守所之前，或许已经中毒。

到底是什么人有机会接触他，并给他下毒？

猛然间，林墨突然想起了一幅画面，那是陈佳丽在给刘华安包扎伤口的情形……

（全书完）